RENE GRIGO
OGERBLUT

Für Mirko

René Grigo

René Grigo

Ogerblut

Fantasy

1. Auflage 2013

Umschlaggestaltung: AAVAA Verlag
Coverbild: Fotolia, #373880 - grunge background© Kirsty Pargeter

Printed in Germany

ISBN 978-3-8459-0754-3

AAVAA Verlag, Hohen Neuendorf, bei Berlin
www.aavaa-verlag.com

Die Sorgen eines Ogers

Der Tag erwachte langsam aus seinem tiefen Schlaf und die Sonne reckte sich träge über den Rand des Horizonts. Dabei wurde der mächtige Berg, im Osten des Landes, in ein grelles Licht getaucht. Kein Winkel des gewaltigen Massivs blieb vor der strahlenden Helligkeit verschont und die einsame Landschaft erwachte zunehmend zum Leben.

Die wenigen Blumen am Fuß des Berges, die den kargen Verhältnissen trotzen, öffneten ihre Kelche und reckten sich den wärmenden Strahlen entgegen, während einige Grillen mit lautem Zirpen den Tag begrüßten. In der Zwischenzeit landete ein vergnügt zwitschernder Vogel, mit rotblauem Gefieder und aufgeregtem Flügelschlag vor dem Eingang der weit oben gelegenen Höhle und hüpfte munter von einem Bein zum anderen. Seitdem er wusste, dass die Höhle bewohnt war, veranstaltete der kleine Piepmatz jeden Morgen das gleiche Theater. Fröhlich sang er seine Liedchen, fiepte und trällerte seine Melodien.

Plötzlich löste sich, wie an jedem Morgen, eine gewaltige Hand aus dem Schatten der Kaverne und klatschte laut auf das Gestein des davor liegenden Plateaus. Der kleine Vogel konnte der Attacke auch diesmal entkommen, zwitscherte triumphierend und flog mit wildem Flügelschlag davon.

»Irgendwann erwische ich dich schon noch, du kleine Nervensäge. Dann hat es sich für alle Tage ausgezwitschert«, dröhnte eine düstere Stimme.

Behäbig löste sich die massige, grauhäutige Gestalt eines Ogers aus dem Schatten der Berghöhle. Ein birnenförmiger Schädel mit zwei rot geäderten Augen, einer faustgroßen Nase und schwulstigen Lippen blinzelte der Sonne entgegen. Das helle Licht war zu dieser Tageszeit kaum zu ertragen.

Missgelaunt kroch Grom aus seinem Unterschlupf, streckte die kräftigen Gliedmaßen und gähnte laut. Dabei kamen seine beeindruckenden Hauer zum Vorschein, denen kaum eine Mahlzeit etwas entgegensetzen konnte.

Groms blinzelnder Blick wanderte verschlafen über die Weiten des unter ihm liegenden Tals. Das kleine Plateau vor der Höhle bot ihm dabei einen guten Überblick und Grom konnte bis weit in die Ferne blicken.

Auch am heutigen Tag hatte sich augenscheinlich niemand, außer dem frechen Vogel, an diesen entlegenen Ort verirrt. Um ehrlich zu sein, legte Grom auch nicht viel Wert auf Gesellschaft. Die Vergangenheit hatte ihn schmerzlich gelehrt, dass es in vielen Fällen besser war, auf sich allein gestellt zu sein. Die Erfahrungen aus den vergangenen Tagen hatten tiefe Wunden an seinem Wesen hinterlassen und die benötigten Zeit, um vollends zu heilen. Vielleicht einhundert oder besser noch zweihundert Jahre, sofern die alten Erinnerungen nicht von irgendjemandem aufgefrischt wurden. Grom konnte gut auf Gesellschaft verzichten.

Oger konnten auf eine beträchtliche Lebenserwartung zurückzugreifen, wobei Grom schon längst damit aufgehört hatte, seine Tage zu zählen. Er war in einem guten Alter, was allerdings bei seiner Gattung kaum von Bedeutung war.

Der Oger musste sich schon vor langer Zeit unfreiwillig aus dem geordneten Leben zurückziehen. Viele Monde waren seit dieser Zeit vergangen und trotzdem kam es Grom so vor, als wäre alles erst vor wenigen Tagen geschehen. Damals hatte er noch in einer zivilisierten Stadt gelebt und es wäre ihm nie in den Sinn gekommen, dass er eines Tages in der Höhle eines abgelegenen Berges hausen würde. In Ornheim war er stets gern gesehen und vielen Menschen ein Freund und Helfer. Er war ein vollständiges Mitglied der Stadt.

Das alles lag nun schon eine ganze Weile zurück und Grom hatte längst damit aufgehört, die aufgehenden Sonnen und die kalten Nächte zu zählen.

Nach vielen Jahren in Ornheim war er der gebräuchlichen Sprache mächtig, auch wenn manche Worte des Daktorischen Dialekts für ihn immer noch keinen Sinn ergaben. Für einen Oger mussten aber ohnehin nicht viele Dinge einen Sinn ergeben. Die Meisten von ihnen waren recht primitiv strukturiert und folgten im Wesentlichen nur ihren natürlichen Bedürfnissen, welche hauptsächlich aus Fressen und Schlafen bestanden. Von den Menschen konnte man solche ogerhaften Tugenden bei Weitem erwarten. Sie strebten immer nach Dingen, die für gewöhnlich unerreichbar waren.

Als damals ein mysteriöser Priester mit seinem Gefolge in die Stadt kam und das beschauliche Leben mit seinen Worten vergiftete, veränderte sich auch Groms Dasein. Der Glaubensmann säte Angst und Schrecken in die Herzen der Menschen und plötzlich waren Orks, Oger, Trolle und sämtliche anderen Gestalten, mit denen man zuvor noch Handel getrieben und an ihrer Seite gelebt hatte, die Ausgeburten des Bösen und für alles Schlechte verantwortlich. Mit dem frevelhaften Verhalten der alten Rassen hätte man den Zorn des wahren Gottes heraufbeschworen und müsste sich somit auch nicht über die mageren Ernten und den Ausbruch von Krankheiten wundern. Auch Gnome, Kobolde, Feen, Elfen und Goblins kamen bei den ausschweifenden Reden des Gottesmannes nicht gut davon. Nur mit der Ausführung der Gebote des einzig wahren Gottes konnte man das Unglück, laut seiner Aussage, noch abwenden und die Bewohner Ornheims vor Schlimmerem bewahren. Oger boten bei den endlosen Ansprachen des Priesters die größte Angriffsfläche, da sie in der Stadt zahlreich vertreten und dank ihrer Erscheinung kaum zu übersehen waren. Obwohl sich die Oger schon seit Jahrzehnten den Menschen gegenüber loyal und friedfertig verhielten und zudem mit allerhand nützlichen Gegenständen handelten, trug die Saat des Priesters schlussendlich Früchte. Die Abneigung und das Misstrauen kannten plötzlich keine Grenzen mehr. Einige von Groms Artgenossen verließen Ornheim schon frühzeitig, da selbst der begriffsstutzigste Oger die zunehmende Gefahr nicht länger leugnen konnte. Für Grom hingegen bestand kein Grund zur Eile. Er war stets beliebt und hatte zahlreiche Freunde gefunden, die ihm den Rücken stärken würden. Zumindest dachte er das. Zu diesem Zeitpunkt ahnte er noch nicht, dass sich auch seine engsten Vertrauten gegen ihn wenden würden. Selbst der alte Brunhold stellte sich plötzlich gegen ihn. Dabei hatte Grom ihm immer mit allerhand Arbeiten ausgeholfen. Alle Dankbarkeit war auf einen Schlag verschwunden. Grom spürte, dass sich ein Gewitter von gewaltigem Ausmaß über ihm und der Stadt ausbreitete. Die schöne und ruhige Zeit in Ornheim näherte sich zweifelsfrei dem Ende. Auch er musste die Stadt bald verlassen.

Grom kannte zahlreiche Geschichten über die Götter, auch wenn der Prediger nur dem Einen huldigte und diesen über alle Maßen anpries. Für Oger stellten die zahlreichen Gottheiten ein beinahe unerreichbares Ziel dar. Nur mit dem Einverständnis eines leibhaftigen Gottes konnte man die ruhmreichen Hallen der Krieger betreten. Grom sah aber noch keinen Anlass, um einem dieser Geschöpfe früher als notwendig gegenüberzutreten. Er würde die Götter noch früh genug zu Gesicht bekommen und hatte es deshalb auch nicht besonders eilig.

Da auch sonst kein Oger den Göttern eine Ehrerbietung zukommen ließ, war dieser schwache Glaube für den Priester ein gefundenes Fressen. Für ihn war dies ein Zeichen des Teufels und der Gottlosigkeit, die jeden blasphemischen Oger für immer verdammen würde.

Der schreiende Kerl wurde auch nicht müde, um jeden Oger dafür aufs Schärfste zu verurteilen. Kaum eine Kreatur an diesem Ort huldigte nur dem einen Gott und keiner von ihnen suchte das Heil im Gebet. Die Götter von Ogern, Orks und Trollen waren düster, verschleiert und geheimnisvoll. Für den Vertreter des wahren Glaubens war diese unwiderlegbare Tatsache nur schwer begreiflich. Immer wieder prangerte er das gottlose Verhalten an und versprach das Seelenheil durch die Bekehrung. Der einzig wahre Gott würde jedem von ihnen vergeben.

Schließlich wandten sich die Menschen von den alten Rassen ab und auch Grom musste schmerzlich feststellen, dass sich seine unmittelbare Umgebung auf unheimliche Weise veränderte.

Die übergelaufenen Gläubigen beschimpften ihn auf offener Straße, bespuckten ihn und warfen mit Steinen. Natürlich hätte sich Grom dagegen zur Wehr setzen können, doch das hätte die gegenwärtige Situation nur noch mehr verschlimmert. Einige der Gläubigen behaupteten sogar, dass Oger die Menschen als willkommene Mahlzeit ansahen. Das war natürlich völliger Unsinn und konnte höchstens kleine Kinder erschrecken. Grom wäre es nie in den Sinn gekommen, einen Menschen zu verspeisen. Sicherlich gab es irgendwo in der Ferne Kreaturen, die Groms Meinung nicht teilten und Menschen auf ihrem Speiseplan sicher nicht verschmähten, doch Oger waren nun beileibe keine Menschenfresser. Grom hatte noch nie einen Gedanken an derlei Unfug verschwendet und doch jagte man ihn schließlich aus der Stadt wie einen streunenden Hund. Er knurrte, wehrte ein paar heranfliegende Steine ab, lief aus dem riesigen Stadttor und floh aus seiner einstigen Heimat. Man hatte auch ihn aus Ornheim vertrieben. Dieser Tag würde Grom noch lange in Erinnerung bleiben. Er konnte einfach nicht verstehen, weshalb die Menschen einem fremden Prediger mehr Glauben schenkten, als einem alt gedienten Freund. Er war sich keiner wirklichen Schuld bewusst. Stets hatte er seine Hilfe angeboten, war freundlich und gab sich mit allen erdenklichen Kleinigkeiten zufrieden. Niemals kam ein Wort der Ablehnung über seine Lippen. Grom erfreute sich doch immer größter Beliebtheit. Wie konnte etwas Derartige nur geschehen?

Grom hatte sich seit seiner Ankunft am Berg oft diese Frage gestellt, ohne in den zahlreichen, einsamen Nächten eine Antwort zu erhalten.

Lange Zeit bot er in Ornheim die vielen Dinge an, die auf der Straße verloren gingen. Er lebte mitten unter den Bewohnern der Stadt und hatte sich ein Ansehen verdient, an welchem es so manchem Einwohner mangelte. Die Stadt war voll mit Betrügern, Gaunern, Falschspielern und Halunken und doch gab es zwischen den unzähligen Gesichtern immer wieder ein sanftes Lächeln und herzhaftes Lachen. Grom fühlte sich stets willkommen in Ornheim, doch die teuflische Saat des Priesters trug Früchte. Der aufkeimende Neid und die Missgunst hatten längst jedes menschliche Herz in der Stadt vergiftet.

Grom konnte sich noch deutlich an den Hass in ihren Augen erinnern.

Unter Ogern gab es dergleichen nicht. Niemand war unter ihnen besser oder schlechter. Untereinander waren sie alle gleich.

Als Grom vor endlos scheinenden Tagen in die Stadt kam, stand sie noch jeder Kreatur offen und der Oger wurde dank seiner Stärke schnell in die Gemeinschaft aufgenommen. Dass man ihn später auf erniedrigende Weise aus der Stadt jagen würde, machte Grom wütend, je länger er darüber nachdachte. *Dieser verdammte Priester und seine elenden Hetzreden. Soll ihm jedes Wort einzeln im Hals stecken bleiben!*

Das Ganze lag nun schon eine kleine Ewigkeit zurück und Grom hatte am Krähennest eine neue Heimat gefunden. Der Berg bot ihm alles, was er zum Leben benötigte, auch wenn die Verpflegung bisweilen recht dürftig ausfiel.

Fruchtige Beeren, wild wachsende Kräuter und ab und an ein Kaninchen waren nun wirklich nicht die Nahrung, die einen Oger ewig ernähren konnte und doch musste sich Grom mit den gegebenen Umständen arrangieren. Schließlich war jede Mahlzeit besser als gar keine und alles, was zum Essen taugte, bewahrte ihn vor dem Hungertod.

Da zahlreiche Geschichten um den Berg kursierten, in denen von Geistern, Hexen, Monstern und Menschenfressern die Rede war, verirrte sich selten eine menschliche Seele an diesen abgelegenen Ort. Grom nannte die bescheidene Höhle nun schon seit einiger Zeit sein Heim. Mittlerweile war sie seinen geringen Ansprüchen durchaus angepasst. In der Regel benötigte ein Oger auch nicht viel, um zu überleben. Einige Tierfelle aus alten Tagen lagen am Höhlenboden verstreut, die ihn in kalten Nächten wärmten. Grom hatte inmitten seines Heims eine Feuerstelle errichtet, über der er seine spärlichen Mahlzeiten braten konnte. Grom mochte den Geschmack von rohem Fleisch nicht sonderlich.

Oger verfügten über wenig handwerkliches Geschick, doch für einen Kreis aus Steinen reichten Groms Fähigkeiten allemal aus. Viel mehr brauchte es auch nicht, um die Bedürfnisse eines Ogers zu stillen, auch wenn sich Grom so manches Mal nach einem herzhaften Stück Fleisch sehnte. Der süße Beerenbrei, den er oft zubereiten musste, war weitestgehend genießbar und doch bei Weitem nicht mit einer Oger gerechten Mahlzeit zu vergleichen.

Die Sonne zeigte sich mittlerweile in ihrer ganzen Pracht und Grom beschloss, ins Tal hinabzusteigen. Mit etwas Glück würde er dort auf etwas Essbares stoßen. Seit Tagen hatte er nichts Herzhaftes mehr zwischen die Zähne bekommen.

Außer einem mickrigen Kaninchen, welches kaum ausreichend Fleisch bot, diesen blauen, süßlich schmeckenden Beeren und ein paar Kräutern gab das Tal nicht viel her, was dem Speiseplan eines Ogers gerecht wurde. Grom vermisste den Geschmack von Schafsfleisch auf seiner Zunge, aber auch einer Ziege oder einer Kuh wäre er zu dieser Tageszeit nicht abgeneigt. Um sich eines der Tiere von einem Hof zu stehlen, war es jedoch noch zu früh. Der Tag würde ihn verraten und die Spuren seine Verfolger direkt zum Berg führen. Durch einen derartigen Diebstahl würde er zudem auch noch die Hetzreden der Priester bekräftigen. Ein derartiges Risiko konnte Grom einfach nicht eingehen. Die Menschen waren im Besitz von furchtbaren Waffen, die Feuer spien und selbst einen Oger schwer verletzen konnten. Grom sehnte sich nach der Zeit, als man sich noch mit Äxten, Schwertern und Keulen gegenüberstand. In den Zeiten der Dunkelkriege stand er selbst als junger Oger auf dem Schlachtfeld. Er erinnerte sich an die blutigen und erbarmungslosen Scharmützel.

Oger konnten beinahe jedes Lebewesen mit Leichtigkeit töten, ohne dabei auch nur den Ansatz von Reue zu empfinden. Sie waren für große Schlachten besonders geeignet und man konnte froh sein, sie nicht zum Feind zu haben. Allein durch ihre Masse waren sie unheimlich starke und wuchtige Kämpfer, die den Gegner mit groben Äxten und mächtigen Keulen das Fürchten lehrten.

Damals stand Grom den Schwarzfelsorks gegenüber und kämpfte Seite an Seite mit Menschen, Elfen, Zwergen und Ogern. Er brach Knochen, schlitzte mit der Axt blutige Kerben in die Reihen der Gegner und zermalmte die anstürmenden Angreifer unter seinem immensen Gewicht. Wenigstens war das eine Erinnerung, die ihn nicht schmerzte.

Mit einem gewagten Satz sprang Grom vom Plateau und landete auf einem der darunter liegenden Felsvorsprünge. Von hier aus musste er nun vorsichtig agieren, das wusste der Oger noch bestens aus der Vergangenheit. Schon kurz nach seiner Ankunft am Berg, war er unvorsichtig genug gewesen, um den gesamten Abstieg ins Tal hinunter zu stürzen. Vier Tage lag er zwischen den untersten Steinen und konnte sich kaum rühren. Nur mit Glück hatte er den Absturz überlebt. Die Schmerzen sollten ihn jedoch noch eine ganze Weile beschäftigen und ohne die Heilkunst der Menschen, hinterließen seine Wunden mehr Narben als ein offenes Schlachtfeld. Auf solch ein Wagnis würde er sich ganz bestimmt kein zweites Mal mehr einlassen. Vorsichtig kletterte er am Felsen hinab und musste darauf achten, dass er sich nicht am Gestein verletzte oder abrutschte. Dieser Berg wies viele tückische Passagen auf, die selbst einem Oger schnell zum Verhängnis werden konnten. Ein falscher Schritt konnte ausreichen, um dem Tal auf einen Schlag näher zu kommen, als man es eigentlich vorhatte. Grom hatte sich nach seinem Sturz eine Vielzahl von Verletzungen zugezogen und ehrlich gesagt, wollte er diese unangenehmen Erinnerungen keinesfalls wieder auffrischen. Bedächtig arbeitete er sich Stück für Stück ins Tal, krallte sich an hervorstehenden Felsen fest und hangelte von einem Punkt zum nächsten. Auf seinem breiten Rücken ruhte die mächtige Steinaxt, was das Vorankommen noch zusätzlich erschwerte. Grom wollte jedoch nur ungern auf seine bewährte Waffe verzichten. Im Ernstfall war sie das Einzige, auf das er sich verlassen konnte. In einem Kampf wollte er nur ungern auf eine brauchbare Waffe verzichten. Bisher kam es jedoch nur selten vor, dass Grom zur Axt greifen musste.

Der dumme, streitlustige Ork, der ihn am damals am Fuß des Berges zum Kampf aufforderte, würde ihn sicher noch lange Zeit in Erinnerung behalten. Grom hatte ihm eine Lektion erteilt, die ihn in Zukunft wohl vom Berg fernhalten würde.

Für einen Oger stellte ein Vertreter dieser Spezies kaum eine ernsthafte Gefahr dar. Grom schlug den Streithahn mit enormer Kraft in die Flucht. Seither hatte sich kein Ork mehr an das Krähennest herangewagt.

Es sollte noch eine Weile dauern, bis Grom endlich den sicheren Boden erreichte. Als er wieder auf festem Untergrund stand, atmete er beruhigt auf. Die Erleichterung über den gelungenen Abstieg stand ihm ins Gesicht geschrieben. Wieder einmal hatte er den Berg bezwungen und war ohne Blessuren im Tal angekommen. Jetzt müsste er nur noch ein Wildtier erlegen und der Tag wäre gerettet. Groms Magen knurrte schon, doch angesichts der abgelegenen Lage seiner neuen Heimat, war eine richtige Mahlzeit mehr als nur unwahrscheinlich. Hier gab es weit und breit keine Wälder und somit verirrten sich Rehe, Wildschweine oder Borstennacken nur selten in die felsige Gegend. Wenigstens bot der Landstrich Schutz vor den lästigen Gottesanhängern. Laut ihnen lastete ein Fluch auf dem Berg und jeder, der sich auch nur in seine Nähe wagte, war unweigerlich zum Tode verdammt. Natürlich war das an den Haaren herbeigezogen, wie fast alles, was den Predigern entfuhr. Grom lebte nun schon seit geraumer Zeit am Berg und von seinem Sturz einmal abgesehen, geschah hier kaum etwas Außergewöhnliches. Selten verirrte sich eine Seele an diesen verlassenen Ort, und wenn dem doch einmal so war, verschwand die Gestalt meist wieder, ohne irgendwelche Spuren zu hinterlassen. Vielleicht war das auch besser so, da Grom die Einsamkeit mittlerweile durchaus zu schätzen wusste. Er konnte nicht dafür garantieren, dass sich sein Groll gegenüber den Menschen nicht an einem Unschuldigen entlud. Zwar vermisste er manchmal die Vorzüge einer Stadt, doch war ihm die Einsamkeit allemal lieber als jede Gestalt, vor der selbst er sich fürchten musste. Auf falsche Freunde, fanatische Priester und intrigante Stadtbewohner konnte er nur zu gut verzichten.

Ein merkwürdiger Fund

Ganz in der Nähe konnte Grom die Sträucher mit den wild wachsenden Beeren entdecken, doch aus irgendeinem Grund war er sich sicher, dass er heute etwas anderes, etwas Besonderes vorfinden würde. Normalerweise verließ er sich stets auf sein Bauchgefühl, welches ihn meist nur mit Hunger plagte. Diesmal folgte Grom jedoch einer leisen, inneren Stimme, die ihn gut zwei Meilen durchs Tal trieb, bis er endlich eine kleine Gruppe von Bäumen erreichte. Bisher hatte er sich noch nie so weit von der Höhle entfernt, was angesichts der prekären Lage, die vielerorts herrschte, auch nicht weiter verwunderlich war. Sicher hätte er sich im Kampf gegen so manches Geschöpf behaupten können, doch waren die Menschen listig und traten oft in größeren Gruppen auf, was einen anständigen Kampf schon im Ansatz zunichtemachte. Grom wollte keinem dieser feigen Verräter in die Hände fallen, geschweige denn seine restlichen Tage in einem dunklen Kerkerloch verbringen. Bedächtig näherte er sich den Bäumen und sah eine Gestalt, die scheinbar leblos an einem der Äste baumelte. Grom war sich nicht sicher, ob es sich dabei um die Falle eines Jägers handelte, der glücklicherweise einen Fang für sich verbuchen konnte oder ob man dort jemanden hingerichtet hatte. Beides war in diesen Zeiten nicht vollkommen ausgeschlossen.

Der Kopf eines Ogers war in dieser schwierigen Zeit eine schöne Trophäe, mit der man in den Wirtshäusern leicht prahlen konnte. Aus diesem Grund näherte sich Grom vorsichtig dem Erspähten und zückte die Axt. Als er nah genug war, musste er feststellen, dass man an dieser Stelle eine menschenähnliche Gestalt aufgeknöpft hatte. Die Grausamkeit der Menschen war selbst für Oger nur schwer begreiflich. Leise schlich sich Grom an, beobachtete aufmerksam die Umgebung und stand nur wenige Herzschläge spätere vor dem Erhängten. Allem Anschein nach war dieser jedoch nicht tot, da seine flache Atmung und die gleichmäßigen Bewegungen seiner Brust von Leben erzählten. Handelte es sich doch um eine Falle? Grom sah sich noch einmal prüfend um und stieß vorsichtig mit dem Griff seiner Axt gegen die Brust des Mannes. Der Kerl mit dem violetten Haar war wirklich noch am Leben.

»Kümmert euch nicht um mich. Geht einfach eurer Wege und lasst mich hier hängen«, röchelte der Mann. Sein sonderbares Haar wirkte fremdartig und reichte gut eine Handbreit über die Schultern. Grom wusste nicht recht, was er davon halten sollte. Menschen taten oft Dinge, die für einen Oger keinen Sinn ergaben. Auch dieses Szenario konnte man leicht in diese Kategorie einreihen. Was wollte dieser Kerl mit seinem Handeln bezwecken? Früher oder später würde er durch den eng anliegenden Strick an seinen Hals ersticken. Es gab sicherlich bessere Wege, um aus dem Leben zu scheiden.

Der Oger hatte schon viele Menschen gesehen, die man auf ähnliche Weise hingerichtet hatte. Von denen war jedoch kein Einziger mehr in der Lage auch nur ein Wort hervorzubringen. Groms Intuition trieb ihn dazu, den Strick oberhalb des Kopfes mit einem gezielten Axthieb zu durchtrennen, woraufhin der Mann ruckartig zu Boden fiel.

»Na herrlich«, stöhnte der Mann, »Wieder einmal scheitert ein Versuch, dem Leben ein Ende zu bereiten. Vielen Dank!«

Groms Verwunderung nahm immer größere Züge an. Der Fremde öffnete die Augen, raffte sich auf und sah seine Retter unzufrieden an. Seltsamerweise verfiel er nicht in Panik, wie es die Menschen sonst in schwierigen Zeiten taten. Stattdessen klopfte er sich seelenruhig den Staub von den Schultern und sprach: »Wem habe ich denn meine Rettung zu verdanken?«

Grom schwieg einen Augenblick lang, da ihn das Geschehen rund um den merkwürdigen Mann immer noch viel zu sehr beschäftigte.

»Habt ihr eure Zunge verschluckt oder seid ihr einfach nur nicht sehr gesprächig?«

Grom wusste aus Erfahrung, dass weiteres Schweigen als unhöflich gedeutet werden konnte, und antwortete deshalb knapp mit einem grunzenden Laut. »Grom.«

»Das ist euer Name?«, erkundigte sich der Fremde überrascht. »Eure Eltern haben sich bei der Namensgebung nicht viel einfallen lassen. Und ich dachte, mein Leben sei von Grund auf schlecht. Man nennt mich Axis. Zumindest habe ich diesen Namen auf einem Zettel in meiner Tasche gefunden.«

Da Grom die Sprache der Menschen beherrschte und ihn seine natürliche Neugier vorantrieb, stellte er jene Frage, die ihm schon seit der Entdeckung des sonderbaren Mannes durch den Kopf geisterte. »Aus welchem Grund hängst du an diesem Baum?«

Axis lächelte mild.

»Das ist eine lange Geschichte. Hast du genug Zeit, um sie dir anzuhören?«

Grom nickte. Er hatte alle Zeit der Welt.

»Also schön. Vor etwa vierzehn Monden bin ich auf einem Schlachtfeld südlich von Grimalde zu mir gekommen. Ich wusste weder, wie ich dort hinkam, noch wer ich war. Ich war umgeben von kämpfenden Männern und versuchte der tobenden Schlacht zu entkommen. Bei meiner Flucht erwischte mich jedoch ein Speer und durchbohrte meinen Leib. Erstaunlicherweise überlebte ich den Angriff ohne sichtbare Spuren. Auch die folgenden Pfeile konnten mir nur wenig anhaben. Meine Wunden verschlossen sich schnell wieder und nicht einmal eine Narbe blieb an meinem Körper zurück. Den Grund dafür kann ich mir immer noch nicht erklären. Scheinbar hat der Tod jegliches Interesse an mir verloren. Nachdem ich dem grausamen Gemetzel entkommen war, bin ich von einer Katastrophe in die nächste gestürzt. Ein Priester hat mich nur wenige Tage darauf wegen meines auffallenden Haars der Hexerei bezichtigt und mich kurzerhand auf einem Scheiterhaufen verbrennen lassen. Auch die Flammen konnten mir nichts anhaben. Natürlich habe ich bei diesem Schauspiel für die gaffende Meute auf theatralische Weise geschrien und um mein Leben gefleht, obwohl ich keine Schmerzen verspürte. Am nächsten Morgen, als die Flammen erloschen waren, habe ich mich dann heimlich davon geschlichen. Danach habe ich so einiges über mich ergehen lassen und viel ausprobiert, doch nichts konnte mir etwas anhaben. Ich kann einfach nicht sterben. Ist das zu glauben?«

Grom untersuchte mit kindlicher Neugier den Ast, um den Axis den Strick gebunden hatte. Für das Gewicht eines Ogers war dieser unzureichend und wäre beim bloßen Versuch schon gebrochen. Andererseits unternahmen Oger auch nie den Versuch, sich selbst das Leben zu nehmen. Grom konnte einfach nicht begreifen, aus welchem Grund man sich auf diese Weise umbringen sollte. Das ergab doch keinen Sinn. Zumindest keinen, der dem Oger einleuchten wollte.

»Warum willst du unbedingt sterben?«, erkundigte sich Grom.

»Die Frage ist doch vielmehr, warum kann ich nicht sterben«, entgegnete Axis trotzig. »Auf mir muss ein Fluch lasten.«

Schon wieder ein Fluch, dachte Grom und kratzte sich verlegen am haarlosen Kopf. Flüche schienen sich zu dieser Zeit unter den Menschen an größter Beliebtheit zu erfreuen.

»Fluch?«, brummte Grom.

»Ganz recht. Ich bin dazu verdammt, unsterblich auf Erden zu wandern. Ein ganz und gar abscheuliches Schicksal.«

Grom konnte sich nun wahrlich schlimmer Dinge vorstellen als die Unsterblichkeit.

Oger lebten nicht ewig, doch lange genug, dass die Zeit eine eher unwesentliche Rolle in ihrem Leben spielte. Für Grom ergaben die Worte des Fremden immer weniger Sinn. Unter den Menschen gab es nun weitaus schrecklichere Dinge als die Unsterblichkeit. Es gab Krankheiten, Hungersnöte, verheerende Kriege und fanatische Priester. Da schien die Unsterblichkeit das kleinere Übel.

»Was treibt dich in diese verlassene Gegend?«, wollte Axis wissen und riss Grom damit aus den Gedanken. Der Oger sah ihn einen Moment ratlos an, deutete in Richtung des Berges und antwortete wahrheitsgemäß: »Seitdem man mich aus Ornheim verjagt hat, lebe ich in einer Höhle am Krähennest. Ich war auf der Suche nach etwas Essbarem und da bin ich auf dich gestoßen.«

Axis lächelte sanftmütig. ››Wenn es weiter nichts ist. In meinem Beutel wird sich bestimmt noch etwas Essbares finden. Vielleicht würdest du mir die Ehre erweisen und mir beim Essen Gesellschaft leisten. Ich esse nicht gern allein.‹‹

Das war ein Angebot, das Grom unmöglich ablehnen konnte. Ein wenig Gesellschaft und eine Mahlzeit waren Dinge, die ein Oger im Leben besonders schätzte. Obwohl sich seine Meinung über die Menschen schon seit geraumer Zeit geändert hatte, machte Axis nicht den Eindruck, als wäre er einer dieser irren Gottesanbeter. Irgendetwas an ihm war sonderbar, auch wenn Grom nicht genau sagen konnte, was es war. Allein seine Kleidung hob sich von dem ab, was Grom an den schmächtigen Leibern in Ornheim stets gesehen hatte. Außerdem war Axis höher gewachsen und zeigte keinerlei Anzeichen für Bartwuchs. Sein längliches Gesicht mit den markanten Wangenknochen war durchweg blass und zudem auch noch glatt wie die Oberfläche eines Spiegels. In diesen Breitengraden war ein derartiges Aussehen schon sonderbar genug. Grom stellte jedoch keinerlei Fragen. Schließlich wollte er das großzügige Angebot seines Gegenübers nicht durch neugierige Fragen zunichtemachen. Der Beutel, den Axis zuvor erwähnte, lehnte am Stamm des Baumes und war dem Oger zuvor gar nicht aufgefallen. Der Unsterbliche langte in den ledernen Beutel und zog eine gepökelte Beinkeule hervor, die Grom schon beim bloßen Anblick das Wasser in die Mundhöhle trieb. Freundlich lächelnd reichte ihm Axis den Appetithappen und zog eine weitere Köstlichkeit hervor.

››Kuh?‹‹, erkundigte sich Grom schmatzend.

››Nun ja, zumindest etwas Ähnliches‹‹, antwortete Axis, ohne dabei näher auf die Frage einzugehen. Grom bestand auch nicht auf eine genaue Antwort. Dafür war er viel zu hungrig. Die Mahlzeit kam ihm durchaus gelegen und schmeckte gar nicht mal so schlecht. Schmatzend ließ sich der Oger im Schatten der Bäume nieder, was Axis wiederum amüsierte. ››Offenbar hast du lange kein Fleisch mehr zwischen die Zähne bekommen.‹‹

»Kaninchen«, antwortete Grom und biss ein weiteres Mal in die Keule. »Die sind einfach zu klein, um einen Oger satt zu bekommen.«

Gierig schluckte Grom den Bissen hinunter und machte sich über den Rest seiner Mahlzeit her. Selbst der armdicke Knochen blieb nicht vor seinem ungezügelten Appetit verschont.

Nur wenige Augenblicke später leckte Grom sich die dicken Finger ab und grinste breit. Die Mahlzeit hatte ihm gut getan und war dringend notwendig gewesen.

Axis lächelte und zeigte keinerlei Scheu vor dem Oger. »Du bist also ein Oger ... Bisher hatte ich noch nicht das Glück, einem von deiner Sorte zu begegnen. Zumindest erinnere ich mich nicht daran. In den Städten erzählt man sich viele Geschichten über euch, doch nur die wenigsten scheinen mir in der Nähe der Wahrheit angesiedelt.«

»Was erzählt man sich denn über uns?«, wollte Grom wissen. Er spürte, wie glühender Zorn in ihm aufstieg. Die schmerzhaften Erinnerungen vergangener Tage kehrten auf einen Schlag zurück.

»Och, das ein oder andere. Nichts von Bedeutung.«

Axis versuchte der Frage geschickt auszuweichen, doch Grom ließ nicht locker. »Vielleicht dass wir Menschenfresser sind, garstige Biester mit zornigem Geist und von ungemeiner Brutalität oder dass wir für alles Elend der Welt verantwortlich sind?«

Groms Blick verfinsterte sich.

»Nicht alle Menschen Glauben an solch einen Unfug. Das Geschwätz der Priester vernebelt vielen den Geist.«

»Das musste ich auch schon feststellen«, brummte Grom und wischte sich mit dem Handrücken über den Mund.

»Wir leben in schwierigen Zeiten. Die Menschen sind von Natur aus ängstlich. Sie lassen sich schnell von den Glaubensbrüdern bezirzen, da sie schließlich die Boten des wahren Gottes sein sollen. Ich kann nicht recht an ihre Geschichten glauben. Vielmehr denke ich, dass sie ein Reich aus Angst und falschen Versprechungen errichten. Ich habe einige Priester in den Städten westlich des Klosters erlebt und musste ihre hoffnungsvollen Reden mit anhören. Sie blenden die armen Menschen mit falschen Versprechungen und vergiften ihren Geist. Zu guter Letzt spendet man den Priestern einen Großteil an Münzen und erhofft sich dadurch das ersehnte Seelenheil und einen Platz im Paradies.‹‹

Axis schien halbwegs aufrichtig zu sein, was den Oger wenigstens ein klein wenig Hoffnung schöpfen ließ. Vielleicht waren doch nicht alle Menschen gleich.

››Da ich dank deiner Hilfe immer noch unter den Lebenden weile, wäre es wohl an der Zeit, eine Entscheidung zu treffen. Vielleicht sollte ich nach Germansstadt reisen und dort für eine Weile nach meiner Identität und meiner Herkunft suchen.‹‹

Grom suchte angestrengt nach den passenden Worten, um den Dialog fortzuführen, doch Axis kam ihm zuvor und ersparte dem Oger jegliche Peinlichkeit. ››Willst du mich vielleicht nach Germansstadt begleiten?‹‹

Grom deutete wortlos in Richtung des Berges. Er war nicht darauf erpicht, sich noch weiter von seiner schützenden Höhle und dem Schatten des Berges zu entfernen.

Axis lächelte schelmisch.

››Es wäre mir eine Ehre, wenn der Herr Oger mich begleiten würde. Hier gibt es wohl nicht viele Kreaturen, die auf unsere Gesellschaft großen Wert legen. Was hast du schon zu verlieren?‹‹

Grom schnaufte kurz und überlegte sich eine möglichst höfliche Antwort, um dem Unsterblichen einen wichtigen Punkt zu erläutern. ››Wenn du mich noch einmal mit *Herr* ansprichst, dann beiße ich dir den Kopf ab. Dann hast du dein Ziel schneller erreicht, als dir lieb sein kann. Mein Name ist Grom. Einfach nur Grom.‹‹

Oger mochten die förmlichen Anreden der Menschen nicht sonderlich. Bei der Geburt wurde jeder Oger mit einem einfachen Namen versehen und das war in jeder Hinsicht mehr als nur ausreichend. Man hörte auf wohlklingende Namen wie Grom, Brull, Gronz, Fratz oder Rulps. Zusätzlicher Nettigkeiten, die nur der Etikette dienten, bedurfte es dabei nicht. Förmliche Anreden kosteten außerdem unnötig Zeit und waren in den seltensten Fällen ernst gemeint. Sie verschleierten zudem das wahre Anliegen, was bei einem ungeduldigen Oger schnell zu unüberlegten

Wutausbrüchen führen konnte. Groms Volk kam stets ohne Umschweife auf den Punkt. Das sparte einerseits Zeit und war andererseits von einer Ehrlichkeit beseelt, die wohl nur seinesgleichen wirklich zu schätzen wusste. Zudem verfügten nur wenige Oger über die erforderliche Intelligenz, um ein Anliegen mit Nettigkeiten zu umschreiben. Oger waren meist ehrlich, etwas träge und von einer gewissen Grobschlächtigkeit geprägt.

»Na schön, Grom. Begleitest du mich oder gehst du zurück zum Berg? Dort wird wohl niemand auf dich warten, oder? Gib dir einen Ruck und begleite mich. Wenn dir die Stadt nicht gefällt, kannst du immer noch umkehren.«

Grom sah noch einmal in Richtung des Berges, obwohl er sich insgeheim schon entschieden hatte. Seine Höhle konnte ihm unmöglich davonlaufen und ein wenig Gesellschaft würde ihm auch nicht schaden. »Gehen wir nach Germansstadt«, brummte Grom und versetzte Axis einen freundschaftlichen Schubs, der den Unsterblichen zur Seite stolpern ließ. Glücklicherweise fand er nach fünf Schritten Halt an einem der knorrigen Bäume.

»Darüber sollten wir uns noch einmal ernsthaft unterhalten«, krakeelte Axis amüsiert. Er hatte anscheinend Gefallen an seinem neuen, grobschlächtigen Begleiter gefunden.

Die Männer des Glaubens

Das ungleiche Paar war schon eine Weile unterwegs und Axis plapperte wie ein Wasserfall, während Grom breit grinste und sich einen Brocken Fleisch zwischen den mächtigen Backenzähnen hervor pulte.

Axis erzählte viele Geschichten und Grom hörte sich die Worte des sonderbaren Mannes gerne an. Schon lange hatte er keinen vernünftigen Laut mehr gehört, wenn man vom eigenen Wehklagen beim Sturz in die Tiefe und dem lästigen Gezwitscher des Vogels einmal absah. Axis war ein angenehmer Zeitgenosse, wobei Grom dessen menschliche Abstammung immer mehr anzweifelte. Dieser Sonderling mochte so gar nicht ins Bild eines gewöhnlichen Menschen passen. Seine Bewegungen waren deutlich weicher, als die eines gewöhnlichen Menschen. Er wirkte durch seine katzenhaften Bewegungen ungemein flink und geschmeidig. Ohne die Anzeichen von Furcht oder Zorn lief er an der Seite des Ogers und erzählte von weit entfernten Städten, furchtbaren Kriegen und sonderbaren Dingen.

Gebannt lauschte Grom den Erzählungen des sonderbaren Mannes. Axis berichtete von grausamen Dingen, die er mit ansehen musste und von Dingen, die Grom nicht einmal ansatzweise verstand. Immer wieder unterstrich der Unsterbliche seine Aussagen mit hektischen Bewegungen und wilden Gesten, um den wilden Geschichten mehr Leben einzuhauchen. Grom musste unweigerlich grinsen. Das hektische Gehampel und Gezappel des Sonderlings amüsierte ihn.

Der Spaß endete schlagartig, als sie eine Gruppe von Männern entdeckten, die ihnen geradewegs entgegen marschierten. Schon aus der Ferne konnten Axis und Grom erkennen, um wen es sich dabei handelte. Ein purpurnes Banner mit goldenem Kreuz wehte im Wind und wurde von einem der festlich gekleideten Männer in die Höhe gehalten.

Grom schnaubte verächtlich und packte sofort nach der altbewährten Steinaxt. Er würde diesen Banditen und Betrügern sicherlich nicht unbewaffnet in die Arme laufen.

Die Anhänger des wahren Glaubens hatten sich augenscheinlich vermehrt, wie die Fliegen über Kuhdung. Aus vergangenen Tagen wusste der Oger nur zu gut, dass die Männer des Glaubens ihn wohl kaum freundlich empfangen würden. Vielleicht wäre es an der Zeit, einfach aus ihrem Sichtfeld zu verschwinden, doch leider bot der Landstrich nur wenige Möglichkeiten, die einen ausgewachsenen Oger verbergen konnten. Der zertrampelte Pfad war gut zehn Ogerschritte breit und grenzte zu beiden Seiten an leere Felder und knöchelhohen Wiesen. An eine Flucht war gar nicht erst zu denken. Weit und breit gab es nichts, hinter dem ein ausgewachsener Oger Deckung suchen konnte. Ein Aufeinandertreffen war unausweichlich.

Zu Groms Erstaunen, baute sich Axis vor ihm auf und sprach: »Lass mich das erledigen und rühr dich nicht von der Stelle. Bleib einfach ganz ruhig. Sie haben uns ohnehin schon gesehen und du weißt bestimmt selbst, wie diese Gestalten auf Oger reagieren.«

Grom nickte stumm, auch wenn er den Worten seines Begleiters nicht ganz folgen konnte. Was hatte Axis vor? Er konnte sich doch unmöglich allein dem aufmarschierenden Pulk in den Weg stellen. Was dachte er sich dabei? Axis besaß noch nicht einmal eine Waffe - jedenfalls keine, die dem Oger zuvor aufgefallen wäre, während die Glaubensbrüder gut gerüstet waren. Zahlreiche Speere ragten gut drei Armlängen über ihren Köpfen in den Himmel. Auch Schwerter konnte Grom an ihren Gürteln entdecken. Diese elenden Kriegstreiber hatten schon unzähligen Kreaturen den wahren Glauben näher gebracht. Jedoch selten mit Worten allein. Sie marschierten im Schutz des Glaubens durchs Land, brachten die wahre Religion unter die Menschen, kämpften an deren Seite gegen plündernde Feinde und erschlich sich auf diese Weise das Vertrauen. Mit grässlichen Lügen säte man Angst und Schrecken in die Herzen der Stadtbewohner.

Axis schien völlig unbeeindruckt und stellte sich den Männern mit verschränkten Armen in den Weg. Natürlich waren sie in Begleitung eines Priesters, der sich durch sein auffälliges Gewand von den restlichen Brüdern abhob. Er trug ein purpurnes Gewand, eine hohe Kopfbedeckung und eine blutrote Schärpe. Mit zornigem Blick deutete er in Richtung des Ogers, was anhand der prekären Lage, die derzeit überall im Land herrschte, kaum etwas Gutes bedeuten konnte. Umgehend setzten sich einige Speerträger in Bewegung, doch Axis stellte sich ihnen selbstbewusst den Weg und schubste ihren Anführer einige Schritte zurück. Er stand auf dem Boden, wie ein Fels in der Brandung.

»Aus dem Weg, du verlauster Strauchdieb! Du bist für uns nicht von Interesse. Wir wollen den Oger und nicht dich. Er muss geläutert werden.«

Der wortführende Kämpfer des Glaubens versuchte Axis beiseite zu drängen, doch der blieb wie angewurzelt stehen und bewegte sich nicht vom Fleck.

»Wenn ihr den Oger wollt, dann müsst ihr erst an mir vorbei.«

»Ganz wie du willst«, schnauzte der Kleriker, ließ von seinem Speer ab und zückte ein aufblitzendes Schwert. Axis zeigte noch immer kein Anzeichen von Angst und lächelte. »Wollt ihr ernsthaft einem unbewaffneten Mann mit dem Schwert entgegen treten? Lässt sich das mit eurem Glauben vereinbaren? Ihr müsst ungeheuer stolz auf euch sein.«

Das Gesicht des Glaubensanhängers verfärbte sich rot vor Zorn. Auch seine Begleiter streckten dem Oger die Speerspitzen entgegen, doch hielten sie sich bisher noch im Hintergrund.

Grom stand bewegungslos da, hielt die Axt in Händen und folgte angespannt dem Geschehen. Schon lange hatte er keinen Kampf mehr ausfechten müssen.

Wenigstens waren die Gottesanbeter nicht im Besitz dieser schrecklichen, Feuer speienden Waffen. Diese lärmenden Dinger konnten selbst für einen Oger gefährlich werden.

Angesichts der rund zwanzig Männer schätzte Grom den Erfolg seines Begleiters auf lange Sicht als eher gering ein. Grom hätte es leicht mit ihnen aufnehmen können, dennoch gewährte er Axis seinen Auftritt. Keiner der Gottesmänner war sich darüber im Klaren, dass Axis unglaublicherweise nicht sterben konnte. Im Ernstfall konnte Grom immer noch eingreifen und den Tross in die Flucht jagen.

Erneut versuchte sich der Soldat vorbeizudrängen, doch Axis hielt ihn an der Schulter fest und schubste ihn scheinbar mühelos gut drei Schritte zurück. Der Unsterbliche blieb standhaft und versperrte dem rotgesichtigen Mann erneut den Weg. Einen Augenblick später rammte er Axis völlig unvorbereitet die Klinge in den Bauch und musste entsetzt feststellen, dass sich Axis darüber auch noch amüsierte, anstatt sich vor Schmerzen zu winden.

»Habt ihr denn noch nie einen Mann getötet? Gebt her. Ich zeige euch, wie man so etwas macht. Ihr müsst die Klinge tiefer ins Fleisch rammen. Wenn ihr sie dann noch hin und her dreht, stehen die Überlebenschancen bei den meisten Menschen ungemein schlecht.«

Mit diesen Worten packte Axis das Griffstück der Waffe und stieß sich die Klinge noch tiefer ins eigene Fleisch. Mit einem Ruck drang die Klinge in seinen Körper ein und trat krachend am Rücken wieder aus. »Habt ihr das gesehen? So macht man das.«

Der Soldat wich mit großen Augen und weit geöffnetem Mund zurück, wechselte beim Anblick des Unsterblichen erneut die Gesichtsfarbe und wurde kreidebleich. Plötzlich hatte er es gar nicht mehr so eilig, um an Axis vorbeizukommen. Seine Männer wichen vor Schrecken zurück. »Das ist Hexerei! Ihr seid mit dem Teufel im Bunde!«, rief einer. Die Männer flohen mit erhobenen Händen in alle Himmelsrichtungen und zerstreuten sich in der Ferne.

Niemand von ihnen erweckte nun mehr den Eindruck, als wollte man zum Angriff übergehen. Einzig der abseitsstehende Priester schien äußerlich gefasst, während seine Männer schreiend und flehend die Flucht ergriffen. Der Geistliche stützte sich an einem mannshohen Wanderstab und sah Axis mit hasserfülltem Blick an. »Anscheinend hat euch die Anwesenheit des Ogers verhext. Vielleicht seid ihr aber auch ein Dämon, der aus der tiefsten Dunkelheit emporgestiegen ist, um die Menschheit zu vernichten. Ich habe keine Angst vor euch, elender Dunkelgeist! Der Glaube ist meine Waffe und niemand kann dem Willen des wahren Gottes etwas anhaben. Ihr seid zu einer Höllenkreatur verkommen und müsst ...«

Axis unterbrach die auflodernde Rede des alten Mannes. »Spart euch eure verlogenen Worte, Heuchler! Die meisten eurer Männer haben die Flucht ergriffen, und wenn euch etwas an eurem armseligen Leben liegt, dann solltet ihr ihrem glanzlosen Beispiel folgen.«

Mit einem Grinsen drehte sich Axis in Groms Richtung. »Habe ich dir zu viel versprochen? Eine Kleinigkeit. Jeder, der mir bisher ein Schwert in den Leib gerammt hat, ist danach auf ähnliche Weise geflohen.«

Grom konnte sehen, wie der Priester einen Gegenstand aus einer der zurückgelassenen Truhen zog. Einen Gegenstand, den der Oger noch bestens aus der Vergangenheit kannte. Noch bevor Grom auch nur einen Ton hervorbringen konnte, ertönte ein lauter Knall und beißender Rauch stieg aus dem Lauf der Waffe empor. Grom wollte seinen Augen nicht trauen. Der Schuss hatte seinem Begleiter ein hässliches, faustgroßes Loch in den Leib gerissen, durch das man mühelos hindurchschauen konnte. Hingegen aller Erwartungen brach Axis jedoch nicht zusammen. Er starrte ungläubig auf seinen Bauch, drehte sich auf dem Absatz um und marschierte dem schießwütigen Priester grimmig entgegen. »Predigt ihr das in euren Gotteshäusern? Einen Mann hinterrücks zu erschießen sollte selbst eurem Gott ein Dorn im Auge sein. Was habt ihr euch dabei nur gedacht? Ihr seid eines jeden Glaubens nicht würdig!«

Wütend riss er dem Geistlichen die Waffe aus den Händen und warf sie zu Boden. Trotz aller Angst, die dem Priester offenkundig ins Gesicht geschrieben stand, zeigte er sich erstaunlich uneinsichtig. »Das Oberhaupt der Kirche wird von euch erfahren! Ihr seid verflucht!«

»Und was dann?«, fauchte Axis angriffslustig. »Wollt ihr mich aufhängen, erschießen oder verbrennen. Glaubt mir, ich bin schon durch alle dieser Türen gegangen und keine davon hat mein Leben beendet. Verschwindet, bevor ich euch eure eigene Medizin verabreiche, stinkender Glaubensabschaum!«

Der Priester benötigte keine weitere Aufforderung, um schleunigst das Weite zu suchen. Trotz seines fortgeschrittenen Alters lief er beachtlich schnell und verschwand in eine der Richtungen, in die schon ein paar seiner Männer geflohen waren. Als er außer Sichtweite war, näherte sich Grom seinem merkwürdigen Begleiter. Das klaffende Loch in Axis Körper hätte selbst einen gestandenen Oger ins Jenseits befördert, doch Axis stand immer noch auf den eigenen Beinen und erweckte nicht den Anschein, als wolle er sterben.

»Ist alles in Ordnung?«, erkundigte sich Grom besorgt.

»Mit mir schon, aber sieh dir mein Hemd an. Es ist ruiniert. Das ist puritanische Wolle. So was bekommt man nicht an jeder Straßenecke. Dieser verdammte Priester!«

Grom wunderte sich über alle Maßen, dass Axis seinem Kleidungsstück weit mehr Beachtung schenkte als dem eigenen Körper. Was Grom dann sah, ließ sich mit dem überschaubaren Wortschatz eines Ogers kaum beschreiben. Wie durch Zauberhand verschwand die Wunde und nichts deutete mehr auf eine Verletzung hin. Das kostbare Hemd war dennoch ruiniert.

»Du hast noch nicht einmal einen Tropfen Blut verloren«, stellte Grom verwundert fest. »Dafür kann ich mein Hemd wegwerfen«, schimpfte Axis und schürzte aufgebracht die Lippen. »Sieh dir das nur an. Selbst für den besten Schneider im Land ist dieser löchrige Fetzen kaum noch von nutzen. Puranische Wolle wächst schließlich nicht auf Bäumen. Weißt du, wie lange ich nach einem Hemd von dieser Qualität suchen musste?«

Grom zuckte ahnungslos mit den Schultern. Er verstand die ganze Aufregung nicht.

Er selbst hatte nie ein Hemd besessen und lebte schon seit seiner Geburt mit freiem Oberkörper. Einzig der Lederflicken, welcher seinen Unterleib bedeckte, konnte der Oger zu seinen Kleidungsstücken zählen. Mehr benötigte ein Oger in der Regel nicht. Aus diesem Grund konnte Grom auch nicht verstehen, weshalb Axis einem Hemd derart hinterher trauerte.

Wütend stülpte sich Axis den Stofffetzen über den Kopf und warf ihn übellaunig zu Boden. Grom hingegen konnte sich nicht erklären, weshalb sein Begleiter den Verlust des Hemds dermaßen betrauerte.

»Den Schwertstich hätte man noch leicht flicken können, doch der folgende Schuss war unnötig. Wenn mir dieser Kerl ein weiteres Mal über den Weg läuft, dann wird er mich kennenlernen.«

»Er kennt dich doch bereits«, frotzelte Grom und grinste breit. Er zweifelte daran, dass der Priester großen Wert auf ein baldiges Wiedersehen legte. Beruhigend klopfte Grom seinem Begleiter auf die Schulter. »In Germansstadt werden wir schon etwas finden, das den Verlust deiner Kleidung aufwiegt. Dort ist man in der Lederverarbeitung jeder anderen Stadt um Längen voraus.«

Grinsend deutete Grom auf den mehrfach geflickten Lendenschurz, der um seine breiten Hüften hing.

»Woraus ist der gemacht? «

Die geschuppte Oberfläche des Kleidungsfetzens hatte Axis bereits seit dem ersten Zusammentreffen irritiert.

»Basiliskenleder«, antworte Grom grinsend. »Den hab ich eigenhändig erlegt und ihm anschließend die Haut vom Fleisch abgezogen.«

»Mehr muss auch nicht darüber wissen«, entgegnete Axis und versuchte dabei ein unangenehmes Würgen zu unterdrücken, welches sich seine Kehle hinauf schlich. Danach sah er den Oger fragend an. »Und woher weißt du so genau, welche Waren Germansstadt zu bieten hat?«

»Nach Ornheim kamen oft Händler mit Waren aus Germansstadt. Wenn sie der Stadt den Rücken kehrten, war oft nichts mehr davon übrig. Die Handwerkskunst der Germansstädter ist im ganzen Land bekannt. Selbst einem Oger bleibt das nicht verborgen«, erklärte Grom mit einem Augenzwinkern.

»Eines würde mich dann noch interessieren. Für einen Oger sprichst du den Daktorischen Dialekt fehlerfrei. Woher kommt das?«

Groms entspanntes Gesicht verschwand zunehmend. Die aufkommende Erinnerung schmerzte ihn. »Ich habe einige Jahre in Ornheim gelebt.«

»Kein besonders netter Ort. Dort hat man mich aus der Stadt gejagt«, stellte Axis mit traurigem Gesicht fest.

»Mich auch«, sagte Grom und klopfte dem Unsterblichen anerkennend auf die Schulter. In Axis hatte er nach langer Zeit einen Leidensgenossen gefunden.

»Lass uns nach Germansstadt marschieren, damit du wieder halbwegs manierlich aussiehst. Mit deiner abgemagerten Brust wirst du wohl kaum jemanden erschrecken.«

Axis nickte schwermütig. Es hatte ihn Jahre gekostet, bis er endlich in den Besitz seines geliebten Hemdes gelangte. Niedergeschlagen warf er sich sein ledernes Bündel über die Schulter und seufzte melancholisch.

Seite an Seite marschierten sie den ebenerdigen Weg entlang, durchquerten nach einer anhaltenden Ewigkeit den Tannenwald und gelangten schließlich zu einer Anhöhe, von der man die Umrisse einer Stadt erkennen konnte. In Germansstadt würde man mit Sicherheit auf keinen Priester geschweige denn auf einen Anhänger des wahren Glaubens treffen. Die Stadt war fest in den Händen der Goblins, was einerseits erfreulich war und Grom andererseits Magenschmerzen bereitete. Er mochte die kleinen, quirligen Gestalten nicht besonders. Diese garstigen Kreaturen waren verschlagen, hinterlistig und zudem noch überaus geschäftstüchtig. Man tat gut daran, keinem der Goblins blind zu vertrauen. Ließ man sich dennoch mit den kleinen, verschlagenen Kreaturen ein, so wurde man bestenfalls nur übers Ohr gehauen und auf übelste Weise betrogen. Im schlechtesten Fall erwachte man mit einem Brummschädel auf einer Sklavengaleone.

Wenigstens wäre man hinter den Mauern der Stadt für einige Zeit sicher, da die Anhänger des wahren Glaubens diesem Ort bisher fern blieben.

Überall im dicken Mauerwerk fand man kleine Löcher und mittlere Öffnungen, die entweder zum Ausgießen von flüssigem Pech, Öl und ähnlichen Substanzen genutzt wurden oder den Goblins als Schießscharten dienten. Mit Pfeil und Bogen wussten diese kleinen Gestalten bestens umzugehen. Ihre vergifteten Pfeile wurden von jedem Feind im Land und weit über die Grenzen hinaus gefürchtet. Niemand, der auch nur einen Funken Verstand besaß, näherte sich der Stadt in feindlicher Absicht. In der Vergangenheit musste schon so mancher Feldherr einsehen, dass sich Germansstadt nicht leicht erobern ließ. Auch den Anhängern des wahren Glaubens war diese Tatsache bekannt. Man tat wirklich gut daran, dem Gobelinvolk keinen Grund für einen Angriff zu liefern, da die kleinen Grünhäuter äußerst wehrhaft und widerstandsfähig waren. In Sachen Kriegskunst konnte ihnen kaum ein anderes Volk das Wasser reichen.

Grom kannte die Stadt bereits aus der Vergangenheit und freute sich nur mäßig auf den bevorstehenden Besuch. Auch wenn ihn dort eine angemessene Unterkunft und eine herzhafte Mahlzeit erwarteten, so war er den Goblins gegenüber durchaus skeptisch eingestellt. Hoffentlich würde es in Germansstadt keinen Ärger geben, denn das war wirklich das Letzte, was Grom und sein Begleiter gebrauchen konnten.

Der Bericht

An einem anderen Ort, viele Meilen entfernt von Grom und seinem Begleiter, saßen zur gleichen Zeit ein paar Männer im Hain des Klosters auf einer der steinernen Bänke und sinnierten über die Auslegung des wahren Glaubens. Klerus Benedikt Vordermann erklärte seine Interpretation der Gebote, was von dem einen oder anderen Glaubensbruder mild belächelt wurde, aber auch Anerkennung unter den Anwesenden fand.

»Ihr wollt doch nicht ernsthaft behaupten, dass alle andersartigen Kreaturen dem Menschen unterlegen sind, werter Klerus Vordermann, oder?«

Benedikt sah den Kleriker mit dem zerfurchten Gesicht, den spitzen Wangenknochen und der hässlichen Hakennase scharf an. »Seid ihr in diesem Punkt etwa anderer Meinung, Klerus Ruven? Sind Orks nicht wild gewordene Bestien, die für alle Menschen eine Gefahr darstellen? Und zählen Trolle nicht zu den unberechenbarsten Wesen, die man sich überhaupt nur vorstellen kann? Wie viele Kleriker, Priester und Glaubensanhänger haben wir schon an diese gottlosen Bestien verloren? Ich würde gern eure Ansichten darüber hören.«

»Ich habe nie behauptet, dass Orks oder Trolle friedfertige Wesen sind. Wir haben versucht die beiden Völker an den wahren Glauben zu binden und sind ein ums andere Mal gescheitert. Nach ihren Göttern kommen unsere Versuche einer Kriegserklärung gleich. Denkt aber auch an die Zwerge oder an die Elfen. Mit vielen Stämmen und Klans treiben wir regen Handel und profitieren von ihrem Wissen«, rechtfertigte sich Klerus Ruven.

»Dennoch sind sie alle Launen der Natur. Sie folgen einer Vielzahl von grässlichen Götzen und schauderhaften Gottheiten. Nichts an ihnen lässt sich mit den heiligen Schriften des wahren Glaubens vereinbaren oder wollt ihr das etwa leugnen? Wollt ihr diese unheiligen Bestien auch noch verteidigen?«, fragte Benedikt und sah Klerus Ruven prüfend und mit scharfem Blick an.

»Was unser werter Bruder damit sagen will«, mischte sich ein weiterer Kleriker ein, »ist, dass man diese wilden Kreaturen wohl nicht so einfach bekehren kann, wie wir es uns zuvor vielleicht vorgestellt haben. Bei Ogern, Orks und Trollen handelt es sich zweifellos um unzivilisierte Monster, denen man nur mit Gewalt beikommen kann. Bei anderen Völkern kann ich diese Meinung jedoch nicht vertreten und muss Klerus Ruven beipflichten. Wir profitieren von mancher Gestalt, die nichts mit dem wahren Glauben zu tun hat und diesen auch ganz offenkundig ablehnt.«

Der alte Klerus mit dem ergrauten Haar hatte sich bisher zurückgehalten. Er war vom Alter gezeichnet, trug das purpurfarbene Gewand des wahren Glaubens und schien nur noch eine blasse Kopie seiner selbst. Dank seines hohen Alters würde er den nächsten Mond wahrscheinlich schon nicht mehr erleben. Es wäre nur noch eine Frage von Stunden oder möglicherweise von Tagen, bis Klerus Xaver das Zeitliche segnen würde. Meist war er zu schwach oder zu müde, um sein Zimmer noch zu verlassen, doch am heutigen Tag hatte er den Wunsch geäußert, den Hain zu besuchen. Früher liebte er den Geruch von Blumen, Gras und den zahlreichen Sträuchern, und verbrachte viele seiner freien Stunden an diesem friedfertigen Ort.

Mittlerweile war Klerus Xaver zu alt und zu schwach, um Benedikt noch gefährlich zu werden, auch wenn er die drohende Gefahr in seinen Knochen spüren mochte. In ihm sah Benedikt keinen ernsthaften Gegner. Klerus Ruven hingegen war eine Person, die selbst nach einem höheren Amt strebte, wenngleich er seine Wünsche gut zu verbergen wusste. Benedikt hatte ihn längst durchschaut, denn er spielte schon seit Jahren das gleiche Spiel. Er war jedoch weitaus erfolgreicher. Benedikt sah Klerus Xaver wohlwollend an und nickte mit einem zart angedeuteten Lächeln.

Nach achtundneunzig Jahren im Kloster würde bei dem alten Kleriker der Tod noch früh genug eintreten, ohne dass Benedikt eingreifen musste. Die Zeit würde dieses Problem von allein lösen.

Ein Bote kam herbei geeilt. Er war in einen weiten Mantel gehüllt, dessen Kapuze den größten Teil des Gesichts verbarg. Darunter trug er eine dunkle Hose mit hornartigen Beinschienen und feste Reiterstiefel aus braunem Leder. Schnaufend stoppte er an Benedikts Seite und flüsterte dem Kleriker eine geheimnisvolle Nachricht ins Ohr.

Benedikts Gesichtszüge verhärteten sich.

»Das ist wirklich sehr bedenklich. Ist man sich dessen auch ganz sicher?«

Benedikt sah den schnaufenden Mann mit erstem Gesicht an.

Der Bote nickte stumm.

»Dann muss ich mich leider für den Moment entschuldigen. Es warten wichtige Aufgaben, die leider keinen weiteren Aufschub dulden.«

Benedikt erhob sich, rückte sein purpurnes Gewand zurecht und eilte mit weit ausholenden Schritten durch eine, mit Ornamenten versehene Tür, ohne die verbliebenen Brüder über das Geschehen in Kenntnis zu setzen. Fünf ratlose Gesichter blieben im Hain zurück. Benedikt hatte sie wieder einmal mit einem seiner gut gelungenen Possenspiele getäuscht. Er war zu einem Meister in diesem Fach herangereift. Mit Täuschungen, Intrigen, Lügen, Scheinheiligkeit und Possenspiel kannte sich Benedikt bestens aus. Nur auf diese abscheuliche Weise ließ sich im wahren Glauben die Unsterblichkeit und damit das höchste Amt erringen.

Schnell huschte Benedikt durch die Gänge des Klosters und umklammerte mit einer Hand die goldene Kette, welche er stets als Zeichen des wahren Glaubens um den Hals trug. Wenn die Worte des Boten der Wahrheit entsprachen, waren seine eigenen Pläne in größter Gefahr und das würde Benedikt um jeden Preis zu verhindern wissen. Er selbst verfolgte Ziele, die er keinesfalls aufgeben wollte. Er hatte große Pläne und diese durften einfach nicht scheitern. Dafür hatte er zu viele Jahre in Armut, Bescheidenheit und heuchlerischer Ergebenheit zugebracht. Es dürstete ihn schon lange nach mehr. Kaum hatte er die Kapelle erreicht, ertönten auch schon die Glocken. Glücklicherweise traf Benedikt vor den zwölf Ratsmitgliedern ein und erwischte den buckligen Klerus, wie er aus der Glockenkammer stieg. Leider war es für eine passende Reaktion schon zu spät, da sich die beiden Bänke stetig mit den Ratsmitgliedern füllten. Jeder von ihnen verbeugte sich andächtig vor dem steinernen Altar, dessen ausgezeichnete Steinmetzarbeit nirgends sonst mehr im Land zu finden war.

Nach der demütigen Zeremonie war auch der letzte Platz vom zwölften Ratsmitglied besetzt.

Benedikt baute sich vor dem Altar auf und erhob beschwörend die Hände. Das gegenwärtige Gemurmel verstummte.

»Aus welchem Grund hat man uns in die Kapelle bestellt?«, wollte ein hagerer Mann wissen. Er verbarg sein Gesicht unter einer Kapuze, doch Benedikt wusste längst, wer ihm im Weg stand. Er würde sich auch diesen Maulhelden bald vom Hals schaffen.

»Beruhigt euch, meine Brüder. Mir sind höchst bedenkliche Worte ans Ohr gedrungen. Ein alter Bekannter ist aufgetaucht, von dem jeder hier nur zu gut weiß. Seine Macht kann uns zerstören und den wahren Glauben für immer vernichten.« Benedikt ließ ein kurze, theatralische Pause folgen. »Man hat den Unsterblichen entdeckt!«

Sofort brach das Gemurmel wieder aus. Die versammelten Glaubensbrüder waren von der Nachricht nicht sonderlich angetan.

Benedikt musste die Ratsmitglieder wieder zur Ordnung rufen.

»Beruhigt euch! Jeder von euch weiß, was dieser Kerl anrichten kann, wenn wir nicht umgehend auf sein Erscheinen reagieren. Der wahre Glaube wird dann für immer ausgelöscht. Und als wäre das noch nicht genug, so ist der Unsterbliche auch noch in Begleitung eines wahrhaftigen Ogers. Wir müssen umgehend alle erdenklichen Maßnahmen ergreifen und uns diese Plage vom Hals schaffen. Jedem dürfte hinlänglich bekannt sein, dass man den Unsterblichen nicht mit gewöhnlichen Mitteln töten kann. Wir könnten jedoch ein gut gehütetes Geheimnis entfesseln, das nur sehr wenigen bekannt sein dürfte.«

Erneutes Getuschel und Gemurmel flammte unter den Brüdern auf.

››Wen sollten wir denn mit dieser Aufgabe betrauen? Etwa einen Barbaren aus dem Unterland?‹‹, wollte einer der Männer angriffslustig wissen. Benedikt erkannte auch ihn. Klerus Ruven war ein schlechter Schauspieler. Wie er es in den Hohen Rat des Klosters geschafft hatte, stellte Benedikt selbst nach so langer Zeit immer noch vor ein Rätsel.

››Kaum jemand kann sich mit der Kraft des Unsterblichen messen. Seine Macht ist einfach zu groß. Wenn er von seiner wahren Herkunft erfährt, sind wir am Ende. Unser Glaube hat dann für alle Zeit ausgedient‹‹, erklärte ein anderes Ratsmitglied. Von ihm hatte Benedikt nichts zu befürchten. Noch nicht.

››Es gibt jemanden, der dieser Sache gewachsen ist‹‹, erklärte Benedikt siegessicher und mit einem triumphierenden Strahlen an den Augen. Er war seinem Ziel ganz nah.

››Das kann wohl kaum euer Ernst sein. Es hat uns Jahre gekostet, bis wir die ihn endlich fangen konnten. Er soll nicht von dieser Welt sein. Euer Vorschlag ist viel zu gefährlich und wir sollten besser nicht nach Dingen forschen, die wir nicht verstehen. Der Kardinal wird diesem Vorschlag außerdem niemals zustimmen‹‹, rief einer Ältesten aufgebracht.

Benedikt hasste die hartnäckigen Anhänger des amtierenden Kardinals. Kardinal Bertrands folgsame Anhängerschar war prinzipiell gegen jede noch so kleine Neuerung oder Veränderung und folgte einzig den Gesetzen, welche die Heilige Schrift sie lehrte. Sie waren die wahren Fanatiker des wahren Glaubens.

Einige Ratsmitglieder sahen Benedikt und den verhüllten Mann abwechselnd an, bevor wieder Unruhe in der Kapelle ausbrach.

››Es ist die einzige Möglichkeit, die uns bleibt‹‹, beruhigte Benedikt die überschaubare Menge. ››Wenn der Unsterbliche von seiner wahren Bestimmung erfährt, dann sollte das entfesselte Wesen unsere geringste Sorge sein. Wir müssen den Unsterblichen von der Wahrheit fernhalten. Koste es was es wolle oder möchte einer von euch dem Pöbel erklären, dass wir einzig und allein nach all der irdischen Macht streben, und unser Geschwätz vom wahren Gott keinen Pfifferling wert ist? Die Menschen sind wie Schafe und wir sind die Schäfer. Ohne uns versinkt die Welt im Chaos und jeder unserer Herde wird davon getragen, wie die verwelkten, rotbraunen Blätter an stürmischen Herbsttagen. Wir haben den Menschen damals, gegen einen kleinen Obolus, die Hoffnung geschenkt und ihnen das versprochen, wonach sie sich sehnten. Wir haben die Welt sicherer gemacht, einige Kreaturen dem Glauben unterworfen und manchem Bürger zu Wohlstand oder Armut verholfen.‹‹

Benedikt ließ eine kurze, theatralische Pause Folgen.

››Doch sobald das Land die Wahrheit erfährt, wird man jeden von uns einzeln jagen, uns quälen und anschließend barbarisch töten. Das kann kaum in unserem Interesse liegen. Ich werde mit dem Kardinal sprechen und ihm den Ernst der Lage erklären. Auch ihm dürfte daran gelegen sein, dass wir unseren Machtstatus nicht an den Unsterblichen verlieren.‹‹

Kaum hatte Benedikt seine triumphale Rede beendet, flammte das Gemurmel der Glaubensbrüder wieder auf. Jeder von ihnen war sich der Gefahr durch den Unsterblichen bewusst, doch kaum jemand ahnte etwas von der im Kloster verborgenen Kreatur. Schließlich wurde man in den alten Schriften mehrfach vor seinem Erscheinen gewarnt.

Wenn man nicht alles verlieren wollte, musste man umgehend handeln, auch wenn der Preis dafür hoch war. Man musste die angesammelte Herde unbedingt vor der Wahrheit bewahren, ansonsten wäre nicht nur der herrschende Wohlstand schnell verschwunden.

Der Unsterbliche war zudem eine ernsthafte Gefahr, die man besser nicht unterschätzen sollte. Benedikt zweifelte daran, dass dieser Kerl überhaupt etwas von der Macht ahnte, die ihn umgab. Wenn man einer sehr alten Schrift Glauben schenken durfte, war sich der Unsterbliche nicht darüber bewusst, welch einzigartige Kraft ihn durchfloss. Benedikt wollte trotzdem kein Risiko eingehen. Die Beschleunigung aller erdenklichen Maßnahmen hatte oberste Priorität. Nun musste gehandelt werden. Benedikt würde sich nicht freiwillig von seinem Machtstatus trennen. Niemals würde er sich von seinem ausgezeichneten Leben verabschieden. Er genoss vielerlei Vorzüge und Bequemlichkeiten und bald schon würde er das höchste Amt des Glaubens innehaben. Diese Gelegenheit würde er sich von nichts und niemandem nehmen lassen. Selbst der Unsterbliche und sein verfluchter Ogerkumpan konnten nichts daran ändern.

Benedikt musste umgehend handeln, sofern er nichts von seiner Machtstellung einbüßen wollte. Jede noch so kleine Schwäche konnte ihm durch potenzielle Gegenspieler schnell zum Verhängnis werden. Dieses Risiko wollte er definitiv nicht eingehen. Er hatte zu viele Jahre mit verschwörerischen Plänen, Lügen und Intrigen verbracht, um heute an der Schwelle zur Macht zu stehen. Er würde seinen lang gehegten Traum deshalb nicht so leicht aus der Hand geben und alle verfügbaren Mittel einsetzen, um die drohende Gefahr vom heiligen Boden zu tilgen. Ob nun mit oder gegen den Willen des ehrwürdigen Kardinals.

Benedikt stand kurz vor der Erfüllung seiner Träume. Das würde er sich weder von Kardinal Bertrand noch vom Unsterblichen nehmen lassen. Zu lange hatte er auf diesen Augenblick gewartet und nun stand er kurz vor dem lang ersehnten Ziel. Benedikt würde das Land von allen alten Kreaturen säubern und von den unreinen Gestalten befreien. Er würde mit seinen ehrgeizigen Plänen zum mächtigsten Instrument des wahren Glaubens aufsteigen und dadurch selbst eine Art Unsterblichkeit erlangen. Mit dieser ihm verliehenen Macht könnte er das gesamte Land endgültig von den grässlichen Untermenschen und Bestien befreien. Benedikt war bis zum Äußersten entschlossen und würde jeden, der sich gegen ihn stellte, mit gnadenloser Gewalt zu Boden ringen. Er hatte ausreichend vorgesorgt und musste nur noch den Befehl erteilen, um das Land für immer zu verändern. Doch vorerst musste er noch ein ärgerliches Hindernis aus dem Weg räumen. Danach würde er das höchste Amt des wahren Glaubens zu neuem Glanz führen und den teuflischen Abschaum ein für alle Mal vernichten. Benedikts lang ersehnter Tag der Rache war in greifbare Nähe gerückt.

Die Stadt der Goblins

Grom und Axis ahnten nichts von der Aufregung, die ihre Entdeckung im Kloster angerichtet hatte, und warteten geduldig vor dem Stadttor auf Einlass. Allerhand Kreaturen hatten sich hier versammelt und alle strebten nach dem gleichen Ziel. Selbst einige Orks konnte Grom unter den Wartenden ausmachen, die bei seinem Anblick angriffslustig die Zähne fletschten. Oger und Orks würden wohl nie zu guten Freunden werden. Zwischen beiden Völkern bestand schon immer ein Verhältnis, das man ruhigen Gewissens als nicht besonders gut bezeichnen konnte. Während Oger im Allgemeinen in den Tag hinein lebten und sich nach friedvoller Ruhe sehnten, waren Orks streitlustig, meist laut, ungehobelt und warteten nur darauf, eine Waffe zu zücken. Orks hausten tief unter der Erde in höhlenartigen Gängen, während Oger gern in einfachen Kavernen oder den Städten lebten.

Es gab einfach zu viele Unterschiede, die an den herrschenden Feindseligkeiten schuld waren. Auch der damalige Zusammenhalt zwischen Ogern und Menschen war dabei nicht förderlich. Orks verabscheuten jedes menschliche Wesen und hielten sich meist von deren Siedlungen fern. Grom hingegen hegte nur wenig Groll gegen die Orks, ganz gleich, wie arm und primitiv sie doch in ihrem Verhalten waren. Orks wurden zum Kämpfen geboren und schlugen sich so lange mit den verschiedensten Völkern, bis sie schließlich irgendwo auf einem Schlachtfeld das Zeitliche segneten. Das konnte nun wahrhaft nicht die Erfüllung des Lebens sein. In schweren Zeiten fraßen Orks sich auch untereinander auf, was Grom schon beim bloßen Gedanken Bauchkrämpfe bescherte. Es wäre ihm, selbst in der schlechtesten Zeit, nie in den Sinn gekommen, einen Artgenossen zu verspeisen. Dieser Gedanke war geradezu abscheulich und nicht mit dem Gedankengut eines Ogers zu vereinbaren. Orks waren in dieser Hinsicht weit weniger anspruchsvoll. Für sie war eine

Mahlzeit eine Mahlzeit, ganz gleich, woher das Fleisch dafür kam. Für Grom war das ein geradezu abstoßender und ekelhafter Gedanke, der die Orks in seinen Augen nicht sympathischer werden ließ. Grom wusste, aus welchem Grund er sich von diesen garstigen Kreaturen fernhielt.

Grom und sein Begleiter kamen nur langsam voran, da die Abfertigung am Tor immer wieder ins Stocken geriet. In Germansstadt nahmen es die Torwachen sehr genau, was wahrscheinlich auch den Frieden hinter den Mauern wahrte. Die vorn stehenden Zwerge trugen ebenfalls ihren Teil zum langsamen Vorankommen bei. Sie weigerten sich lautstark, die mitgebrachten Waffen am Tor abzugeben. Sie trugen ein ganzes Arsenal an Messern, Äxten und sonstigen Klingen, die angeblich zum Handel gedacht waren. Zwergen konnte man jedoch nicht mehr trauen, als den verschlagenen Goblins selbst. Sie liebten es, sich zu betrinken und kaum hatten sie den Grad der Nüchternheit in Unmengen von Bier ersäuft, sehnten sie sich auch schon nach einem handfesten Streit, bei dem auch mal die Axt gezogen wurde. In Germansstadt legte man jedoch keinen Wert auf ein sinnloses Blutbad und so einigte man sich anschließend darauf, dass die Waffen vor dem Tor zum Verkauf angeboten wurden. Den Zwergen gefiel das nicht sonderlich, doch blieb ihnen keine andere Wahl, sofern man nicht mit leeren Taschen in die Heimat zurückkehren wollte. Für einen Zwerg gab es wahrhaft nichts Schlimmeres.

Nach einer Weile ging es wieder voran und nach einiger Zeit standen Grom und Axis endlich vor den Torwachen. Vier Gobelinwächter kontrollierten den Einlass und prüften jede Gestalt mit scharfen, misstrauischen Blicken. Einer der Wächter sah zu Grom hinauf, musterte seine Axt und sprach mit quietschender Stimme: »Einem Oger die Axt wegzunehmen ist wahrscheinlich nicht die beste Idee, oder? Mach keinen Ärger oder du landest im finstersten Loch, das ich für dich finden kann. Die ausgehungerten Ratten im Kerker würden sich über einen Leckerbissen wie dich freuen. Jetzt beweg dich endlich, Dickerchen. Es gibt noch andere, die in die Stadt wollen.«

Da Grom mitsamt seiner Axt die Stadt betreten durfte, protestierten die Zwerge lautstark. Für sie war es unverständlich, weshalb ein plumper

Oger mitsamt einer Waffe die Stadt betreten durfte und sie eben nicht. Ihr lautstarkes Gezeter war noch eine ganze Weile zu hören, doch verklangen ihre meckernden Stimmen je näher Grom und Axis dem Stadtzentrum kamen. Auch dem Unsterblichen hatte man dank seiner abgemagerten Erscheinung ohne Bedenken den Einlass gewährt, obwohl sein Aussehen auf den ersten Blick etwas exotisch wirkte. Er schien für die Torwachen kaum gefährlich, da er außer einer moosgrünen Hose und einem einfachen Stoffbeutel nichts Auffälliges zu bieten hatte. Solche Besucher waren in Germansstadt immer gern gesehen, sofern sie über genügend Kleingeld verfügten und nicht am Straßenrand bettelten. Axis erweckte in den Augen der Torwachen nicht den Eindruck als wäre er ein Bettler. Die vier Silbermünzen, die am Tor den Besitzer wechselten, waren dabei wahrscheinlich auch nicht ganz unschuldig. Mit einem Lächeln drückte Axis dem vor ihm stehenden Wächter die Geldstücke in die kleine Hand und sicherte sich den Zutritt. Danach gesellte er sich an die Seite des Ogers und beide drängten sich durch die Massen. Der Oger erntete dabei viele Blicke, von denen nur wenige freundlicher Natur waren. Grom machte sich darüber jedoch keinerlei Gedanken. Er war viel zu sehr damit beschäftigt, die ausgelegten Waren am Straßenrand zu bestaunen. Vieles davon hatte er schon seit einer Ewigkeit nicht mehr gesehen. Es mussten schätzungsweise über einhundert Händler sein, die sich hier eingefunden hatten und ihre Waren zum Kauf anboten. Lautstark wurde über den Preis gefeilscht. Hier gab es alles, was das Herz eines Ogers begehrte und wie Grom es prophezeit hatte, fand Axis auch ein Hemd, das seinen hohen Ansprüchen genügte. An weiteren Ständen gab es gebratene Fleischbrocken, Obst, Gemüse und Rüstungen in allen erdenklichen Größen und Formen. Hier konnte man wirklich alles käuflich erwerben. Grom hatte jedoch bisher nie auch nur ein Geldstück besessen. Auch der Wert dieser sonderbaren Zahlungsmittel wollte ihm nie recht einleuchten. Alles was ein Oger zum Leben benötigte, war in der Natur zu finden. Außerdem ließen sich Geldstücke nur sehr schwer kauen und schmeckten zudem noch grässlich.

Axis bahnte sich zielstrebig einen Weg durch die vollgestopften Gassen und Grom hatte trotz seiner enormen Größe Mühe, den Anschluss nicht zu verlieren.

Nach einer Weile erreichte er seinen Begleiter und Axis bugsierte den Oger zu einem Gebäude, dessen Tür hoch genug war, dass auch ein Grom mühelos eintreten konnte, ohne sich dabei den Kopf zu stoßen. In Germansstadt hatte man wirklich an alles gedacht. Obwohl die Stadt mit all ihren umherwuselnden Kreaturen schon ein wenig verwunderlich war, so gestaltete sich der Aufenthalt doch als sehr angenehm, ganz im Gegensatz zu Ornheim, wo der Priester und seine Männer das Regime übernommen hatten.

Im Innenraum des Hauses sah Grom vielerlei Kreaturen, von denen er nur die Wenigsten kannte. Pelzige Gestalten, Echsenmenschen, wolfsähnliche Kreaturen, denen selbst ein Oger nicht zu nah kommen wollte, und Figuren, bei denen man nicht wusste, welcher Gattung sie angehörten, säumten das Bild.

Axis schob sich unbeeindruckt an allen vorbei, ohne dabei auch nur eine Miene zu verziehen. Bei diesem Haus musste es sich zweifelsfrei um eine Taverne handeln, denn jeder der Anwesenden hielt einen Krug in den Händen, Pranken oder Klauen. Außerdem roch es aufdringlich nach schalem Bier und scharfem Schnaps.

Grom wusste nicht recht, weshalb ihn Axis hier hergeführt hatte, doch folgte er ihm, ohne auch nur ein Wort des Bedenkens zu äußern. An einem der hinteren Tische ließ sich Axis nieder, während es sich Grom auf dem Boden bequem machte. Seinem überdurchschnittlichen Gewicht waren nur die wenigsten Stühle gewachsen.

»Was wollen wir hier?«, fragte Grom verunsichert. Die Gesellschaft all dieser Wesen war ihm nach so langer Zeit in der Abgeschiedenheit des Berges nicht ganz geheuer.

»Wir suchen nach Informationen und außerdem will ich etwas trinken. Ich bin am Verdursten«, erklärte Axis und lehnte sich lässig auf dem Stuhl nach hinten.

››Wie du bereits gesehen hast, beschäftigt mich auch ein kleines Problem, dem ich gern auf den Grund gehen würde.‹‹

››Welches Problem? Etwa das mit der Unsterblichkeit?‹‹

Augenblicklich verstummten die Gespräche ringsherum und Grom wurde allmählich bewusst, welches Unheil er mit seinen unbedachten Worten heraufbeschworen hatte. Zum Glück war Axis ein begnadeter Redner und Lügner und konnte die Situation schnell wieder beruhigen. ››Mein werter Freund meint damit die unsterbliche Liebe zu einer Schönheit, die sich mit Worten kaum beschreiben lässt. Ist die Liebe wirklich unsterblich oder verwelkt sie wie eine zarte Rose im Frost des Winters?‹‹

Bei seiner überschwängliche Rede gestikulierte er knapp vor ein paar knurrenden Gesichtern, torkelte um den Stuhl setzte sich wieder. Derart seichtes Geplapper stieß bei keinem der Anwesenden auf großes Interesse, und so wandten sie die Gestalten ab und widmeten sich wieder ihren Gesprächen. Der Schankraum war von garstigen Zischlauten und bösartigem Knurren erfüllt.

Axis schenkte seinem Begleiter einen mahnenden Blick, zog ihn unbarmherzig am Ohr näher an sich heran und flüsterte: ››Beim nächsten Mal solltest du deine Worte mit Bedacht wählen. Dies ist nicht der Ort, an dem man Dinge wie Unsterblichkeit laut aussprechen sollte. Jeder von denen wäre scharf auf die Unvergänglichkeit des Lebens. Leider weiß ich ja noch nicht einmal selbst, wie mir diese zweifelhafte Ehre zuteilwurde. Wie sollte ich es dann einem von denen erklären?‹‹

Grom hielt sich das schmerzende Ohr und sah Axis mit einem entschuldigenden Blick an. Seltsamerweise hatte die Berührung einen Schmerz an seinem Ohr hinterlassen, welcher dem Oger bislang fremd war. In Axis schwächlich wirkenden Leib pulsierte eine erstaunliche Kraft, die man dem Unsterblichen auf den ersten Blick gar nicht ansah.

Nach einer Weile des betretenen Schweigens trat eine vollbusige Schönheit an den Tisch heran, die zweifellos dem Elfenvolk angehörte. Sie war von solcher Makellosigkeit, dass selbst ein gestandener Oger um seine Fassung ringen musste. Ihr schwarzes, samtiges Haar reicht ihr bis zu den wohlgeformten Hüften und Grom bedachte die Schönheit mit lüsternen Blicken. Natürlich war diese Art von Weib keine Gespielin, mit der sich ein Oger vergnügen konnte, doch allein der Gedanke reichte Grom schon aus. Schließlich war er ja auch nur ein Vertreter des männlichen Geschlechts und deren Gedanken waren bei allen Völkern gleich.

Um Grom weitere Peinlichkeiten zu ersparen, gab Axis eine Bestellung auf. Die hübsche Elfe nickte lächelnd, auch wenn ihr das anhand der Gesellschaft im Wirtshaus deutlich schwerfiel. Schnell huschte sie davon und Axis musste Grom wieder auf den Boden der Tatsachen zurückholen.

»Nun mach schon den Mund zu, bevor deine Kinnlade noch auf den Boden fällt.«

Grom fiel es sichtlich schwer, den Weg aus seinen Tagträumen zu finden.

»Die Elfen haben wirklich schöne Frauen«, hauchte Grom und sein Blick schweifte verträumt durch den Schankraum. Bevor seine Augen die schöne Maid unter all den Gästen wiederfinden konnten, packte ihn Axis unsanft am breiten Kinn.

»Ihre Schönheit blendet dich, du einfältiger Narr. Glaubst du ernsthaft, dass sich ein derart schönes und zartes Geschöpf freiwillig in einer Spelunke wie dieser aufhält, wenn sie nicht ausreichend Dreck am Stecken hätte? Mach die Augen auf!«

Axis Worte hatten schon etwas Wahres. Keiner der hier Versammelten konnte sich mit der Elfenfrau messen. Aber was hatte sie verbrochen, dass man sie an solch einen Ort verbannte? Groms Frage sollte schon bald beantwortet werden. Als die Elfe erneut an den Tisch herantrat und zwei Krüge Ogerbräu abstellte, getraute sich ein besonders hässlicher Ork ihr ans Hinterteil zu langen.

»Wie wäre es mit uns beiden, schönes Kind? Ich würde es dir besorgen, wie es kein Kerl aus deinem Volk vermag.«

Kaum hatte der Ork seine schmutzigen Worte ausgesprochen, drehte sich die Elfe blitzschnell in dessen Richtung und rammte ihm einen Dolch in den Hals.

»Soviel zu eurem großzügigen Angebot.«

Angewidert zog sie den Stahl aus dem blutenden Fleisch und ließ den Ork röchelnd zu Boden stürzen. Mit weit aufgerissenen Augen sank er in sich zusammen. Keiner der Anwesenden machte Anstalten, um der sterbenden Kreatur zu helfen, und so verendete der Ork im eigenen Blut auf dem schmutzigen Boden einer einfachen Taverne.

»Das hättest auch du sein können«, flüsterte Axis und nahm einen kräftigen Schluck aus dem Tonkrug.

Grom wurde ganz elend zumute. Er bedauerte nicht nur das Ableben des widerwärtigen Orks, nein, auch das Verhalten der zierlichen Elfe hatte ihn vollkommen überrascht.

»Die ist eine Ausgestoßene. Besser du lässt die Finger von ihr«, erklärte Axis warnend.

»Das erklärt so einiges«, stammelte Grom und nahm vorsichtig einen Schluck aus dem Trinkgefäß, um seine Gedanken wieder zu ordnen. Sicher hätte ihn die Elfe nicht auf die gleiche Weise töten können wie den Ork, doch allein der Gedanke an ein vergleichbares Ableben, ließ den sonst so furchtlosen Oger innerlich erzittern.

»Elfen sind auch nicht mehr das, was sie einmal waren«, stellte Grom enttäuscht fest. Wenn der Unsterbliche mit einem Recht hatte, dann mit den warnenden Worten über elfische Frauen. Nie hätte sich Grom zu träumen gewagt, dass eine dermaßen zarte Person so schnell und kompromisslos töten konnte. Spätestens jetzt wusste er es besser und Grom dankte Axis im Stillen für seine Rettung.

»Sieh sie dir nur an«, sprach Axis.

Grom wirkte verwundert. »Ich dachte, ich soll sie *nicht* mehr ansehen.«

Axis seufzte. »Sie ist eine Ausgestoßene vom Klan des blauen Tempels. Das Zeichen auf ihrem linken Unterarm verrät ihre Herkunft. Ich würde mich nicht zu nah an sie herantrauen. Dieser Klan ist überall im Land für seine Dolch- und Giftmörder bekannt. Ich würde keinem von denen auch nur zu nahe kommen. Ihre Umarmung ist tödlich wie das Gift einer Schreckensviper.«

Grom nippte verschreckt an seinem Krug. Spätestens jetzt wollte auch er der elfischen Schönheit nicht mehr zu nah kommen. Alle Schwärmerei war verschwunden und Grom starrte verstört auf den Boden. Das Blut des verstorbenen Orks breitete sich weiter aus. Bald müsste er sich an anderer Stelle niederlassen. Als Axis zwei weitere Krüge orderte und die Elfe erneut an den Tisch herantrat, schreckte Grom unweigerlich zusammen.

»Stimmt etwas nicht?«, erkundigte sie sich mit reizender Stimme. Grom sah verstört auf den Boden, ohne den Blick auch nur ein Mal von den dreckigen Dielen abzuwenden.

»Er ist nur etwas schreckhaft«, antwortete Axis neckisch und nippte grinsend an seinem Krug.

Finstere Absichten

Benedikt Vordermann erwartete die Ankunft des Kardinals bereits sehnsüchtig. Die Zeit rann ihm zwischen den Fingern hindurch und nur der wahre Gott schien zu wissen, aus welchem Grund das Schicksal solch böse Scherze mit ihm trieb.

Benedikt hatte zwei frische Tassen Tee aufgebrüht, wobei eine davon eine ganz besondere Mischung enthielt, die dem ehrwürdigen Kardinal gewidmet war. Angespannt saß Benedikt auf einem der schlecht gepolsterten Stühle und starrte gebannt auf die gegenüberliegende Tür. Jeden Moment musste der Kardinal den Raum betreten. Jede Sekunde, die verstrich, ließ den Klerus unruhiger werden. Endlich pochte es an der schweren Eibenholztür.

»Herein«, sagte Benedikt mit erleichterter Stimme und erhob sich von seinem Sitzplatz. Als sich die Tür öffnete und ein gebrechlicher, grauhaariger Mann den Raum betrat, verbeugte sich Benedikt vor dem Oberhaupt des wahren Glaubens, bot ihm einen stützenden Arm an und geleitete den Kardinal zu einem der Stühle. Das weit fortgeschrittene Alter hatte den alten Mann schwer gezeichnet. Er war schon lange nur noch ein blasser Schatten seiner selbst.

Mit ausdrucksloser Miene führte Benedikt das Begrüßungsprozedere aus, küsste den goldenen Siegelring an der knochigen Hand des alten Mannes, verbeugte sich demütig und setzte sich dem Kardinal gegenüber.

»Es ist mir eine Ehre, euch in meiner bescheidenen Kammer willkommen zu heißen, werter Kardinal Bertrand. Ihr seht kaum einen Tag älter aus. «

»Ihr könnt euch die Schmeicheleien sparen. Von bescheiden kann wohl kaum die Rede sein, werter Klerus. Aber darüber können wir uns gern ein anderes Mal unterhalten. Wie mir zu Ohren gekommen ist, hat man den Unsterblichen gesehen, ohne dass man ihn aus dem Verkehr ziehen konnte. Das ist höchst bedauerlich. Er könnte unsere weiteren Pläne erheblich stören und alles zunichtemachen. Das ist sehr beunruhigend, findet ihr nicht?‹‹

››So ist es, euer Gnaden. Wie ihr wisst, stellt der Unsterbliche eine immense Gefahr für unseren Glauben dar. Wir müssen umgehend handeln.‹‹

››Was schlagt ihr vor?‹‹, wollte der Kardinal wissen.

››Da er sich uns wohl kaum freiwillig ergeben wird, sollten wir einige Männer auf ihn ansetzen und ...‹‹

››Was soll das bringen?‹‹, unterbrach ihn der Kardinal barsch.

››Er wird sich kaum freiwillig in die Hände des wahren Glaubens begeben. Die Heilige Schrift hat uns schon lange vor diesem Tag gewarnt und jetzt stehen wir schon bald am Scheideweg des Glaubens. Nur der wahre Gott kann uns in seiner Gnade noch vor dem Untergang retten.‹‹

Kardinal Bertrand seufzte. ››Wir haben ein kleines Imperium aus Angst und Misstrauen erschaffen. Viele Menschen folgen den Worten unserer Priester. Mit ihren Glaubensabgaben hat es unsere heilige Vereinigung zu großem Wohlstand gebracht, wobei wir noch lange nicht am Ende angelangt sind. Die unreinen Kreaturen sind immer noch nicht vollends aus unseren Augen verschwunden. Orks, Oger, Elfen, Zwerge und wie sie noch alle heißen. Ich würde sie am Liebsten alle auf dem Scheiterhaufen verbrennen.‹‹

››Darf ich euch zur Beruhigung vielleicht eine Tasse Tee anbieten? Es handelt sich dabei um eine spezielle Mischung aus meinem Privatbesitz.‹‹

››Wie könnte ich ein solches Angebot ablehnen?‹‹

Kardinal Bertrand nahm eine der Tassen und nippte vorsichtig.

››Was sollen wir eurer Meinung nach unternehmen? Der Unsterbliche kann nicht durch unsere Hand getötet werden. Sollen wir auf Gott vertrauen und darauf hoffen, dass er nie von seiner wahren Bestimmung erfährt?‹‹

Bertrand legte nachdenklich die Stirn in Falten und nahm einen weiteren vorsichtigen Schluck des dampfenden Tees zu sich. Benedikt räusperte sich und kam ohne weitere Umschweife auf den Punkt, der ihm als einzig sichere Lösung in den Sinn kam.

»Ihr wisst, welches Geheimnis sich tief unten in den Gewölben verbirgt?«

Die verblassenden Augen des Kardinals weiteten sich und sahen Benedikt misstrauisch an. »Natürlich wisst ihr davon. Ihr habt schließlich den einzigen Schlüssel zu den Katakomben. Die dortige Kreatur könnte all unsere Probleme lösen. Danach widmen wir uns wieder den weltlichen Belangen. Natürlich birgt mein Vorschlag gewisse Gefahren, doch scheint mir diese Möglichkeit mehr als nur angebracht. Der Zweck heiligt schließlich die Mittel.«

Kardinal Bertrand nahm einen weiteren Schluck aus der Tasse. »Ich kann euren Vorschlag nicht gutheißen. Dieses Wagnis kann und will ich nicht eingehen. Es hat uns zu viel Kraft, Schweiß und Blut abverlangt, bis wir diese düstere Kreatur fangen konnten. Viele aufrichtige Männer das Glaubens haben dabei ihr Leben gelassen. Wir können ihn nicht auf den Unsterblichen ansetzen. Ich will gar nicht daran denken, was alles geschehen könnte, wenn dieser Teufel aus seinem Verlies entkommt. Er ist eine scheußliche Ausgeburt des Bösen, eine Kreatur aus den ewigen Schatten. Wir dürfen die Kreatur niemals aus dem Kerker entlassen.«

»Dem würde ich nicht ganz zustimmen, werter Kardinal. Noch etwas Tee?«

Benedikt Vordermann schenkte dem Kardinal aus einer messingfarbenen Kanne erneut ein und lächelte niederträchtig.

»Die Kreatur in den Katakomben ist ein ganz und gar verkommenes Wesen. Wir dürfen nicht zulassen, dass sie ihrem Gefängnis jemals entkommt.«

»Er ist unsere einzige Hoffnung. Wenn der Unsterbliche von seiner Herkunft erfährt, zerbricht das heilige Reich und wir werden in der Bedeutungslosigkeit verschwinden. Man wird uns alles nehmen und die Glaubensgemeinschaft wird ihren Status verlieren. Wohin soll das führen? Oger, Zwerge, Elfen, Orks und andere niedere Gestalten werden den Glauben schänden und sich womöglich mit dem Blut der Menschen verbinden. Das kann und will ich nicht zulassen.‹‹

Kardinal Bertrand nippte beunruhigt an seiner Tasse und sah den Klerus mit misstrauischem Blick an. ››Ist das wirklich eure einzige Sorge? Vielleicht solltet ihr mehr Zeit im Gebet verbringen, anstatt euch an weltlichen Dingen zu ergötzen. Alles im Leben ist vergänglich. Allein unserem Gott haben wir die Gnade des Lebens zu verdanken. Wenn er uns nicht helfen kann, dann wird es auch kein anderer schaffen. Wir müssen den Dingen ihren Lauf lassen. Ich habe meine Entscheidung getroffen. Die Katakomben bleiben verschlossen.‹‹

Benedikt grinste verschlagen.

››Diese Antwort habe ich bereits erwartet, eure Eminenz. Wie schmeckt euch der Tee? Es ist eine Mischung aus frischen Holunderblüten, Himbeeren und dem Gift des berüchtigten Schwarzrosenstrauchs. Man sagt, dass es bereits nach kurzer Zeit wirkt und dabei völlig neutral schmeckt. Spürt ihr, wie eure Hände taub werden? Ich habe eure leeren Phrasen endgültig satt, werter Bertrand. Wann erkennt ihr endlich, dass wir die einzig legitimen Herrscher über die Menschen sind? Wir bestimmen ihren Alltag, wir haben ihnen den Glauben gebracht, sie Demut vor unserer Heiligkeit gelehrt und nun soll ein dahergelaufener Kerl all unsere Mühen auf einen Schlag zunichtemachen? Das kann und werde ich nicht zulassen. Ich werde das Gewölbe nach eurem Ableben öffnen und unser Problem ein für alle Mal aus der Welt schaffen.‹‹

Der Kardinal ließ die Tasse fallen, welche nur einen Wimpernschlag später auf dem Boden aufschlug und in Einzelteile zersprang. Mit weit aufgerissenen Augen packte er sich röchelnd an die Kehle. ››Ihr ... ihr ... seid wahnsinnig ... dafür werdet ... werdet ihr ... in der Hölle ...‹‹

Kardinal Bertrand schnappte verzweifelt nach Luft und brach hilflos auf dem edlen Teppich des Zimmers zusammen. Benedikt lächelte süffisant. Niemand würde Verdacht schöpfen. Viele hatten schon mit dem Tod des Kardinals gerechnet, da er bereits mehrmals kurz vor dem Ableben stand. Sein hohes Alter war Benedikts Verbündeter. Triumphierend griff der Klerus nach der Kette des dahinscheidenden Kardinals, welche Bertrand stets um den Hals trug, und nahm den daran befestigten Schlüssel an sich.

››Ich wusste, dass eure Meinung nicht die meine ist. Ihr seid ein gutgläubiger Narr, doch jetzt werde ich endlich Taten sprechen lassen. Eure Zeit ist zu Ende, werter Kardinal. Mit eurem Tod werde ich ein neues, glorreiches Zeitalter des Glaubens einläuten und jede Kreatur, die sich gegen uns stellt, ist damit unweigerlich zum Tode verdammt. Ich habe eure unaussprechliche Inkompetenz lange genug ertragen. Wie oft musste ich vor euch zu Kreuze kriechen? Das hat jetzt ein für alle Mal ein Ende.‹‹

Siegessicher stieg Benedikt über den leblosen Körper des Kardinals hinweg, öffnete die Tür und rief: ››Kardinal Bertrand ist tot! Eure Eminenz, der Kardinal ist tot!‹‹

Das Leben in Germansstadt

Seit der Ankunft in Germansstadt hatte Grom schon einiges erleben müssen. Zum Beispiel, dass man hübschen Elfendamen nicht ungefragt ans Hinterteil langte, solange man dem Leben nicht abschwören wollte. Selbst für einen Oger war das eine Erfahrung, die ihm lange Zeit in Erinnerung bleiben würde. Grom würde dieses Erlebnis mit Sicherheit sein ganzes Leben nicht mehr vergessen und niemals einer Elfendame zu nah kommen.

Niemand hatte sich bisher die Mühe gemacht, den Leichnam des Orks zu beseitigen. Er lag noch immer an der gleichen Stelle, an der ihm die Elfe das Leben genommen hatte. Das Treiben ringsherum hatte längst wieder an Fahrt aufgenommen. Gespräche, zischende Laute und Streitigkeiten erfüllten den Raum.

In Ornheim wären schon längst die Stadtwachen herbeigeeilt, um den Mörder in den Kerker zu werfen. An diesem Ort kümmerte sich jedoch niemand um den Tod eines belanglosen Orks. Sein Ableben erregte selbst unter den eigenen Artgenossen kaum aufsehen, was Groms Abneigung diesen Kreaturen gegenüber, noch weiter anwachsen ließ. Wäre etwas Derartiges unter Ogern geschehen, dann konnte man sicher sein, dass weit mehr Blut in der Taverne geflossen wäre. In solch einem Fall waren Oger ein verschworener Haufen rachedurstiger Kolosse, denen man besser aus dem Weg ging. In kürzester Zeit wären nur noch die Mauern der schäbigen Taverne übrig geblieben.

Die restlichen Orks machten jedoch nicht den Eindruck, als wollten sie den Tod ihres Kameraden rächen. Sie widmeten sich wieder ihren üblichen Streitereien, lachten über die grenzenlose Dummheit des Verstorbenen und gaben sich ganz so, wie Grom es noch in Erinnerung hatte.

»Orks ...«, brummte er abwertend.

Sein Begleiter hingegen amüsierte sich prächtig. Axis scherzte laut, lächelte schief und bestellte einen weiteren Krug Ogerbräu.

»Was willst du an diesem Ort?«, wollte Grom plötzlich wissen.

»Was ich an diesem Ort will? Lass dich ein wenig treiben, entspann dich und genieße den Tag. So jung wie heute kommen wir nie mehr zusammen. Drauf sollten wir anstoßen.«

Ganz offensichtlich war Axis das starke Gebräu längst zu Kopf gestiegen.

Der Mann mit den violetten Haaren stellte Grom immer mehr vor ein Rätsel. Er konnte nicht sterben, was für Grom eigentlich schon außergewöhnlich genug war, doch nun saß sein Begleiter zudem noch ungerührt inmitten einer Taverne, in der eben erst ein bezauberndes Elfenwesen einen Ork gemeuchelt hatte. Für Grom war das alles längst zu viel und lag fern von all seinem Verständnis. Ein einziger Tag in Germansstadt reichte ihm völlig aus und wäre für lange Zeit Erfahrung genug. Insgeheim ärgerte er sich darüber, dass er einem Fremden so arglos in die Goblinstadt gefolgt war. Grom sehnte sich nach der Einsamkeit des Berges und vor allem nach seiner Höhle. Dort wäre ihm etwas Derartiges nie widerfahren. Wie konnte er nur so dumm sein? Selbst ein völlig unterbelichteter Oger hätte den bevorstehenden Ärger schon meilenweit vorausahnen können.

Wäre ich doch nur in meiner Höhle geblieben. Dort wären mir all die Scherereien erspart geblieben. Was habe ich mir nur dabei gedacht? Hätte ich mich doch bloß nicht auf mein Gefühl verlassen, dachte Grom verärgert. Jetzt saß er auf dem Boden einer schummrigen Taverne, umringt von zwielichtigen Gestalten und wich vor einer sich ausbreitenden Blutlache zurück. Grom fühlte sich alles andere als wohl.

Die versammelte Meute veranstaltete zudem auch einen Radau, was die Einsamkeit am Berg wie ein willkommenes Geschenk erscheinen ließ. Hier und da wurde laut gestritten, Bierlachen vermischten sich mit dem Blut des Orks und viele der Gestalten plapperten ganz so, als hätten sie schon seit einer Ewigkeit kein Wort mehr gesprochen. Hier und da zerbrach laut scheppernd ein Krug, was Grom ein ums andere Mal erschrocken zusammenfahren ließ. Dieser allgegenwärtige Krach war kaum noch auszuhalten.

Grom stemmte sich langsam in die Höhe, warf einen kurzen, prüfenden Blick in den Raum und sah dann zu seinem Begleiter. Axis lehnte sich gefährlich weit auf dem Stuhl zurück. Ganz offensichtlich war er betrunken. Bei der Menge, die er getrunken hatte, wäre alles andere auch erstaunlich gewesen. Er hatte mittlerweile fünf Krüge des Ogerbräus geleert und verdrehte lallend die Augen. Mit zwei kurzen Schritten stand Grom neben ihm und half Axis wieder auf die Beine. Da der Unsterbliche aber kaum eigenständig stehen konnte, musste Grom seinen Begleiter stützen, damit der er nicht in die Arme einer skrupellosen Kreatur stolperte und damit ein blutiges Scharmützel auslöste.

»Ich glaube es ist an der Zeit, die Taverne zu verlassen und ein Quartier für die Nacht zu suchen.«

Axis sah den Oger verwirrt an, schüttelte den Kopf, brabbelte ein paar unverständliche Worte und wollte sich prompt wieder setzen. Grom packte ihn jedoch zeitgleich am Hemdkragen und schleifte ihn hinter sich her. Er würde keinen Moment länger hier bleiben. Die kleinste Peinlichkeit konnte unter diesen Gestalten schnell zum Tod führen und Axis erweckte nicht mehr den Eindruck, als könne er seine Bewegungen noch lange koordinieren.

»Wo willschd du … hicks … denn hin?«, lallte Axis.

»Wir suchen uns jetzt ein Quartier, damit du deinen Rausch ausschläfst und wieder auf die Beine kommst. Wie kann ein so kleiner Mann derart viel trinken?«, brummte Grom.

Fast hatten sie die Tür erreicht, da stellte sich ihnen ein zischender Echsenmensch in den Weg. Seine glutroten Augen funkelten Grom bösartig an. Das konnte nur Ärger bedeuten.

Grom hatte sich noch nicht auf die Situation eingestellte, da schlug ihm die grün geschuppte Kreatur auch schon vor die Brust. Überrascht musste Grom zwei Schritte zurückweichen. Mit einem derartigen Angriff und solcher Kraft hatte er nun wirklich nicht gerechnet.

Die Echsenkreatur fauchte laut und baute sich herausfordernd zu wahrer Größe auf, was den Oger innerlich aufstöhnen ließ. »Das habe ich nur dir zu verdanken.«

»Wem?«, lallte Axis.

Die Echsenkreatur schnellte Grom entgegen, doch der Oger wehrte den drohenden Angreifer mit einem kraftvollen Stoß ab. Durch die Wucht seines Angriffs riss es die Echse von den Beinen und beförderte sie krachend inmitten von drei verwaisten Stühlen. Die angriffslustige Echse landete unsanft auf dem Boden. Holz zersplitterte und zersprang in seine Einzelteile.

Axis musste sich derweil an einem Tisch abstützen. Sein Blick war getrübt und alles wirkte seltsam verschwommen und merkwürdig vernebelt.

Der streitlustige Echsenmensch kam wieder auf die Beine und schlug auf den Oger ein, doch jeder Angriff wurde von Grom erfolgreich abgewehrt. Grom stieß ein furchterregendes Knurren aus, bäumte sich auf und schlug der zischenden Kreatur mit der fest geschlossenen Faust auf den Kopf. Die Kreatur verstummte plötzlich, verdrehte benommen die Augen und sank auf den Tavernenboden hinab. Einige Wolfswesen knurrten laut und schon brach das Chaos aus. Viele der anwesenden Kreaturen fühlten sich bedroht und so kam es, wie es kommen musste. Eine unbeschreibliche, wüste Schlägerei brach unter den Anwesenden aus. Zischen und Knurren vermischte sich mit dem Klang brechender Knochen. Grom zögerte keinen weiteren Augenblick, schnappte sich Axis und verschwand mit dem Unsterblichen unterm Arm auf der Straße. Vorläufig waren sie dem drohenden Ärger entkommen und Grom legte keinen sonderlichen Wert darauf, weiteren anzutreffen. Er wollte nur noch möglichst weit weg von Taverne und lief ins Dunkel der Nacht. Anscheinend war man doch länger in der Taverne, als Grom bisher angenommen hatte.

Mit weit ausholenden Schritten eilte der Oger ins Ungewisse. Er wollte nur noch verschwinden. Alles andere war in weite Ferne gerückt schien für diesen Moment beinahe vergessen.

Ein diabolischer Plan

Im Kloster von Avigne verbreitete sich die Nachricht vom Tod des Kardinals wie ein Lauffeuer. Alle schienen sein plötzliches Ableben zu betrauern und zeigten offenkundig ihre Bestürzung. Alle bis auf einen. Klerus Benedikt war in den Besitz des Schlüssels gelangt und niemand konnte sich ihm mehr in den Weg stellen. Zufrieden stolzierte er an den betrübten Gesichtern seiner Brüder vorbei, welche Trost im stillen Gebet suchten und kaum ein Wort herausbrachten. Zu groß war die Trauer über den Verlust des geliebten Kardinals.

Klerus Benedikt hingegen war zufrieden mit dem Verlauf der Dinge, auch wenn er sich Mühe gab, seinen Gemütszustand vor den Augen der Glaubensgemeinschaft zu verbergen. Schließlich sollte ihn niemand mit dem Tode Bertrands in Verbindung bringen. Mit etwas Geschick würde Benedikt bald selbst den Titel des Kardinals innehaben. Die Meisten der Glaubensbrüder würden bei der Wahl zu seinen Gunsten abstimmen. Für sie war Benedikt der Innbegriff des wahren Glaubens. In all den Jahren hatte er sie alle erfolgreich getäuscht. Seine Gedanken drehten sich nie allein um die Ausübung des Glaubens. Er hatte weit größere Ziele.

Wie alle Menschen, die ein angesehenes Amt ausüben, strebte auch Benedikt nur nach einem Ziel - unermessliche Macht. Leider war der Weg dorthin mit vielen Hindernissen gesäumt, wobei die erste Hürde bereits überwunden war. Kardinal Bertrand konnte ihm nicht mehr in die Quere kommen, dafür hatte Benedikt mit diabolischen Mitteln gesorgt. Mit schnellen Schritten eilte er in Richtung der Kellergewölbe, deren Eingang im östlichen Teil des Klosters zu finden war. Den gut behüteten Schlüssel verwahrte er fest umschlossen in seinen Händen. Niemand konnte ihn mehr aufhalten. Nun musste er nur noch den Unsterblichen aus dem Weg räumen und alles würde so verlaufen, wie Benedikt es sich schon lange erhofft hatte. Er würde zum mächtigsten Vertreter des wahren Glaubens aufsteigen.

Die massive Eichenholztür war lediglich mit einem eisernen Riegel verschlossen, der von außen leicht zu öffnen war. Da Kardinal Bertrand das Zeitliche gesegnet hatte und nicht alle Glaubensbrüder von dem Geheimnis der Katakomben wussten, war auch niemand in der Lage, Benedikt mit Fragen zu belästigen. Dieser Teil des Klosters war wie ausgestorben, obwohl der davor liegende Hain zum Verweilen einlud.

Mit freudiger Miene stieg Benedikt die vor ihm liegenden Stufen hinab. Züngelnde Fackeln beleuchteten den schmalen Gang, der tief unter die Mauern des Klosters führte. Es mussten gut einhundert Stufen sein, die den Klerus vor eine weitere Tür führten. Es dauerte eine Weile, bis Benedikt dort ankam und mit blitzenden Augen den Schlüssel ins Schloss führte. Vor einigen Jahren durfte er den Kardinal bis an diese Stelle begleiten, doch an der Tür ließ man ihn zurück. Schon damals fragte er sich, welches Geheimnis man hinter der Tür verbergen wollte. Nur wenigen Glaubensbrüdern wurde die Ehre zuteil, diesen Bereich des Klosters zu betreten. Damals hielt es Benedikt, aus Respekt vor dem Würdenträger, für unangemessen, nach dem Geheimnis der Gewölbe zu fragen. Neugier war laut des Kardinals eine Sünde, die den Menschen nur Unheil bescherte und jeden unweigerlich in die Verdammnis führte.

Kaum hatte Benedikt die Tür geöffnet, konnte er einen Gang erkennen, der sich über eine weite Distanz in die Länge zog. Am moosbewachsenen Gestein der Wände waren ebenfalls Fackeln angebracht, die unaufhörlich loderten und den langen Raum in ein flackerndes Licht tauchten. Benedikt malte sich in Gedanken aus, welch grausige Kreatur man in diesen Tiefen wohl versteckt hielt. Er kannte die Geschichten über den Schattenfresser, doch hatte er ihn bisher noch nie zu Gesicht bekommen. Ein höchst bedauerlicher Umstand, der sich nun glücklicherweise ändern würde. Benedikt hatte sich sein gesamtes Wissen aus alten, verbotenen Schriften angeeignet. In so mancher Nacht schlich er sich in die Bibliothek und studierte die Schriften, die man unter Verschluss hielt.

Von dieser sagenumwobenen Gestalt musste eine ungeheuerliche Gefahr ausgehen.

Benedikt tastete sich zögerlich voran. Er war sich plötzlich nicht mehr sicher, ob sein Plan eine gute Idee war. Der Klerus musste sich immer wieder in Gedanken einreden, dass ihm keine Gefahr drohte. Er würde den Schattenfresser befreien und den Unsterblichen mit dessen Hilfe endgültig vernichten. Alles, was sich Benedikt in seinem Leben erhofft hatte, war nun zum Greifen nah. Er würde bald schon einer leibhaftigen, unheiligen Kreatur gegenüberstehen, die seine Macht noch unterstrei chen würde. Sein Herz pochte augenblicklich schneller.

Nach einer Weile endete der Gang und Benedikt fand sich schnaufend vor einer massiven Stahltür wieder. Anscheinend legte man großen Wert darauf, dass die verborgene Kreatur auch weiterhin verborgen blieb. Mehrere Riegel sicherten die Tür und Benedikt hatte Mühe, diese zu öffnen. Angestrengt und mit enormem Kraftaufwand schob er sie seitwärts und ein lautes Quietschen zeugte vom Erfolg seiner Anstrengung. Vier dieser Verschlüsse waren zu öffnen, was Benedikt bereits nach dem ersten Erfolg aufstöhnen ließ. Seines Erachtens machte es kaum einen Unterschied, ob nun ein Riegel oder gleich vier den Einlass sicherten. Nach seinem Wissen war der Schattenfresser ohnehin an eine Wand geschmiedet, was eine Flucht unmöglich machte. Nach enormem Kraftaufwand löste sich auch der letzte Riegel und Benedikt atmete erleichtert auf. Er war völlig außer Atem und lehnte sich geschwächt gegen den Einlass. Quietschend schob sich die Tür auf und Benedikt musste all seine Kraft zusammenraufen, um nicht schwächlich auf die Knie zu sinken. Die verfluchte Tür musste mindestens so viel wiegen, wie fünf vollgefressene Mönche.

Benedikt Vordermann stützte sich auf den Oberschenkeln ab und blickte schnaufend in den dahinter liegenden Raum. Das Loch war nicht beleuchtet, wie die Gänge zuvor, und war von vollkommener Dunkelheit eingehüllt. Es roch muffig und feucht, was angesichts der Räumlichkeit nicht weiter verwunderlich war. Der fensterlose Raum lag schließlich tief unter der Erde versteckt. Benedikt stierte angestrengt ins Dunkel und entdeckte eine schemenhafte Gestalt, die an der gegenüberliegenden Mauer kauerte. Durch das spärlich einfallende Licht der Fackeln konnte er jedoch nur schwache Umrisse erkennen. Augenscheinlich hatte man die Gestalt in schwere Ketten gelegt, die mithilfe eines Rings an der Wand gehalten wurden. Benedikt beschlich das ungute Gefühl, dass sich seine hohen Erwartungen wohl nicht erfüllen würden. Die Gestalt an der Mauer wirkte abgemagert und ausgezehrt, auch wenn Benedikt das nicht mit eindeutiger Gewissheit sagen konnte. Trotzdem war sie nicht halb so unheimlich, wie es sich Benedikt zuvor ausgemalt hatte.

»Was verschafft mir die Ehre eures Besuchs?«

Die düstere Stimme der Kreatur war von solcher Bosheit durchdrungen, dass Benedikt bei ihrem Klang erzitterte. Der Klerus räusperte sich unsicher und nahm all seinen Mut zusammen, um der Gestalt entgegenzutreten.

»Ich bin gekommen, um euch eurer Bestimmung zuzuführen.«

Schallendes Gelächter donnerte Benedikt entgegen.

»Meine Bestimmung? Habt ihr euch etwa vom wahren Glauben abgewandt und seid dem Bösen verfallen? Wie ihr wisst, hat man mich nicht ohne Grund in dieses Rattenloch gesteckt. Eure Anhänger haben über mich gerichtet, wie über einen gewöhnlichen Menschen, wobei ich zugeben muss, dass die Wahl des Kerkers sorgsam ausgewählt wurde. Der heilige Boden stärkt die Macht des wahren Glaubens. Haltet mich also nicht zum Narren. Ihr würdet es bitterlich bereuen, werter Kardinal.«

Benedikt räusperte sich erneut, da ihm die Stimme nun endgültig zu versagen drohte. Angespannt rang er um seine Fassung. Er klang jedoch erstaunlich gefasst, als er sein Anliegen näher erläuterte. »Um ehrlich zu sein, hat man mich noch nicht zum Kardinal ernannt. Ich bin Klerus Benedikt Vordermann und werde euch die Freiheit schenken.«

Der Schattenfresser war außer sich und rasselte mit den Ketten.

»Man schickt mir einen gewöhnlichen Klerus? Was soll das? Bin es etwa nicht mehr wert, dass sich der Kardinal persönlich um meine spärlichen Belange kümmert? Ihr habt gar keine Vorstellung von dem, was ich bin, jämmerliches Kleruslein. Geh deiner Wege und bete zum wahren Gott, damit dich mein Zorn nicht trifft, du jämmerlicher Wurm.‹‹

Anhand der Stimme und den undeutlichen Konturen der Gestalt konnte Benedikt nicht genau erkennen, um welche Ausgeburt der Finsternis es sich handelte. Er hatte in der Heiligen Schrift schon viel über die Anhänger des Bösen gelesen, doch blieb ihm bisher jedes realistische Bild verborgen. War die Kreatur menschlicher oder doch ganz anderer Natur, wie man hinter vorgehaltener Hand munkelte? Vorsichtig und mit kleinen Schritten näherte er sich dem Gefangenen, ohne diesem jedoch zu nah zu treten. Die ausgesprochenen Drohungen des Schattenfressers waren vollkommen wirkungslos, solange die Ketten seine Bewegungsfreiheit einschränkten. Dennoch fühlte sich Benedikt in der Gesellschaft der Kreatur nicht wohl. Die bloße Anwesenheit der Gestalt ließ ihm kalte Schauer über den Rücken laufen.

››Entweder seid ihr ein unheimlich mutiger Mann, der den Tod nicht fürchtet, oder ihr müsst ein Dummkopf sein, dem es an Verstand mangelt. Hat man euch nicht von mir erzählt?‹‹

Der Schattenfresser ließ eine kurze Pause folgen.

››Anscheinend nicht, denn sonst würdet ihr euch vor Angst in die Hosen pissen. Ich habe viele eurer Brüder in den Tod gerissen und mich an ihren Seelen erfreut. Sie haben gebettelt und gewimmert, damit ich ihr armseliges Leben verschone. Manch einer hat sogar geweint, wie ein kleines, unschuldiges Kind, doch ich habe keinen verschont. Ich bin das Erbe der Finsternis.‹‹

Benedikt ließ sich von den gehässigen Worten nicht einschüchtern und nahm all seinen Mut zusammen. Er durfte so kurz vor dem Augenblick seines Triumphs keine Schwäche zeigen.

Er hatte bereits zu viel auf eine Karte gesetzt, um jetzt noch einen Rückzieher zu machen.

››Auch mir sind die Geschichten über eure Art bekannt. Selbst wenn ihr gut einhundert Anhänger des wahren Glaubens auf dem Gewissen habt, so seid ihr schlussendlich doch in Gefangenschaft geraten. Eure Macht ist also nicht grenzenlos. Mich würde jedoch interessieren, wie ihr ohne eine Seele, die euch nähren sollte, im Kerker überleben konntet. Hat man...«

Benedikt verstummte.

Der Schattenfresser lachte höhnisch. »Hat euch der Kardinal nicht davon erzählt? Zur Mondwende stieg er immer in die Katakomben hinab. Dabei war er nie allein. Manchmal erschien er in Begleitung eines einfachen Landknechts, manchmal aber auch mit einem Klerus. Erinnert ihr euch noch an Klerus Strander Versallen oder an Mitchell Crum? Ihre kümmerlichen Seelen waren von der Sünde gezeichnet. Crum und Versallen haben wohl gegen einige Gesetze eures zweifelhaften Glaubens verstoßen. Beide waren überaus verdorbene Seelen. Während Crum kleine Knaben in dunkle, abgelegene Räume lockte, um hinter ihnen die Tür zu schließen, hat Versallen einiges an Gold in seinen eigenen Taschen verschwinden lassen, was unter den Glaubensbrüdern aber nicht sonderlich auffällt. Jeder von ihnen häuft im Laufe der Zeit ein kleines Vermögen an, aber wem ich erzähle ich das? Ihr seid schließlich selbst ein Lügner, der sich im Schutz eines verdorbenen Glaubens versteckt.«

Benedikt zuckte bei den Worten nicht einmal zusammen, obwohl er innerlich vor Ehrfurcht erzitterte. Äußerlich schien er völlig ungerührt.

Das erklärt so einiges, dachte Benedikt und wahrte den Abstand zwischen sich und der Kreatur. Das Verschwinden beider Kleriker wurde damals vom Kardinal als Glaubensreise erklärt, von der keiner der beiden je wiederkehrte.

»Der Kardinal hat euch ...«

Benedikt stockte der Atem.

»Er hat mich gefüttert und am Leben erhalten. Er wusste, dass er vielleicht auf meine Kräfte zurückgreifen muss, sofern er die Wahrheit auch in Zukunft von der Welt fernhalten will.«

Benedikt näherte sich der beängstigenden Kreatur, auch wenn sich jede Faser seines Körpers dagegen sträubte.

Der Schattenfresser fauchte angriffslustig. »Ihr seid euch eurer Sache wirklich sicher, werter Klerus? Nur dank dieser gesegneten Ketten und dem heiligen Boden haben sie mich überwältigen können. Nur aus diesem einen Grund bin ich noch hier. Eure Glaubensbrüder haben sich mächtig ins Zeug gelegt und keine Mühen gescheut, um eine sichere Verwahrung zu gewährleisten. Selbst den Verlust unzähliger Männer hat man dabei in Kauf genommen und ihr könntet ihnen schon bald Gesellschaft leisten. Noch könnt ihr umkehren und meine Existenz vergessen.«

Benedikt gab sich vollkommen unbeeindruckt, obwohl ihm die Angst fast das Herz zerriss.

Er wäre nicht an diesem Punkt seiner Planungen angelangt, wenn er jede Drohung in seinem Leben für bare Münze genommen hätte, doch der Schattenfresser jagte ihm wahrlich Angst ein. Mit aller Macht verdrängte er den greifbaren Schrecken aus seinen Gedanken. Mittlerweile hatte sich Benedikt der Gestalt auf eine halbe Armlänge angenähert und versuchte deren wahres Angesicht auszumachen. Die Dunkelheit machte seine Bemühungen jedoch schnell zunichte. Fauchend zog sich die Kreatur in den Schatten zurück.

»Wenn ich euch befreie, dann werdet ihr mir den Unsterblichen vom Hals schaffen. Seine Seele wird euch für eine sehr lange Zeit nähren und ihr könnt frei über euer Dasein bestimmen, solange ihr euch von den Menschen fernhaltet. Der Unsterbliche ist eine immense Gefahr für unsere gesamte Gemeinschaft und ...«

»Und ihr fürchtet, dass die Menschen euer Lügengespinst vom einzig wahren Gott und euren wirklichen Absichten durchschauen. Ihr habt Angst, dass sich eure Herde gegen euch wendet und wieder dem alten Glauben folgt, womit eure Herrschaft beendet wäre.«

Benedikt rang mit seiner Seelenruhe, antwortete aber überraschend gefasst und in ruhigem Ton.

»Die Menschen haben Jahrhunderte mit den verschiedensten, niederen Kreaturen Seite an Seite gelebt. Es ist an der Zeit, ein Exempel zu statuieren.«

Benedikt war von seinen eigenen Worten mehr als nur überzeugt.

»Oger, Trolle, Elfen, Zwerge, und wie sie alle heißen mögen, diese ungläubigen Kreaturen haben in unserer Welt keine Zukunft. Sie verspotten die menschliche Rasse und huldigen zudem auch noch grotesken und absonderlichen Göttern. Sie leben alle in Sünde und verstören die Menschen mit ihren blasphemischen Ansichten, ihrem Auftreten und dieser niederen Abstammung. Mithilfe der Priester konnten wir einige Landstriche von dem Gesindel befreien, doch wenn der Unsterbliche von seiner Bestimmung und Herkunft erfährt, gerät die von uns hergestellte Ordnung ins Wanken. Dann ist all das, was wir mühevoll errichtet haben für immer verloren.‹‹

Der Schattenfresser lachte laut. ››Ha! Ihr seid noch durchtriebener, als man es mir nachsagen kann. Eure Macht würde mit der Wahrheit wie Glas zerbrechen. Ihr wollt den Unsterblichen? Dann sollt ihr euren Willen haben, doch seid gewarnt. Meine Dienste sind nicht umsonst. Ein Pakt mit mir wird euch auch etwas kosten. Seid ihr bereit, den Preis zu zahlen?‹‹

Benedikt lächelte verschlagen. ››Eure Mühen sollen dementsprechend entlohnt werden. Ich habe bereits den ein oder anderen im Auge, den ich gut und leicht entbehren kann.‹‹

Vorsichtig führte er den Schlüssel in die Öffnung der eisernen Armreifen, welche kaum drei Herzschläge später rasselnd zu Boden fielen.

››Endlich frei!‹‹, rief der Schattenfresser und rieb sich die Handgelenke. Benedikt wähnte sich in Sicherheit, doch wie aus dem Nichts, schnellte sein Gegenüber hervor, packte ihn am Hals und stemmte den Klerus gegen die feuchte Kerkerwand.

››Wehe ihr erinnert euch nicht mehr an unsere Abmachung. Der Tod ist dann noch das Angenehmste, was euch erwartet. In drei Tagen fordere ich eine Seele von euch.‹‹

Benedikt nickt röchelnd und musste mit ansehen, wie sich die Gestalt zunehmend in Rauch auflöste und schlängelnd im Gang verschwand. Als die Gestalt endgültig von ihm abließ, sank er auf die Knie und rieb sich die schmerzende Kehle. Hatte er richtig gehandelt? Benedikt hatte eine Kreatur entfesselt, die weitaus gefährlicher war, als alles, was er bisher gesehen hatte. Falls der Schattenfresser seinen Teil der Abmachung nicht einhalten würde, wäre es schwer, die düstere Kreatur ein weiteres Mal einzufangen. Benedikt gab sich, trotz alle Bedenken, vorerst zuversichtlich. Er konnte auf rund zweihundert Männer zurückgreifen, die für solch eine Aufgabe bereitwillig sterben würden. Unter den angeworbenen Inquisitoren zählte lediglich der Preis. Durch die entsprechende Entlohnung folgte jeder dieser Halunken demjenigen, der sie am besten bezahlte. Benedikt war ihre fütternde Hand. Dadurch würde keiner dieser Dummköpfe seine wahren Absichten hinterfragen. Solange Benedikt ihnen die Münzen vor die Füße warf und jeder Söldner einen Teil der Kriegsbeute behalten durfte, würden sie seinen Worten folgen.

Benedikt rang sich ein verschlagenes Lächeln ab. Der zweite Schritt seines Plans war überstanden und die weiteren würden ihn kaum vor eine ernsthafte Herausforderung stellen. Viel zu lange hatte er für die bevorstehenden Ereignisse geübt und alle mit der Maske des Glaubens geblendet. Schon bald würde er das Land von all seinen Plagen befreien und zum mächtigsten Mann des Glaubens aufsteigen. Seine Stunde wäre bald gekommen. Benedikt würde zum mächtigsten Vertreter des wahren Gottes werden.

Ungebetener Besuch

Der Unsterbliche hatte es zu Groms großer Verwunderung tatsächlich geschafft, eine passende Unterkunft aufzutreiben. Nachdem Axis eine seiner Münzen vor den Füßen des Stallburschen verloren hatte, konnte man sich erstaunlich schnell einigen. Die Silbermünze erfüllte ihren Zweck überaus gut. Eine verlassene Stallung im hinteren Teil der Stadt mit gammeligem Stroh und undichtem Dach sollte für die bevorstehende Nacht ihr Schlafplatz sein. Einen wesentlichen Unterschied zur Höhle konnte Grom nicht erkennen. Es war zugig, roch aufdringlich nach Schimmel und jegliche Wärme war längst aus der schäbigen Unterkunft verschwunden. Wenigstens bot der ausgemusterte Stall ausreichend Platz, was angesichts der Masse des Ogers auch durchaus notwendig war.

Die meisten Häuser in Germansstadt waren für Goblins gedacht, wobei einige auch den Unterkünften in Ornheim ähnelten. Menschen, Orks und Elfen konnten darin sicher die Nacht verbringen, doch einen ausgewachsenen Oger stellten die Räumlichkeiten vor immer neue Probleme. Einzig die Taverne in dieser Stadt schien wirklich für Oger gebaut.

In der Stallung konnte man in der Vergangenheit über vierzig Pferde unterbringen, was Grom dank seiner Größe natürlich zugutekam. Der Oger konnte nicht verstehen, aus welchem Grund man diesen Verschlag derart verkommen ließ. Goblins waren den Ogern handwerklich weit überlegen und es hätte dem kleinen Volk kaum Mühe bereitet, wenigstens das löchrige Dach zu reparieren. Bei genauerer Betrachtung der Umstände waren die zugig verschlagenen Wände ebenfalls in einem bedauerlichen Zustand.

Grom war jedoch zu müde, um sich über Derartiges noch den Kopf zu zerbrechen. Außerdem war er an das Leben in einer Höhle gewöhnt, welche ebenfalls kaum besseren Komfort bot.

Das war einer der wesentlichen Punkte, denen Grom am Meisten abgewinnen konnte. Der Rest war völlig ohne Belang. Er lehnte seine Axt gegen einen der morschen Stützbalken, welcher wider Erwarten dem Gewicht der Waffe standhielt, und nicht auf der Stelle zu Staub zerfiel. Die Waffe befand sich in unmittelbarer Nähe, was angesichts der unsicheren Zeiten kaum ein Nachteil sein konnte.

Grom breitete sich am Boden aus, blickte noch einmal in Richtung seines Begleiters und drehte sich grunzend zur Seite. Einen Augenblick später war er eingeschlafen.

Schnell versank er in einer Traumwelt, deren Bilder Grom nicht deuten konnte.

Unruhig wälzte er sich von einer Seite zur anderen.

Grom war von beängstigender Dunkelheit umgeben, welche sich ein ums andere Mal für einen kurzen Moment lichtete, um dann erneut nach seinem Körper zu greifen. Verzerrte Bilder zeichneten sich vor Groms Augen ab, die selbst einen Oger erschreckten. Furcht einflößende Farbenstrudel formierten sich zu albtraumhaften Gestalten, die Grom nach dem Leben trachteten. Dann ertönte eine fremdartige Stimme, deren Ursprung Grom nicht deuten konnte. *Wach endlich auf, du fettes Stück Ogerfleisch! Du musst nach dem Götzen suchen. Er wird die Wahrheit ans Licht bringen. Hörst du mir überhaupt zu? Wach auf und begib dich auf die Suche nach dem Götzen, du selten hässlicher Oger. Wach auf!*

Verstört schreckte Grom in die Höhe und schnappte nach Luft. Verunsichert und verschlafen blickte er sich um und sah, dass Axis ganz in der Nähe friedfertig schlummerte.

»Nur ein Traum«, keuchte Grom erleichtert und wischte sich den Schweiß von der Stirn.

Bereits am frühen Morgen erwachte das Leben der Stadt aus seinem unruhigen Schlaf. Schafe blökten, Menschen riefen laut durcheinander und Hühner gackerten. Die ersten Marktstände wurden eröffnet. Nach einer Weile ertönten immer mehr Stimmen. Aufregung breitete sich aus. Irgendetwas schien nicht zu stimmen. Ungewöhnliche Geräusche, Laute des Aufruhrs und Stimmengewirr drang an die Ohren des Ogers.

››Axis? Axis, wach auf. Hier stimmt etwas nicht.‹‹

Der Unsterbliche drehte sich brummend zur Seite und blinzelte Grom mit verschlafenem Blick an. ››Was hast du denn? Es ist noch früh am Tag. Leg dich wieder schlafen.‹‹

››Hörst du das nicht? Die Einwohner sind in Aufruhr, was landläufig nie ein gutes Zeichen ist. Wir sollten nachsehen, was da passiert ist.‹‹

Kaum hatte Grom seinen Satz beendet, da ertönten auch schon die Glocken des Stadtturms. Spätestens jetzt war auch Axis einigermaßen wach.

››Das Leben in der Stadt beginnt schon früh. Du solltest dir darüber keine Gedanken machen. Wahrscheinlich sind neue Händler eingetroffen. Die streiten sich immer um die besten Plätze.‹‹

››Das Läuten der Signalglocken ist schon etwas beunruhigend. Als ich beim letzten Mal Glockenschläge zu dieser Tageszeit hörte, kam der Priester mit seinem Gefolge nach Ornheim und kurz danach hat man mich aus der Stadt gejagt.‹‹

››Ornheim ist weit weg‹‹, beruhigte ihn Axis. ››Germansstadt wird von Goblins regiert. Was sollte ein Priester hier suchen? Wenn es dich beruhigt, können wir aber nach dem Rechten sehen.‹‹

Grom nickte und schnappte mit einer Hand nach der Axt. Axis sah ihn kopfschüttelnd an und beharrte auf seiner Aussage. In Germansstadt würde ihnen auch weiterhin keine Gefahr drohen. Leider wurde der Unsterbliche nur wenige Augenblicke später, eines besseren belehrt.

Ganz in der Nähe des Hauptweges erkannten sie den Grund für den Unmut der umherstehenden Gestalten. Es mussten gut zwanzig Männer sein, die in weißen Priesterroben der Hauptstraße ins Innere der Stadt folgten. Allen voran marschierte ein Knabe mit milchigem Gesicht, der noch einige Jahre bis zum Mannesalter vor sich hatte. Bei jedem Schritt stieß er einen Wanderstab auf den Boden, an dessen oberem Ende eine faustgroße Glocke schellte. Die Prozession marschierte erhobenen Hauptes zum Versammlungsplatz der Händler. So mancher Kreatur wurde bewusst, welches Ziel der gläubige Pulk verfolgte.

Weder Orks noch Goblins teilten den Glauben der Menschen und dennoch würden die Anhänger des wahren Gottes alles daran setzen, um die Ungläubigen zu bekehren. Allein der Versuch, einen Ork von den Grundsätzen der Menschen zu überzeugen, war geradezu lächerlich. Die kriegerischen Wesen würden nie dem Weg des wahren Gottes folgen, selbst wenn ihnen der Tod drohte. Sie folgten einem unnachgiebigen, grausamen Kriegsgott, der alle Götter am Ende der Tage vernichte würde. Zumindest war Trok´nak´Grozh der einzige Orkgott, den Grom kannte. Immer wieder hatte ihn der lästige Ork am Berg mit den Kräften seines Gottes verflucht. Grom ahnte schon, dass ein Konflikt von ungeahntem Ausmaß kurz bevorstand. Viele der Umherstehenden fluchten laut und knurrten angriffslustig. Kaum ein Umherstehender war von den Gläubigen wahrlich angetan.

Die sich nähernde Prozession würde kaum einen Kampf provozieren, doch Grom hielt es trotzdem für angebracht, dem Geschehen aus sicherer Entfernung zu folgen. Er wollte nur ungern zwischen die Fronten geraten. Schließlich konnte niemand wissen, wie lange sich die Orks noch zurückhalten konnten. Viele Pranken ballten sich bereits zu Fäusten.

Grom versteckte sich hinter einer nahegelegenen Hauswand, während sich Axis durch die versammelte Menge drängte, um einen besseren Blick auf das Treiben zu erhaschen.

Mitten auf dem zentralen Marktplatz stoppte der Trupp und ein Mann mit grau umrundeter Halbglatze hob beschwörend die Arme in die Höhe.

»Lasst uns dem Herrn, dem allmächtigen Schöpfer des Himmels und der Erde für seine Barmherzigkeit danken. Wendet euch vom Irrglauben ab, denn nur so ist euch ein Platz im Paradies sicher.«

Grom wollte seinen Ohren nicht trauen. War dieser Kerl wirklich dumm genug, um zu glauben, dass er auch nur eine Gestalt in Ornheim zum wahren Glauben bekehren konnte? Eine ganze Stadt nichtmenschlicher Wesen vom Glauben eines einzigen Gottes zu überzeugen kam einem Himmelfahrtskommando gleich. Der Priester stand kurz davor, dem angepriesenen Gott auf einen Schlag näher zu kommen.

Ein paar kriegerische Orks schnaubte aufgebracht und fletschten angriffslustig die Zähne. Sie würden den Gläubigen nur zu gern den Weg ins Himmelreich ebnen und ihnen den Aufstieg erleichtern. Orkische Krieger waren auch mit den eigenen Pranken dazu in der Lage, selbst einem überlegenen Wesen gefährlich zu werden. Sie waren stark genug, um einem Menschen mit wenigen Handgriffen das Leben zu nehmen. Auch bei den restlichen Schaulustigen stießen die Worte des Predigers auf wenig Gegenliebe. Zottelige Gestalten heulten laut auf, während andere den Priester und sein Gefolge mit stechenden Blicken belauerten.

Der Gottesmann leierte ungerührt seinen Text herunter.

»Wer sich dem wahren Gott in den Weg stellt, seine Existenz nicht anerkennt und seine Macht leugnet, wird unweigerlich seinem Zorn zum Opfer fallen. Jeder von euch hat die Wahl, den richtigen Weg zu wählen. Preiset den Herrn in der Höhe und wendet euch von euren blasphemischen Göttern ab.«

Wütendes Gemurmel und laute Rufe der Wut, des Hasses und der Empörung breiteten sich aus.

»Ihr solltet besser verschwinden, solange ihr noch Beine habt, die euch tragen können!«, röhrte ein aufgebrachter Ork. »Ich folge allein den Göttern des Blutes. Euer Schöpfer kann mich kreuzweise!«

Ein schauderhaftes Knurren ging durch die Reihen, was den Priester jedoch nicht im Geringsten beeindruckte. So leicht würde er nicht aufgeben.

»Der Heilige Vater hat in seiner grenzenlosen Güte jedes Wesen dieser Welt erschaffen und er verlangt, dass wir ihm und seinen Gesetzen folgen. Wer sich seinem Willen widersetzt, ist für alle Zeiten verdammt und wird in den Flammen des Gurgel schmoren. Noch ist es nicht zu spät. Folgt dem wahren Glauben und ihr werdet Frieden finden.«

Grom konnte kaum glauben, was er da mit anhören musste. Der Priester versuchte doch tatsächlich, die Einwohner der Stadt zu bekehren. Dabei konnte er sich glücklich schätzen, wenn er und sein Gefolge die Stadt wieder lebendig verlassen würden. Viele der anwesenden Orks hatten die Hände längst zu Fäusten geballt. Dann geschah plötzlich das Unfassbare. Eine überschaubare Gruppe von Kobolden trat aus der Menge hervor und näherte sich freudig dem Priester. Auch einige Kreaturen, die Grom nicht genau zuordnen konnte, schlossen sich dem kauzigen Bartträger an. Der Priester begrüßte die vermeintlich Bekehrten mit einem wohlwollenden Lächeln.

»Seht ihr, nicht alle teilen den schwachen Glauben. Haben euch die Götter nicht schon immer ausgebeutet, euch in Kriege geschickt und Leid über eure Völker gebracht? Was haben euch die Götter versprochen und was haben sie davon gehalten? Unser Schöpfer ist gnädig mit denen, die seinem Willen folgen und ihm die ewige Treue schwören. Jeder, der dem wahren Glauben folgt, wird schon bald der Erleuchtung so nah sein, wie noch nie zuvor im Leben. Der Weg ins Paradies steht euch offen.«

Erstaunlicherweise sollten sich daraufhin weitere Gestalten aus der Masse schälen. Sie alle würden sich dem Priester anschließen, was selbst Grom eisige Schauer über den Rücken jagte. Viele der Versammelten ließen sich von den zuckersüßen Worten des Priesters bezirzen, obwohl man den Anhängern des Glaubens nicht weiter trauen konnte, als ein Oger jeden von ihnen zu werfen vermochte. Was auch immer der Priester vorhatte, seine Worte stanken bis zur Pforte des angepriesenen Himmels. Was sich vor Groms Augen abspielte, widersprach jeder Logik, und die war bei Ogern bekanntlich nicht sehr ausgeprägt. Trotzdem wusste Grom, dass an diesem Szenario etwas faul sein musste. Weshalb hatte man sich ausgerechnet einen Ort ausgesucht, an dem selten ein Mensch anzutreffen war?

Langsam legten sich die Klauen des wahren Glaubens um jede Stadt im Land und nahm ihr alle Freiheiten. Bald schon würde es keine freien Städte mehr geben und die Anhänger des Glaubens wären allgegenwärtig. Keine Seele, kein Oger, kein Ork und kein Goblin wäre vor ihnen sicher. Die alten Rassen würden schnell an Bedeutung verlieren und nur noch eine untergeordnete Rolle im alltäglichen Leben spielen.

Eine anwachsende Gruppe verschiedenster Wesen und Kreaturen hatte sich dem Priester bereits angeschlossen, was diesen natürlich triumphieren ließ. Zufrieden verbeugte er sich vor den sichtlich verunsicherten Verbliebenen und gab das Zeichen zum Abmarsch. Stapfend setzte sich der angewachsene Tross in Bewegung. Langsam wurde den Verbliebenen, die dem abrückenden Trupp schweigend nachsahen, bewusst, dass man soeben vom wahren Glauben überfallen wurde. Man hatte ihnen die Ehre gestohlen. Niemand hatte auch nur versucht, etwas dagegen zu unternehmen. Man hatte trotz aller Drohungen hilflos mit angesehen, wie der wahre Glaube die eigenen Reihen ausdünnte, ohne dabei auch nur einen einzigen Tropfen Blut zu vergießen.

Grom war sich nicht sicher, was der Priester mit seinem Handeln bezwecken wollte. Was hatten die Anhänger des wahren Glaubens vor?

Die ganze Sache stank bis zum Himmel. Bevor sich Grom weiter den Kopf zerbrechen konnte, ertönte wieder die Stimme, die anscheinend nur er hören konnte, und hämmerte wuchtig gegen die Stirn des Ogers. Grom verzog gequält das Gesicht.

Jetzt schnapp dir deinen Begleiter und begib dich endlich auf die Suche nach dem Götzen, du hirnrissiger Faulpelz. Soll ich dir vielleicht Beine machen?

Grom fuhr sich gekrümmt an die Schläfen, da ihm die Stimme unvorstellbare Kopfschmerzen bereitete. Als der stechende Schmerz allmählich nachließ, blickte sich Grom mit zusammengekniffenen Augen um.

»Wer bist du und was willst du von mir? Warum soll ich nach einem Götzen suchen? Was bist du?«

Verständlicherweise wunderte er sich selbst über die eigenen Worte, da sich niemand in seiner unmittelbaren Nähe befand. In Grom kam der beunruhigende Verdacht auf, dass sich sein verbliebener Verstand nun endgültig von ihm verabschiedete.

Muss ich dir denn wirklich alles mehrfach erklären?, schnauzte die Stimme. *Aus welchem Grund besitzt du eigentlich deinen Kopf? Damit es dir nicht in den Hals hinein regnet? Warum muss ich mich ausgerechnet mit einem begriffsstutzigen Oger auseinandersetzen? Das Schicksal meint es wirklich nicht gut mit mir.*

Die Stimme dröhnte so laut in Groms Schädel, dass er sich die Ohren zuhielt, was aber nicht zum gewünschten Erfolg führte. Die dröhnende Stimme hallte wie tausend Posaunen durch seinen Kopf. Der Lärm drohte Groms Schädeldecke zu durchsprengen. Jaulend bäumte sich der Oger auf und umklammerte dabei seinen schmerzenden Kopf.

Darf ich vielleicht erfahren, was du da machst? Hör mit dem Unsinn auf und befolge meinen Rat, du unglückseliger Fleischklops. Such den Götzen. Nur er kann den Anhängern des wahren Glaubens Einhalt gebieten. Du wirst meinem Willen folgen, ob es dir nun passt oder nicht. Ansonsten werde ich dir keinen ruhigen Moment mehr gönnen.

Grom schüttelte den Kopf von einer Seite zur anderen und presste beide Hände auf die Ohren, doch die Stimme wollte einfach nicht abklingen. Immer wieder hallten die Worte durch seinen Verstand.

»Alles in Ordnung?«, erkundigte sich Axis. Er war unbemerkt an den Oger herangetreten und sah seinen Begleiter besorgt an. »Der Priester hat es doch tatsächlich geschafft, dass eine ganze Meute zum wahren Glauben konvertiert ist. Das ist doch unglaublich. Zuerst dachte ich, dass mir meine Augen einen üblen Streich spielen. Scheinbar haben viele ihre Herkunft vergessen, dass sie den Menschen so leichtfertig ins Verderben folgen.«

»Das sagt ausgerechnet jemand, der zumindest teilweise menschlich wirkt «, erwiderte Grom mit verzerrtem Gesicht. »Schließlich laufe ich dir ja auch hinterher.«

»Sofern es dir entgangen sein sollte, ich bin unsterblich, was man von den meisten Menschen nicht behaupten kann. Außerdem unterscheide ich mich doch deutlich von den fanatischen Anhängern des Glaubens. Ich will dich nicht von irgendeinem Gott überzeugen und dränge dir keinen vorgefertigten Glauben auf. Das sollte selbst für einen Oger plausibel klingen.«

Grom knurrte abfällig, was seinen Begleiter jedoch nicht im Geringsten beeindruckte. Viele Menschen würden sich beim Anblick eines knurrenden Ogers in die Hosen machen, doch Axis war kein gewöhnlicher Mensch. Wahrscheinlich war er sich längst darüber bewusst.

Er hatte dank seiner Unsterblichkeit kaum etwas zu befürchten und selbst die schlechte Laune eines griesgrämigen Ogers konnte ihn nicht einschüchtern.

»Das Ganze hat jedenfalls nichts Gutes zu bedeuten«, murmelte Axis, wischte sich eine violette Haarsträhne aus dem Gesicht und machte augenscheinlich einen betrübten Eindruck.

»Und das ist längst nicht alles, um was wir uns sorgen sollten«, brummte Grom, pulte sich dabei in den Ohren und prüfte, ob die Stimme in seinem Kopf auch wirklich verschwunden war. »Ich befürchte, dass ich langsam den Verstand verliere. Ich höre schon eine fremde Stimme in meinem Kopf.«

Ein neuer Kardinal

Benedikt Vordermann bot sich ein geradezu bonfortionöser Anblick, als er den Versammlungssaal betrat, in dem sich alle gewichtigen Kleriker mit Stimmrecht versammelt hatten. Es mussten sich gut einhundert Vertreter des Glaubens eingefunden haben. Jeder von ihnen würde seine Stimme für die Wahl des neuen Kardinals abgeben und Benedikt war sich sicher, dass er diese gewinnen würde. Mit erhobenem Haupt schritt er an den Reihen seiner Brüder vorbei. Vor der Kanzel erwartete ihn bereits ein Klerus namens Richard Rabenfuß. Er verbeugte sich so tief, wie es sein deformierter Körper zuließ und überreichte Benedikt ein dickes Buch, welches den Anwesenden unter dem Titel "Das Buch des wahren Glaubens" bekannt war.

Benedikt empfand weder für das Buch noch für den buckligen Klerus besonders große Sympathien, doch gab er sich den Umständen entsprechend gefasst und freundlich. Er musste auch weiterhin seine Rolle spielen, sofern sein ausgeklügelter Plan nicht scheitern sollte. Dem Krüppel konnte er noch früh genug eine ganz besondere Art der Ehrerbietung erweisen und ihn in die Verdammnis schicken. Sobald man Benedikt erst zum Kardinal ernannt hatte, würde er Rabenfuß in die Ferne schicken, damit er dort den Glauben verbreiten konnte. Vielleicht würde er ihn aber auch an den Schattenfresser übergeben.

Das ersehnte Amt bot viele Vorzüge und Benedikt würde sie allesamt auskosten.

Richard Rabenfuß schob ein urnenartiges, hüfthohes Gefäß vor den steinernen Altar, welches der bevorstehenden Wahl diente.

Der bucklige Klerus keuchte durch die Anstrengung, wie ein Hund an einem heißen Sommertag und platzierte das marmorierte Gefäß an Benedikts rechter Seite.

››Zu unser aller bedauern hat Kardinal Bertrand den Weg ins Himmelreich angetreten. Seine unermessliche Weisheit und sein unerschütterlicher Glaube werden uns fehlen, doch hoffe ich inständig, dass meine bescheidene Person im Falle einer erfolgreichen Wahl, sein Vermächtnis nach bestem Gewissen fortführen kann. Ich bitte sie nun alle, die ausgehändigten Stimmzettel in den Behälter zu werfen und hoffe auf das Vertrauen in meine Person.‹‹

Benedikt war sich seiner Sache ganz und gar sicher. Die ausgewählten Worte klangen selbst in seinen Ohren süßer als Honig. Kaum jemand würde an ihm zweifeln. Nur wenige Kleriker genossen ein ähnliches Ansehen. Der Titel des Kardinals war ihm also so gut wie sicher. Die beiden Kleriker, die gegen ihn antraten, waren dem Amt außerdem nicht im Geringsten gewachsen. Klerus Ferdinand Borstzahn war ein Mann, der sich selten im Kloster aufhielt und seine Zeit lieber in Ornheims Freudenhaus verbrachte. Seine heutige Abwesenheit war bei der Wahl sicherlich von Vorteil. Auch Klerus Roman Unke würde sich nicht als richtige Wahl erweisen. Seine Trinksucht war jedem hinlänglich bekannt.

Die wahlberechtigten Kleriker traten nacheinander an die Urne heran und warfen die Stimmzettel in das Gefäß. Natürlich mussten die Papierstreifen auch ausgewertet werden. Diese ehrenvolle Aufgabe würde ebenfalls ins Aufgabengebiet des Krüppels fallen, da Rabenfuß einfach nicht betrügen konnte.

Bevor ich ihn mit neuen Aufgaben betraue, soll er sich noch einmal nützlich machen. Wenn er seinen Dienst getan hat, werde ich ihn aus meinem Blickfeld verbannen.

Als auch der letzte anwesende Kleriker einen Wahlzettel in die Urne geworfen hatte, lächelte Benedikt zuversichtlich. In spätestens zwei Stunden konnte er das ehrwürdige Gewand des Kardinals anlegen. Angestrengt unterdrückte er die aufkommende Freude und biss sich auf die Unterlippe, damit niemand seinen Triumph frühzeitig entdecken konnte. Nach all den Jahren im Kloster hatten sich seine Mühen endlich ausgezahlt und das lang ersehnte Ziel war zum Greifen nah. Bald schon wäre er das mächtigste Instrument des Glaubens, was dem ein oder anderen bitter aufstoßen würde. Danach müsste nur noch der Unsterbliche von der Bildfläche verschwinden und Benedikt Vordermann würde als Vertreter des wahren Gottes in die Geschichte eingehen. Auf diese Weise konnte er Unsterblichkeit erlangen. Mehr konnte man ihn einem Leben wahrlich nicht erreichen. Auch die Verbesserung seiner finanziellen Mittel war nicht zu verachten. Als Kardinal stand ihm eine nicht unerhebliche Anzahl an Münzen zur Verfügung, welche durch die großzügigen Spenden der Gläubigen schon so manchen Vertreter Gottes zu annehmbaren Wohlstand verholfen hatten. Kardinal Bertrand setzte diese Mittel zu Lebzeiten für den Bau monumentaler Gotteshäuser ein, was bei Benedikt ein ums andere Mal auf Unverständnis stieß. Weshalb sollte man den rechtmäßig erworbenen Wohlstand der Allgemeinheit opfern? Dieser Gedanke war geradezu absurd. Benedikt hatte in all den Jahren ein bescheidenes Leben geführt und nun würde er den Lohn für seine Mühen ernten. Der langwierige Verzicht auf irdischen Freuden machte sich nun bezahlt. Benedikt schüttelte die Gedanken ab und wandte sich an den buckligen Klerus.

»Macht euch an die Arbeit, Klerus Rabenfuß. Die Stimmzettel werden sich kaum von allein auswerten. Ich muss mich Dingen widmen, die weit wichtiger sind und meiner gesamten Aufmerksamkeit bedürfen.«

»Ganz wie es euch beliebt«, antwortete Richard Rabenfuß demütig. Erneut zerrte er den schweren Behälter über die Länge der Kanzel und stoppte erst vor einer schlichten Holztür, die zu einem kleinen Nebenraum führte.

Benedikt verließ den Saal mit einem überaus zuversichtlichen Gefühl. Schon bald würde er in die prunkvollen Räumlichkeiten des Kardinals einziehen, welche deutlich mehr Komfort bot als die eigene, schäbige Kammer. Natürlich müsste er einiges vom Inventar austauschen, doch auch für diese Aufgabe würden sich im Kloster die passenden Hände finden. Viele würden seine Nähe suchen, um die Gunst des Kardinals zu erbitten. Wie die Fliegen würden sie ihn umschwirren, doch Benedikt kannte längst die wahren Absichten hinter den heuchlerischen Gesichtern. Viele würden sich selbst auf den Platz des Kardinals wünschen, doch Benedikt würden jeden Aufstand niederschlagen. Er hatte ausreichend vorgesorgt.

Mit dem restlichen Verlauf der Dinge konnte Benedikt recht zufrieden sein. Niemand konnte ihm seinen bevorstehenden Erfolg noch streitig machen. Ein zufriedenes Lächeln huschte über seine strengen Gesichtszüge. Die Vorfreude schmeckte süßer als jeglicher Honig.

Wie viele Jahre musste Benedikt auf diesen lang ersehnten Augenblick warten?

Als er seine Kammer betrat, sah er verträumt aus dem Fenster. Bald würde er sein neues Amt antreten und das Land unter den Banner des wahren Glaubens stellen. Benedikt konnte mit sich und seiner bisherigen Arbeit durchaus zufrieden sein. Alles verlief nach Plan und niemand konnte ihn jetzt noch aufhalten. Benedikt konnte die Macht förmlich schon in seinen Händen spüren. Er würde die Menschen einen, die fremdartigen Kreaturen bekämpfen und eine neue Ordnung im Land herstellen. Benedikt würde zum größten und bedeutendsten Kardinal aller Zeiten. Niemand würde ihn je mehr vergessen.

Die Seherin

Nach der Beichte des Ogers starrte Axis seinen Begleiter mit großen Augen an. Grom saß niedergeschlagen auf dem Boden des Stalls und untersuchte mit zaghaften Berührungen seinen Schädel. Der Oger berichtete von einer unheimlichen Stimme, die ihn seit Kurzem belästigte. Natürlich hörte sich Groms Geschichte ein klein wenig verrückt an, doch entsprachen seine Worte der Wahrheit.

Seine Befürchtungen, dass ihn der Unsterbliche anhand dieser Geschichte für verrückt erklären würde, bestätigten sich jedoch nicht, was Grom zumindest für den Moment aufmunterte. Er konnte sich trotzdem nicht erklären, warum ausgerechnet er von einer fremden Stimme heimgesucht wurde. Sicher gab es Kreaturen, deren verstand von Natur aus besser ausgeprägt war, als der eines gewöhnlichen Ogers.

»Nur du hast die Stimme gehört? Bist du dir sicher? Von welchem Götzen hat die Stimme gesprochen und zu welchem Zweck sollst du überhaupt danach suchen?«, forschte Axis nach. »Wenn ich das nur wüsste«, seufzte Grom verdrießlich. Für einen Oger waren solcherlei Erfahrungen auf geistiger Ebene nur schwer zu verstehen. In all den Jahren hatte Grom noch nie von einem Artgenossen gehört, der von Ähnlichem berichten konnte. Vielleicht waren Oger von so minderem Intellekt, dass derartige Zwischenfälle wohl eher die Ausnahme waren. Grom sah ziemlich ratlos aus. Hatte ihn die Einsamkeit am Berg nun doch um den Verstand gebracht und ihn in einen wild lebenden Oger verwandelt?

Von Elfen oder mental begabten Wesen kannte man solche Geschichten, aber von einem Oger?

Grom wolle sich nicht mit diesem Gedanken anfreunden. Was war an ihm so besonders? Für den Oger bestand kein Zweifel daran, dass sich sein spärlich vorhandener Verstand langsam in Wohlgefallen auflöste.

»Wir sollten dieser Sache auf den Grund gehen«, schlug Axis vor. »Es gibt bestimmt eine Erklärung für all das. Vielleicht hat ja einer der Götter zu dir gesprochen.«

Grom sah seinen Begleiter eindringlich an. »Die Götter haben noch nie zu einem Oger gesprochen. Weshalb sollten sie ausgerechnet jetzt damit anfangen?«

»Für einen Oger bist du gar nicht so dumm. Du beherrschst die menschliche Sprache und machst auch sonst einen recht zivilisierten Eindruck. Derartige Eigenschaften können leider nicht viele Geschöpfe ihr eigen nennen. Sie es doch als eine Art Ehre an.«

»Ehre?«, erkundigte sich Grom. »Das hat nichts mit Ehre zu tun. Die erlangt man auf dem Schlachtfeld und nicht durch eine Stimme, die in meinem Kopf umher spukt und mich in den Wahnsinn treibt.«

Axis schwieg für einen Moment. Man konnte ihm ansehen, dass er angestrengt nach einer Lösung für das bestehende Problem suchte. Mit solchen Dingen musste er sich bisher noch nicht beschäftigen. Schließlich kam ihm ein Erfolg versprechender Gedanke. Man könnte in der Schleichergasse einen der dort vertretenen Seher oder ähnlich begabten Wesen aufsuchen. Die Gasse war jedem in Germansstadt ein Begriff. Dort fand man die unterschiedlichsten Gestalten, die auf hellseherische und andere mystische Kräfte zurückgreifen konnten. Fürs Erste war dieser Einfall zumindest ein Anfang. Grom zeigte sich davon nur wenig begeistert, da Oger selten auf derartige Fähigkeiten vertrauten. Magie und Zauberei waren jedem Oger unheimlich. Vielleicht war dies aber auch der einzige Weg, um die Stimme wieder loszuwerden. Grom war sich nicht wirklich sicher, dennoch folgte er seinem Begleiter, der ihn durch verschlungene Wege bis zum südwestlichen Teil der Stadt führte. Die hier angesiedelten Häuser unterschieden sich in Bauart und Farbe wesentlich vom Rest der Stadt. Manche Gebäude waren so niedrig, dass sie einem Oger schon durch die Bauweise den Zutritt verweigerten. Andere Gebäude glichen mächtigen Klötzen, die gut eine ganze Gruppe Oger beherbergen konnten. Blaue und gelbe Farben zierten die Eingänge.

Grom sah eng aneinander stehende Lehmhäuser mit schräg abfallenden Dächern, die im Schatten der prunkvolleren Bauwerke standen und keineswegs den Eindruck von Stabilität vermittelten. Andere Häuser sahen so aus, als könnten sie selbst dem mächtigsten Sturm trotzen.

An einigen Häusern hatte man zahlreiche schimmernde Flusssteine verbaut, welche die jeweiligen Häuser in verschiedenfarbenen Blautönen erstrahlen ließ. Die kreisförmigen Bullaugen der Fenster erinnerten den Oger an jene Schiffe, die er damals an der Küste beobachten konnte. Verschiedene Schilder mit der Aufschrift: Seher, Magier, Hexer, Totenbeschwörer oder Okkultist, wiesen auf denjenigen hin, den man in der jeweiligen Behausung antreffen konnte. Grom war sich nicht sicher, in welchem der vielen Häuser, sich Hilfe für sein Problem anbot.

»An wen sollen wir uns wenden? Schließlich trägt keines der Schilder die Aufschrift: Hier werden sie die Stimme in ihrem Kopf los.«

Axis deutete auf ein unscheinbares Haus ganz in der Nähe. »Vielleicht sollten wir unser Glück dort versuchen.«

Das schlichte, graufarbene Gebäude stach kaum aus der Menge hervor, war von dreifacher Ogerhöhe und schien kaum außergewöhnlich. Auch die Aufschrift neben der Tür war nicht sonderlich ansehnlich. *Madame Razz O'guire – Hexe, Medium und Seherin; Knochentarot, Zukunftsdeutung und mehr*. Damit konnte man die ohnehin schon geringen Erwartungen des Ogers kaum steigern. Oger waren mit derlei Künsten nur unterdurchschnittlich vertraut und hielten alles, was in Richtung des Übernatürlichen angesiedelt war, für faulen Zauber.

Axis pochte gegen die, mit fremdartigen Ornamenten verzierte Tür und wartete geduldig auf Antwort. Der Durchgang war großzügig genug, sodass auch Grom leicht eintreten könnte, sofern man ihm und seinem Begleiter überhaupt öffnete. Im Moment sah es jedenfalls nicht danach aus. Axis pochte erneut gegen die Tür.

»Herein!«, krächzte eine Stimme.

Der Unsterbliche folgte der Einladung, warf seinem Begleiter einen flüchtigen Blick zu und betrat das Haus. Grom folgte ihm, auch wenn sich sein Gefühl gegen diese Entscheidung zur Wehr setzte. Den großzügigen Torflügel konnte Grom problemlos hinter sich lassen und fand sich schnell in einem Raum wieder, der bis zum Bersten mit bunten Flaschen, gläsernen Gefäßen und sonderbar schimmernden Phiolen, die man in verschiedenste Regale einsortiert hatte, gefüllt war. Grauer Dampf stieg aus einem Behälter auf, während über der Feuerstelle in einem Kupferkessel ein undefinierbarer Sud vor sich hin brodelte.

Grüngelbe Bläschen bildeten sich an der Oberfläche der unangenehm duftenden Suppe, wuchsen auf Faustgröße heran und zerplatzten schließlich mit einem leisen *Plopp*.

Der Raum wirkte düster und unheimlich, da sich kaum ein Lichtstrahl ins Innere verirrte. Alle Fenster hatte man schon vor langer Zeit mit staubigen Tüchern und Lumpen verhängt, damit ewiges Dämmerlicht in den Räumen herrschte und die Hexe vor allzu neugierigen Blicken geschützt wurde.

Trotz des schummrigen Lichts konnte sich Grom einen Überblick verschaffen, der ihn immer mehr zum Gehen aufforderte. Dutzende Spinnenweben hingen von der Decke herab und reichten an manchen Stellen bis zum Fußboden. Dieses Haus war selbst für einen Oger mit geringen Ansprüchen kein Ort, an dem man sich länger als notwendig aufhalten wollte.

»Tretet näher«, krächzte die Stimme, welche zweifelsfrei aus dem Nebenraum an ihre Ohren drang. Vorsichtig bahnte sich Axis einen Weg durchs Dunkel des Raums, setzte bedächtig einen Fuß vor den anderen und betrat das Nebenzimmer, welches lediglich durch einen vergilbten Vorhang vom Rest der Örtlichkeit getrennt war. Langsam und verunsichert schob Axis den Stoff beiseite und lugte gespannt in den dahinter liegenden Winkel der Unterkunft. Mitten im Raum stand eine kleine Gestalt, die Axis kaum bis zur Brust reichte. Sie trug ein fleckiges Gewand, dessen Farbe man auch aufgrund der spärlichen Lichtverhältnisse nur erahnen konnte.

Auch Grom schob sich nun in den Raum und stoppte nur einen Schritt hinter seinem Begleiter. Als er die kleine Gestalt erblickte, stockte ihm umgehend er Atem. Selbst Oger konnten in ihren Reihen nicht auf solch hässliche Exemplare zurückgreifen und dabei war Schönheit in ihrem Volk ohnehin eher selten anzutreffen. Madam Razz hatte graues, wirres Haar, welches in alle erdenklichen Richtungen abstand und eine markant runzelige Nase, auf der eine geradezu riesige Warze thronte. Ihr Gesicht war zerfurcht und wirkte auf beunruhigende Weise unsymmetrisch. Die unterschiedlich großen Augen funkelten den Oger unheimlich an. Ein kalter Schauer durchzuckte Grom und seine Nackenhaare richteten sich schlagartig auf.

Das faltige Gesicht, die unterschiedlich großen Augen und der zahnlose Mund, welchen man selbst im dämmrigen Licht gut erkennen konnte, rundeten das Bild einer missgestalteten Person ab. Auch die bräunlich gefleckte Haut der Hexe wirkte auf Grom wie ein Traum, aus dem man schnell wieder erwachen wollte. Madame Razz wirkte ganz und gar unheimlich.

»Wie kann ich euch zu Diensten sein? «, fragte die Gestalt in gewohnt krächzendem Ton. »Vielleicht mit Knochentarot oder einem Wahrsagerorakel?«

»Madame Razz O'guire?«, erkundigte sich Axis und wahrte den Abstand zwischen sich und der vermeintlichen Hexe, die ihm daraufhin einen Schritt entgegen kam.

»Wenn habt ihr erwartet? Etwa den Kaiser von Niffelum?«, frotzelte die Hexe. »Wie sehe ich denn aus? Wie eine nurische Prinzessin?«

Grom schluckte. Selbst wenn er gewollt hätte, so wäre kein einziger Ton über seine Lippen gekommen. Die kleine Gestalt, die nur wenige Schritte von ihm entfernt stand, ließ seine Stimme versagen. Beim Anblick der unheimlichen Alten, durchzuckten Grom eiskalte Schauer. Zum Glück war Axis der Sprache noch mächtig.

»Mein hochgewachsener Freund hat ein Problem, dass er gern wieder loswerden möchte. Er hört Stimmen in seinem Kopf.«

Madam Razz runzelte die ohnehin schon faltige Stirn und bedachte Grom mit einem Blick, der sicherlich dazu in der Lage war, Stein in Sand zu verwandeln.

»Vielleicht ist euer Freund einfach nur verrückt. Habt ihr das schon einmal in Erwägung gezogen? Nein? In solch einem Fall kann selbst ich nicht mehr helfen. Das ist anderen Geschöpfen auch so ergangen. Hast du von irgendwelchen eigenartigen Gewächsen genascht? Zum Beispiel vom gelben Blutwurz, vom gesprenkelten Dreiblatt, vom wirren Ahorn oder vom goldenen Nektar der Mandonesen?«

Grom schüttelte wortlos den Kopf.

»Dann kann ich vielleicht doch helfen«, krächzte die Hexe und spuckte in die Hände. »Stimmen im Kopf tauchen selten ohne Grund auf. Es gibt für derlei Erscheinungen meist einen gewichtigen und nicht unerheblichen Grund. Es sei denn, man hat die falschen Dinge gegessen. Dabei verhält es sich wie bei Blähungen. Daran leidest du aber nicht, oder?«

Grom schüttelte erneut den Kopf.

»Was spricht die Stimme und was will sie von dir? Ist sie von lieblicher Natur oder eher das Gegenteil?«

Grom schluckte und presste angestrengt eine Antwort hervor.

»Die Stimme sagt, dass ich den Götzen finden soll.«

»Ha!«, rief Madame Razz triumphierend. »Da haben wir es doch schon. Erfüllt der Stimme ihren Wunsch und sie wird von euch ablassen. So einfach ist das.«

Grom tauschte mit Axis einen kurzen, verwunderten Blick. Beide wussten, dass die Erklärung der Hexe noch nicht zur endgültigen Lösung des Problems beitragen würde.

»Wie können wir diesen Götzen finden?«, wollte Axis wissen.

Madam Razz zuckte mit den Schultern. »Woher soll ich das wissen? Ich bin schließlich eine Seherin und kein Expeditionsleiter.«

»Aber auf eurem Schild ...«

»Ich weiß selbst, was auf meinem Schild geschrieben steht«, zischte die Hexe. »Ich kann die Zukunft deuten, euch ein Mittel gegen Haarausfall anbieten und Ratschläge geben. Bei all meinen Fähigkeiten ist das Aufspüren von Gegenständen nicht mein Metier. Vielleicht können uns die Knochen noch eine Antwort liefern. Viel mehr kann ich nicht für euch tun.«

Erst jetzt entdeckte Axis den dünnen Strick am Hals der Seherin, an dem drei kleine Schrumpfköpfe baumelten, die ihm abwechselnd zuzwinkerten. Spätestens jetzt fühlte sich auch der Unsterbliche nicht mehr wohl in seiner Haut. Wäre die Angelegenheit nicht so dringlich gewesen, hätte er in diesem Augenblick die Flucht ergriffen. Der Versuch, dem Leben ein Ende zu bereiten war eine Sache, sich nach dem Tod am Hals einer schrulligen Hexe wiederzufinden jedoch eine ganz andere. Allein beim bloßen Gedanken daran durchzuckte Axis ein kalter, beängstigender Schauer.

Madame Razz zog einen Beutel aus dem allgegenwärtigen Durcheinander, murmelte ein paar mystische Worte und warf den Beutelinhalt zu Boden. Die Knochen polterten auf die schmutzigen Holzbretter des Fußbodens und bildeten nach wildem Überschlag eine sonderbare Formation, die weder Grom noch Axis deuten konnte. Schweigend betrachteten sie das Werk der Hexe.

»Mmhh...«, brummte Madame Razz nachdenklich und starrte gebannt auf das Knochengebilde. »Der Götze, den ihr sucht, wird ein Geheimnis offenbaren. Danach steht eine große Veränderung bevor. Ich sehe aber auch Kreaturen, die das mit aller Macht verhindern wollen. Diese Gestalten schrecken vor keiner Schandtat zurück. Seid also gewarnt. Jeder von ihnen ist bis ins Mark verdorben und vollkommen skrupellos.«

»Das erklärt aber immer noch nicht, an welcher Stelle wir diesen Götzen finden sollen«, stellte Axis ohne Umschweife fest.

Madame Razz sah verärgert zu ihm auf. »Für einen Mann, der den Tod nicht kennt und der sich seiner Herkunft nicht bewusst ist, bist du ziemlich vorlaut. Wenn du mich noch ein einziges Mal unterbrichst, dann werde ich dein hübsches Gesicht in ein obskures Absurdum verwandeln, vom dem du noch nicht einmal zu träumen wagst. Die Knochen sind eigen und dulden keine weitere Unterbrechung durch dein lästiges Plappermaul. Habt ihr beiden das verstanden oder muss ich mich wiederholen?«

Grom und Axis nickten abwechselnd.

Ohne eine Antwort abzuwarten, widmete sich Madame Razz wieder den Knochen. Dabei zuckten ihre rot geäderten Augäpfel über das merkwürdige Knochengebilde. Kein Detail blieb ihrem scharfen Blick verborgen. Axis und Grom zogen es vor, vorsichtshalber zu schweigen.

Mit kreisenden Armbewegungen beschwor Madame Razz die Gebeine, murmelte unverständliche Worte und blickte dann in Richtung des Ogers. ››Für dich hat sich das Schicksal eine ganz besondere Aufgabe ausgedacht. Du bist der Schlüssel zu allem.‹‹

››Der Schlüssel?‹‹, wiederholte Grom und kratzte sich verlegen am Kopf. Bisher war er der Meinung, dass es sich bei seiner Erscheinung um einen waschechten Oger handelte und keineswegs um einen Schlüssel. Verwundert sah er an sich herab. Die Worte der Hexe waren ihm genauso fremd, wie die Tatsache, dass in seinem Kopf eine fremde Stimme ihr Unwesen trieb. Dennoch versuchte er den Erläuterungen weiter zu folgen, was selbst Axis nicht leicht fiel. Etwas Vergleichbares war beiden noch nicht untergekommen.

Madame Razz tänzelte leichtfüßig über den Boden, warf beschwörerisch die Hände in die Höhe und verrollte mit undeutlichem Singsang die Augen. An der Formation der Gebeine änderte sich nichts und doch schien die Seherin in ihnen auf einer geistigen Ebene zu lesen. Sie konnte die Geheimnisse der Zukunft sehen. Das Gehampel der Hexe war dabei augenscheinlich ein wichtiger Teil der Beschwörung.

Nach einiger Zeit endete der Hexentanz und Madame Razz atmete schwerfällig durch.

››Der Götze ist die Antwort. Findet ihn und alles wird sich zum Guten wenden. Er liegt an einem Ort versteckt, den ich leider nicht deutlich erkennen kann. Ich kann aber einige Kreaturen entdecken, die den Götzen beschützen. Außerdem existiert dort eine sehr mächtige Kraft. Vielleicht geht sie sogar vom Götzen selbst aus. Ich konnte auch etwas sehr Beunruhigendes sehen. Hütet euch vor dem Licht.‹‹

Die Worte der Hexe hatten mehr Fragen aufgeworfen, als Antworten geliefert.

Grom war sichtlich unzufrieden. Vor welchem Licht sollten sie sich hüten?

››Was hat das alles zu bedeuten?‹‹, forschte Axis nach.

Madame Razz zuckte mit den Schultern. ››Mehr geben die Knochen nicht preis. Es liegt an euch, das Geheimnis zu lüften. Sucht den Götzen und alle Fragen werden beantwortet.‹‹

Grom spürte ein beklemmendes Gefühl der Unsicherheit in der Brust. Dass er den Götzen suchen sollte, wusste er bereits vor dem Besuch bei der Hexe. Auch nach dem Knochentarot war er keinen Deut schlauer als zuvor. Sein Kopf dröhnte, obwohl sich die schmerzhafte Stimme schon einige Zeit nicht mehr zu Wort gemeldet hatte. Groms Verstand musste ohnehin schon eine Vielzahl von Informationen verarbeiten, die ihm ausreichend Kopfschmerzen bescherten. ››Was sollen wir jetzt machen?‹‹, stöhnte der Oger und massierte sich die Schläfen.

››Wie wäre es, wenn ihr euch endlich auf die Suche nach dem Götzen begeben würdet. Das wäre zumindest ein Anfang und ihr würdet mich nicht länger mit euren Fragen belästigen‹‹, erwiderte Madame Razz kratzig und zog die Mundwinkel streng nach unten. ››Erst mit diesem vermaledeiten Götzen werdet ihr die Antwort finden. Wie oft soll ich euch das noch sagen? Hoffentlich hat sich das Schicksal die Richtigen für diese Aufgabe ausgesucht. Bei der Dummheit des Ogers und eurer Unfähigkeit möchte ich allerdings daran zweifeln.‹‹

››Wo sollen wir mit der Suche beginnen?‹‹, wollte Grom wissen.

Madame Razz schüttelte ahnungslos den Kopf. ››Mehr kann ich euch beiden nicht sagen. Ihr habt meine Zeit lange genug in Anspruch genommen. Verschwindet jetzt. Ich muss noch ein paar Köpfe schrumpfen, einen Menuggel reinigen und einen Schlammgeist beschwören. Das wird sicher eine schmutzige Angelegenheit, bei der ihr sicher nicht zusehen wollt, oder?‹‹

››Sollten wir euch nicht noch für euren Dienst entlohnen?‹‹, erkundigte sich Axis und zog eine glänzende Münze aus den Taschen seines Beinkleids.

»Ich bin nicht auf euer Geld angewiesen und verfüge über weit mächtigere Mittel, von denen ihr natürlich keine Ahnung habt.«

»Wenn dem so ist ...«, entgegnete Axis und wollte die Münze wieder verschwinden lassen, doch Madame Razz kam ihm zuvor und schnappte ihm gierig das Geldstück zwischen den Fingern weg. »Natürlich sollt ihr mich für meinen Dienst bezahlen. Dachtet ihr vielleicht, dass ich meinem Handwerk aus bloßer Barmherzigkeit nachgehe? In welcher Welt lebt ihr eigentlich? Das ist doch nicht zu fassen. Geht mir aus endlich aus den Augen und macht euch auf den Weg. Eine Aufgabe wartet auf euch.«

Mit diesen Worten drängte Madame Razz ihre beiden Kunden rücksichtslos durch die Tür des Hauses und ließ diese krachend ins Schloss fallen. Ratlosigkeit zeichnete sich auf Groms Gesicht ab und auch Axis erging es nicht besser. Beide waren völlig ratlos. Axis musste sich kleinlaut eingestehen, dass der Besuch bei der Seherin nur wenig neue Erkenntnisse erbracht hatte. Nun musste er auch noch den trotzigen Blick des Ogers ertragen. Vorwurfsvoll sah ihn Grom an und schürzte die Lippen. »Das hat uns ja wirklich weitergeholfen.«

»Daran kannst du mir kaum die Schuld geben.«

»Doch«, brummte Grom. »Das ist alles nur deine Schuld. Wegen dir muss ich mich zu allem Unglück auch noch mit einer lautstarken Stimme auseinandersetzen, die immer wieder gegen meine Schädeldecke hämmert. Bei Madame Razz ist mir fast das Herz stehen geblieben und trotzdem bin ich noch keinen Deut schlauer. Wo sollen wir diesen verdammten Götzen finden und wie werde ich diese schreckliche Stimme wieder los? Kannst du mir das bitte erklären?«

Axis zuckte mutlos mit den Schultern. Auch er wusste sich nun keinen Rat mehr.

Ein neuer Kardinal

Schwarze Rauchschwaden stiegen aus dem Schornstein des Klosters und bildeten hoch über den Dächern des Konvents eine Wolke tiefster Dunkelheit. Klerus Rabenfuß hatte seine auferlegte Aufgabe gewissenhaft beendet und alle Stimmzettel ausgewertet. Das Ergebnis war mehr als nur eindeutig.

Benedikt Vordermann lächelte mild und beobachtet den Rauch, der von seiner Ernennung zum Kardinal erzählte. Niemand konnte ihm diesen Triumph noch streitig machen. Mild lächelnd legte er die Schärpe an, blickte in den ovalen Wandspiegel seiner Kammer und strich sich durchs leicht ergraute Haar. In seinem Inneren herrschte eine gewisse Aufregung, auch wenn er sich sicher war, dass ihm bei der Wahl kaum jemand gefährlich werden konnte. Er atmete tief durch, verließ die Unterkunft und begab sich mit schnellen Schritten zum Versammlungssaal. Dort würde er sein neues Amt antreten. Dennoch bestand ein kleiner Funke der Unsicherheit, den Benedikt zu unterdrücken versuchte, bevor dieser womöglich zu einem Flächenbrand ausuferte. Was konnte jetzt noch schief gehen?

Keiner seiner Gegner konnte sich an ihm messen. Er war der Innbegriff des wahren Glaubens.

Benedikt huschte durch die Gänge des Klosters, eilte durch den nordwestlichen Hain und stand schon bald vor der Tür des Versammlungssaals. Als er den Saal betrat, zählte er fünf Geistliche, Richard Rabenfuß eingeschlossen. Lediglich diesen Klerikern war es erlaubt, der Zeremonie zur Ernennung des Kardinals beizuwohnen, bevor dieser vor seine Glaubensbrüder trat und eine neue Periode des Glaubens verkündete. Als Benedikt die Versammelten sah, war er sich sicher, dass er die Wahl gewonnen hatte. Die Kleriker trugen allesamt die zeremoniellen Roben, welche aus einem weißen Gewand, einer feierlichen, goldenen Schärpe und einem purpurnen Umhang bestand. Benedikt schritt voller Vorfreude dem Ende des Saals entgegen und konnte sich ein selbstgefälliges Lächeln kaum noch verkneifen. Richard Rabenfuß erwartete ihn bereits und verbeugte sich demütig. Neben dem buckligen Klerus lag der fein säuberlich gestapelte Haufen von Wahlzetteln.

»Das Ergebnis dürfte euch erfreuen«, sprach Rabenfuß.

»Wirklich?«, erkundigte sich Benedikt mit gespielter Überraschung.

Natürlich ist die Wahl zu meinen Gunsten ausgefallen, du buckliger Tölpel. Wer hätte sich auch sonst für das höchste Amt des Glaubens qualifizieren können? Ich kann es kaum erwarten, mich deiner jämmerlichen Gestalt zu entledigen.

»Lediglich zwei Stimmen haben sich gegen euch ausgesprochen und überraschend für Klerus Ruven gestimmt. Drei Stimmen haben sich enthalten«, erklärte Richard Rabenfuß und deutet auf die Zettel, bei denen es nicht zu einem Haufen gereicht hatte.

»Alle anderen haben für mich gestimmt?«, forschte Benedikt scheinheilig nach. Der bucklige Klerus nickte.

Ich konnte es mir schon fast denken, dass Ruven noch Anhänger im Kloster findet. Er wird sie mit einem unschuldigen Knaben bestochen haben. Warum sollte er sich diesmal auch anders verhalten? Aber auch für ihn und seine Freunde wird sich eine Aufgabe finden lassen, die ihnen gerecht wird.

»Ich beglückwünsche euch, Kardinal Vordermann. Möge euch der wahre Gott beschützen und euch stets den Weg des Lichts weisen. Ich werde euch nach bestem Gewissen unterstützen.«

Die kratzige Stimme gehörte einem Mann namens Dietmar Vogelsang. Niemand wusste, wie lange er sich schon ihm Kloster aufhielt, geschweige denn, woher er ursprünglich gekommen war. Benedikt war sich sicher, dass er vor ihm am Wenigsten zu befürchten hatte. Dietmar Vogelsang würde die Befehle des Kardinals mit aller Macht erfüllen, ohne dabei Fragen zu stellen. Er war ein loyaler Diener des Glaubens und würde Benedikt gute Dienste erweisen. Er würde ihm folgen, wie ein Lamm dem Schäfer.

Solche Männer brauche ich an meiner Seite. Vogelsang stellt keine Fragen, ist immer auf der Seite des Glaubens und zweifelt nie an den Anordnungen des Kardinals. Wären doch nur alle so einfach in Schach zu halten.

»Ich danke euch, Klerus Vogelsang. Als Kardinal werde ich auch weiterhin das Wort des wahren Gottes verbreiten, auf das die ganze Welt von unserem Glauben erfährt.«

Klerus Rabenfuß überreichte Benedikt nun die rote Robe des Kardinals und verbeugte sich erneut. Benedikt nahm die Kleidung nur zu gerne an sich. Er war am Ziel seiner Träume angelangt. »Alle Brüder sollen sich am morgigen Tag im Festsaal einfinden, um das Ergebnis der Wahl gebührend zu feiern.«

»Bei allem Respekt, eure Eminenz, Vielleicht wäre es klug, die Feierlichkeiten auf einen späteren Zeitpunkt zu verschieben. Kardinal Bertrand wurde bisher noch nicht beigesetzt und viele Brüder tragen noch die Trauer im Herzen. Es wäre ...«

»Es ist bereits entschieden, Klerus Rabenfuß. Die Feierlichkeiten finden statt. Ich bin der neue Kardinal und ihr solltet meinem Willen besser folgen.«

Klerus Pappenich, ein Mann von unscheinbarer Gestalt mit pechschwarzem, kurz geschorenem Haar, senkte den Kopf und sprach: »Ich werde allen Brüdern von eurer Ernennung zum Kardinal berichten und die Feierlichkeiten vorbereiten. Angesichts des Trauerfalls sollten wir das Fest jedoch in bescheidenem Ausmaße feiern. Unser geliebter Kardinal Bertrand würde es ebenfalls so wollen.«

Diesen elenden Bettelmönch sollte ich mir schnellstens vom Hals schaffen. Wie soll ich laut seiner Meinung mein Amt feiern? Mit Wasser und Brot? Das kann unmöglich sein Ernst sein. Ich kann niemanden in meine Reihen gebrauchen, der noch mit Bertrand verbunden ist.

»Ich wünsche ein berauschendes Fest mit Wein und guten Speisen. Schließlich gibt es etwas zu feiern. Auch wenn uns der Tod Bertrands hart trifft, so muss das Leben weiter gehen. Da ich eure Dienste für heute nicht mehr brauche, könnt ihr unseren Brüdern die frohe Botschaft verkünden. Lasst alles Notwendige für das Fest vorbereiten und scheut keine Kosten.‹‹

››Aber ...‹‹, stammelte Pappenich.

››Habt ihr mich etwa nicht verstanden?‹‹, unterbrach ihn Benedikt. ››Macht euch an die Arbeit, bevor ich die Geduld verliere.‹‹

››Ganz wie ihr wünscht, eure Eminenz.‹‹

Gemeinsam mit Richard Rabenfuß eilte Pappenich davon.

Vielleicht sollte ich die beiden noch auspeitschen lassen, bevor sie endgültig aus meinem Blickfeld verschwinden. Die Schmerzen sollten ausreichen, um ihnen zu zeigen, wer ab sofort das Sagen hat. Danach wird keiner der Beiden mehr an meinen Worten zweifeln.

Der Gedanke erregte Benedikt, je länger er darüber nachdachte.

Ein Kleriker, dessen Name ihm nicht einfallen wollte, trat an Benedikt heran und überreichte ihm eine Schriftrolle.

››Als Kardinal müsst ihr dieses Schriftstück gut aufbewahren. Als Bertrand so plötzlich verstarb, habe ich die Schriftrolle an mich genommen, ganz wie mir aufgetragen wurde. Er verwahrte sie in einer Truhe. Kein besonders gutes Versteck, wenn ihr mich fragt. Es ist nur dem Kardinal erlaubt, die darauf geschriebenen Zeilen zu lesen. Mehr kann ich euch dazu nicht sagen.‹‹

››Was ist das?‹‹, wollte Benedikt wissen.

››Die Schriftrolle wird von Kardinal zu Kardinal weitergereicht und nur ihm ist es erlaubt, die Zeilen zu lesen. Ich kann euch nicht sagen, was sie enthält.‹‹

Benedikt vermutete, dass es sich bei dem Schriftstück lediglich um weitere Religionsphrasen handelte, und verstaute die Rolle gelangweilt im weiten Ärmel seines Gewands. ››War das alles?‹‹

››Ich werde euch noch den Segen aussprechen und dann geht alles seinen gewohnten Gang‹‹, erklärte der unbekannte Glaubensbruder. Er sprach ein kurzes Gebet, berührte Benedikts Stirn und segnete den neuen Kardinal. Benedikt empfand die Prozedur als überaus lästig, doch ließ er sie über sich ergehen und rang sich ein müdes Lächeln ab.

»War das alles?«, wollte Benedikt wissen, nachdem der Glaubensbruder von ihm abgelassen hatte. Dieser nickte freundlich, faltete die Hände und verbeugte sich vor dem Kardinal. »Auf das euch das Licht stets ein treuer Begleiter ist und euch selbst die dunkelsten Wege erhellt. Der wahre Gott wird stets über euch wachen, eure Eminenz.«

Immer die gleichen Phrasen ohne Sinn und Zweck. Es liegt allein an mir, das Land von all dem Unrat zu reinigen. Das Licht des wahren Gottes wird mir dabei wohl kaum helfen. Ich benötige kampferprobte Männer, Krieger, Waffen, fähige Kleriker und überzeugende Priester. Jeder, der sich gegen mich stellt, soll für seinen Verrat bitter bezahlen. Ich bin der mächtigste Mann im Land. Ich bin Kardinal Benedikt Vordermann! Alle sollen vor meiner Macht erzittern.

Trotz seiner Gedanken wahrte Benedikt den Schein und verabschiedete sich von den verbliebenen Klerikern. Da er nun unwiderruflich an der Spitze des Glaubens stand, würden sich viele Wege öffnen, die allen anderen verschlossen blieben. Da ihm die bisherigen Einnahmen und Spenden schon lange nicht mehr ausreichten, würde er neue Wege finden, um auch die letzten Geldstücke aus den Gläubigen herauszupressen. Der Zorn des wahren Gottes war dabei ein willkommenes und durchaus gängiges Druckmittel. Wenn man die Menschen nur genügend ängstigte, dann waren sie auch gerne dazu bereit, selbst das letzte Zahlungsmittel für ihr Seelenheil zu opfern. Mit den erwirtschafteten Geldern würde Benedikt ein unbesiegbares Heer um sich scharen und das Land vom Schmutz der unreinen Kreaturen befreien. Nachdem man den Erdboden gesäubert hätte, würde er die benachbarten Länder reinigen. Beides würde schlussendlich zum Erfolg führen und Benedikts Reichtum bis zu seinem Lebensende nähren.

Die Ländereien Breeg und Schwerstein konnten beachtliche Reichtümer aufweisen. Keiner der dort herrschenden Männer verfügte über genügend Schwerter, um die Ländereien in einem Krieg zu verteidigen. Da es bereits seit Jahrhunderten zu keiner nennenswerten Auseinandersetzung mehr gekommen war, hielt man die Leibwache für ausreichend. Mit ihnen hatte Benedikt leichtes Spiel. Er würde ihnen in naher Zukunft die eigene Fehleinschätzung vor Augen führen, ihre Reichtümer einfordern und sie ihrer Ländereien enteignen. Nach und nach würde ein neues Land zusammenwachsen, in dem einzig der Kardinal über das Wohl und das Verderben der Menschen wachte.

Als Benedikt sein Quartier bezog, war er mit sich und der Welt durchaus zufrieden.

Nichts konnte seine Pläne noch zunichtemachen. Er würde schon bald im Namen des Glaubens über das gesamte Land herrschen und dabei die geteilten Ländereien vereinen.

Benedikt würde als Vertreter des wahren Gottes herrschen und ein neues, reines Zeitalter ohne Oger, Orks, Trolle oder Goblins einläuten. Die Zeit der alten Völker war zweifelsfrei abgelaufen. Benedikt würde sie alle gnadenlos jagen und endgültig vernichten. Sein Hass gegenüber den unreinen Kreaturen kannte keine Grenzen. Bald würde er die bestehende Welt für immer verändern.

Der Hinterhalt

Der Besuch bei Madame Razz war leider nicht annähernd so aufschlussreich, wie es sich Axis zuvor noch erhofft hatte. Obwohl die Gasse noch eine breite Offerte an Sehern, Hexen, Magiern und ähnlich übersinnlich begabten Gestalten bot, beschloss der Unsterbliche, dass es wohl besser wäre, keinen weiteren Dienst mehr in Anspruch zu nehmen. Ahnungslos und verunsichert war er und der Oger ohnehin schon genug. Grom hatte nicht einmal die Hälfte von dem verstanden, was Madame Razz von sich gegeben hatte. Er fühlte sich hilflos, überfordert und müde, obwohl er ausreichend geschlafen hatte. Auch die Sehnsucht nach der Einsamkeit des Berges kehrte zurück. *Wäre ich doch nur zuhause geblieben,* dachte Grom wehmütig.

Schlagartig meldete sich die Stimme in seinem Kopf mit donnernder Lautstärke zurück.

Und dann, du übergewichtiger Fleischklops? Denkst du vielleicht, dass es dir am Berg besser ergangen wäre? Ein schmerzhaftes Gewitter durchzuckte Groms Hirn und der Oger fasste sich gepeinigt an den Schädel. Seine Schläfen pulsierten und sein Kopf drohte erneut zu explodieren. *Beweg dich, du fauler Fettsack!*

Axis blieb das absonderliche Verhalten seines Begleiters nicht verborgen. »Ist alles in Ordnung?«

Bilde dir bloß nicht ein, dass du dich vor deinem Schicksal drücken kannst. Ich kann dir noch weit größere Schmerzen zufügen. Such den verdammten Götzen, bevor die Welt auseinanderbricht. Sonst muss ich dir Beine machen.

Grom krümmte sich vor Schmerzen, verzog das Gesicht zu einer Grimasse und stieß einen heißeren Schrei aus. »Wo soll ich denn suchen?«

Die unbekannte Stimme blieb ihm eine Antwort schuldig und verstummte.

»Diese Stimme macht mich noch verrückt«, klagte der Oger. Er schüttelte sich und wollte dem vorübergehenden Frieden nicht trauen. War die Stimme wirklich verschwunden oder spielte sie nur ein grausames Spiel mit ihm?

»Vielleicht wäre es keine schlechte Idee, dem Priester und seinen Anhängern zu folgen. Mit etwas Glück lässt sich die ein oder andere Information aus einer der Gestalten herauskitzeln«, schlug Axis vor.

Grom rang sich ein mühsam verzerrtes Grinsen ab. »Prügeln«, verbesserte er den Unsterblichen. »Mir ist mehr nach prügeln. Ich würde mich gern bei jemandem für die Stimme in meinem Kopf bedanken.«

Auch wenn sich Grom durchaus darüber im Klaren war, dass die Stimme unmöglich von einem der Gottesanbeter verursacht werden konnte, so wäre die Anwendung von roher Gewalt zumindest eine Genugtuung für alles, was er bisher erleiden musste. Seine Hände zitterten vor Vorfreude. Schon viel zu lange hatte er niemanden mehr verprügelt, gewürgt, zertrampelt oder auseinandergerissen. Diese Tatsache ließ sich einfach nicht leugnen. Grom war nur zu gern bereit, diesen Umstand auf dem schnellsten Weg zu ändern. Erinnerungen an Ornheim erwachten im massigen Leib des Ogers und grenzenloser Zorn brach über ihm herein. »Worauf warten wir noch? Lass uns ein paar Knochen brechen.«

Groms Stimme erinnerte nun mehr an das blutrünstige Knurren einer Bestie, dessen wahre Bedeutung sich Axis gar nicht ausmalen wollte. Mit großen Schritten eilte der Oger in Richtung des Stadttors. Axis hatte Mühe, seinem Begleiter zu folgen und drängte sich zwischen unzähligen Wesen hindurch. Für einen Oger war das kein Problem, da die meisten Passanten bei seinem Anblick eine Schneise bildeten, um nicht zertrampelt zu werden. Hinter ihm kamen die Gestalten wieder zusammen und bildeten einen Pulk, an dem ein Lebewesen von normaler Statur erst einmal vorbeikommen musste. Axis Bemühungen, den Oger nicht zu verlieren, wurden dadurch natürlich erheblich gestört.

»Sollten wir nicht zuerst einen Plan ausarbeiten?!« erkundigte sich Axis mit lauter Stimme, die jedoch im Geplapper der Umherstehenden unterzugehen drohte. Grom hatte ihn dennoch deutlich verstanden und antwortete »Oger planen nicht. Oger kämpfen.«

In ihm keimte eine Wut, die schon viel zu lange im Verborgenen schlummerte. Die einstige Enttäuschung verwandelte sich zunehmend in kaum mehr stillbaren Blutdurst. Sobald er dem Priester gegenüberstand, könnte er seinem wahren Wesen endlich freien Lauf lassen. Schon in Ornheim hätte er die Menschen mit Leichtigkeit zerquetschen können. Für gewöhnlich flohen Oger nicht vor dem Feind. Oger kämpften bis zum letzten Atemzug. Wie konnte er das nur vergessen? Selbst wenn ihnen die eine oder andere Waffe Schaden zufügen konnte, so wich ein Oger kein Stück zurück. Wunden heilten und Schmerzen vergingen, wie alles im Leben. Grom stieß einen der wachhabenden Goblins einfach beiseite. Sein Groll war grenzenlos und eine unbeschreibliche Wut hatte von ihm Besitz ergriffen. Derjenige, der ihm zuerst in die Hände fiel, konnte sich bereits jetzt vom Leben verabschieden und mit einem äußerst schmerzhaften Ende rechnen.

Der Priester hatte mit seiner Anhängerschar deutliche Spuren hinterlassen, denen Grom mit stampfenden Schritten folgte. Axis rief ihm noch etwas hinterher, doch Grom marschierte unbeirrt und wie von Sinnen weiter. Wenn Oger einmal in den Zustand der Tobsucht verfielen, war es schwer, sie aufzuhalten. Selbst dem Unsterblichen waren derartige Geschichten bekannt, doch bisher hatte er sie als bloße Übertreibung abgetan. Mittlerweile war er sich dessen aber gar nicht mehr so sicher. Axis keuchte.

Ein solches Tempo konnte er unmöglich ewig durchhalten. Trotzdem folgte er dem rasenden Ungetüm weiter ins Ungewisse. Seine aufkommende Atemnot erschwerte jedoch jedes zügige Vorankommen, was den Abstand zum Oger zunehmend vergrößerte. Grom überragte ihn gut um drei Köpflängen, was sich auch auf die Schrittlänge auswirkte. Axis Körper wehrte sich gegen die Anstrengung, doch der Unsterbliche besaß einen eisernen Willen, der durch nichts gebrochen werden konnte, und quälte sich weiter voran. Er wollte Grom unter allen Umständen einholen, bevor dieser wie ein Berserker über die Gottesanbeter herfiel und ein

Blutbad anrichtete. Damit würde sich Grom nur selbst ins Unglück stürzen. Ein Massaker würde den Zorn der Gläubigen heraufbeschwören und die Angst unter den Menschen schüren. Ein Krieg von ungeahntem Ausmaß wäre danach unausweichlich. Die Glaubensbrüder würden das Blutbad zum Anlass nehmen, um die Menschen noch weiter vor den alten Rassen zu verschrecken. Dies galt es, nach Möglichkeit, zu verhindern. Vorfälle jener Art hatten in der Vergangenheit schon bei anderen Völkern zu verheerenden Kriegen geführt.

Völlig außer Atem holte Axis seinen Begleiter ein, da Grom sein Tempo aus unerfindlichem Grund drosselte. Kurz vor der Kuppe einer Anhöhe blieb er stehen und wies mit einem seiner wulstigen Finger in die Ferne. »Sieh dir das an!«

Axis suchte mit seinem Blick nach der Stelle, auf die Grom deutete. Er musste nicht lange suchen. Über das Gesehene war er nicht minder erstaunt als der Oger selbst. Anscheinend hatte man in dem nahen Tal eine Bastion errichtet, deren Zweck weder dem Unsterblichen noch dem Oger einleuchten wollte. Zahlreiche Gestalten verschwanden durch das breit angelegte Tor, während einige Glaubensbrüder in den Farben des wahren Glaubens nach draußen traten und irgendwo in der Ferne verschwanden. Hinter dem Schutzwall ertönten grauenhafte Schreie, die selbst dem Oger kalte Schauer über den breiten Rücken jagten.

Irgendetwas sehr Merkwürdiges ging dort vor sich und Grom wollte dem auf den Grund gehen, doch Axis hielt ihn geistesgegenwärtig zurück.

»Was hast du vor? Selbst für dich gibt es dort zu viele von denen. Sie würden dich überwältigen und was weiß ich mit dir anstellen. Außerdem wissen wir nicht, wie viele Bewaffnete sich hinter dem Schutzwall verbergen. Du kannst da nicht einfach hinein marschieren und alle auf einen Schlag vernichten. Sieh dir nur mal die Größe des Lagers an. Etwas Derartiges errichtet man nicht mit einer Handvoll Arbeiter. Wenn du dich überstürzt in die Höhle des Löwen wagst, dann wird er dich fressen, sobald er deinen kolossalen Schatten erspäht. Sei kein Dummkopf.«

Grom schob Axis mit einem Knurren beiseite, doch zeigten die Worte des Unsterblichen Wirkung. Einzig mit der Axt bewaffnet konnte Grom vielleicht dreißig oder vierzig Männer in den Tod reißen. Vorausgesetzt die dort postierten Kämpfer wären nur mit Hieb und Stichwaffen bewaffnet. Bei den gefürchteten Feuerbüchsen änderten sich jedoch die Verhältnisse. Selbst ein gestandener Oger konnte dieser immensen Zerstörungskraft nur wenig entgegensetzen. Die Wahrscheinlichkeit an diesem Ort zu sterben, war ungeheuer hoch. Auch wenn Groms gewaltige Hände noch immer nach einem Blutbad dürsteten und vor Erregung zitterten, so waren die Worte des Unsterblichen nah an der Wahrheit angesiedelt. Von ihrem jetzigen Aussichtspunkt konnte man nicht erkennen, wie viele Gestalten sich in der Bastion tummelten. Der Größe nach zu urteilen, bot das Bollwerk für mindestens zweihundert Personen ausreichenden Platz, wenn es sich dabei größtenteils um Menschen handelte. Auch wenn es Grom schwerfiel, er musste seinen Zorn unterdrücken und auf eine bessere Gelegenheit warten. Genugtuung konnte er noch früh genug erlangen.

Es fiel ihm trotzdem schwer, sich wieder zu beruhigen.

Im Schatten der Anhöhe beobachteten sie das Treiben, duckten sich tief ab und verfolgten gebannt das Geschehen. Erneut ertönten schmerzerfüllte Schreie, die in Grom größtes Unbehagen hervorriefen. Was auch immer dort unten geschah, es war gewiss nichts Erfreuliches. Selbst in der damaligen Schlacht gegen die Orks waren Grom keine Schreie dieser Art untergekommen. Von wem genau die Schreie stammten, vermochte weder der Oger noch Axis zu sagen. Sie waren von endlosem, unvorstellbarem Schmerz erfüllt.

Nur einen Moment später verspürte Grom einen brennenden Stich am Hals. Seine Muskeln erschlafften und sein Körper verweigerte ihm plötzlich den Dienst. Wankend versuchte er sich aufzurichten, doch selbst das wollte ihm nicht mehr gelingen. Axis sah ihn mit verdrehten Augen an und kippte hilflos zur Seite. Grom versuchte nach der Axt zu greifen, doch seine Hände verweigerten ihm den Dienst. Die Muskeln seines Körpers gehorchten ihm nicht mehr und jeder Gedanke fand ein abruptes Ende. Dunkelheit umfasste seinen Geist und ließ ihn in eine verschwommene, unwirkliche Traumwelt gleiten. Grom konnte sich nicht dagegen wehren. Immer tiefer wurde er in einen Strudel aus bunten Farben gezogen, bis die Welt um ihn herum vollkommen an Bedeutung verlor. Weder von ihm noch dem Unsterblichen war jetzt noch ernsthafte Gegenwehr zu erwarten. Die unscheinbaren, heimtückischen Betäubungspfeile der Angreifer hatten gute Arbeit geleistet. Grom und Axis lagen wehrlos am Boden und schliefen einen langen und tiefen Schlaf, aus dem es kein Entkommen mehr gab.

Die Suche des Schattenfressers

Ein ungleichmäßiger Streifen Nebel kroch über die abgeernteten Felder und fast lag der Verdacht nah, dass dieses unscheinbare Phänomen von einer Art Leben durchzogen war. Zielgenau schwebte der graue Dunst über die Erde hinweg, ließ weite Täler und breite Ebenen hinter sich und stoppte plötzlich seine Reise. Der Schattenfresser materialisierte sich und nahm Gestalt an. Es knisterte, wie in der Feuerstelle eines Kamins.

Ein dunkles Gewand verhüllte den größten Teil seiner ohnehin schon unheimlichen Erscheinung. Einzig die vernarbten, grauen Hände ragten aus den breiten Ärmeln hervor und ließen Schauderhaftes erahnen. Der Schattenfresser sog tief Luft ein und atmete hörbar aus. Feine Dunstwolken stießen unter der Kapuze hervor. »Wo bist du? Du kannst dich nicht ewig vor mir verstecken.«

Erneut atmete der Schattenfresser tief ein. Er hatte die Witterung aufgenommen.

»Ein Teil deiner Aura ist immer noch hier. Ich werde dich finden, ganz gleich, wo du dich auch vor mir verstecken magst.«

Die Hände des Schattenfressers lösten sich wieder in Nebel auf und auch sein restlicher Körper verlor an greifbarer Substanz. Er zog weiter, ohne dass ihn jemand zur Kenntnis nahm. Lautlos schwebte er an einigen Bauern vorbei, die ihrer mühseligen Arbeit nachgingen, und kreuzte nur wenig später den Weg eines Rehs, welches beim Anblick des unnatürlichen Nebels erschrocken die Flucht ergriff.

Der Schattenfresser folgte der aufgenommenen Spur und schwebte unaufhaltsam dem Duft seiner Beute entgegen. Der Unsterbliche konnte nicht mehr weit sein. Sein Geruch war immer noch präsent, wie das Parfüm einer edlen Dame. Geräuschlos flog der Schattenfresser weiter.

Nach einiger Zeit führte ihn sein Weg in die Nähe einer Stadt, die anscheinend von kleinen, grünhäutigen Wesen bewacht wurde. Allerhand verschiedenartige Gestalten tummelten sich vor dem Tor und warteten auf Einlass. Beim Anblick des Nebels scheute eines der Pferde, welches von seinem Reiter nur mit Mühe unter Kontrolle gehalten werden konnte. Ungerührt setzte der Schattenfresser seinen Weg fort. Für ihn gab es keine Begrenzungen, keine Regeln und keine Realität. Er war die Ausgeburt der Dunkelheit und ein Teil einer albtraumhaften Welt jenseits aller Vorstellungskraft. Er musste an keinem Ort auf Einlass warten.

Hätten manche Kreaturen etwas von seiner Existenz geahnt, so hätte man ihn wohl als Gottheit verehrt oder wäre aus Angst geflohen. Der Schattenfresser strebte jedoch nicht nach derartiger Macht, die für die Sterblichen eine wesentliche Rolle im Leben spielte. Er gierte nur nach einem und das war in greifbarer Nähe. Als er sich unbemerkt zwischen den Füßen der Wachen hindurchschob, um ins Innere der Stadt zu gelangen, bemerkte eines der kleinen Wesen die Nebelschwade, doch schöpfte die Kreatur keinen Verdacht. Wer konnte auch ahnen, dass scheinbar harmloser Nebel von derartiger Bösartigkeit beseelt war?

Schlängelnd bewegte sich der graue Dunst durch die Gassen und nahm die verschiedensten Gerüche in sich auf. Der Duft von Früchten, gebratenem Fleisch, Pferdemist, Kräutern und verschiedenen Kreaturen lag in der Luft. Auch den Unsterblichen konnte der Schattenfresser unter all dem wahrnehmen. Er folgte der Spur, die ihn weit ins Stadtinnere führte.

Ungehindert flog er den Stallungen entgegen. In dem heruntergekommenen Verschlag war kein einziges Tier untergebracht, was anhand des schlechten Zustands aber auch kaum verwunderlich war. Langsam kroch der Schattenfresser ins Innere und nahm wieder Gestalt an. Er ließ seinen verhüllten Blick aufmerksam durch die Unterkunft schweifen.

»Du warst hier. Ich kann deine Aura noch immer spüren. Wo versteckst du dich? Du kannst nicht ewig vor mir davon laufen.«

Akribisch untersuchte er die unmittelbare Umgebung, nahm Gerüche in sich auf und verinnerlichte die gesammelten Eindrücke. An dieser Stelle musste der Unsterbliche erst kürzlich geschlafen haben. Mit einer triumphierenden Bewegung packte der Schattenfresser ins Stroh und verinnerlichte den Geruch des Unsterblichen. Die Spur wurde deutlicher. Sie führte wieder zur Straße, lenkte ihn durch verwinkelte Gassen und brachte seine Gestalt schließlich zu einem Haus, an dem ein Holzschild mit schlechter Aufschrift prangte. Das Domizil wirkte nicht besonders luxuriös, obwohl es auf den ersten Blick eine weit bessere Stabilität als der Stall versprach. Hier existierte eine ungemein starke Kraft, die von einer einzigen Person ausging.

Der Schattenfresser öffnete die Tür und betrat das Haus, ohne auf eine Aufforderung zum Eintritt zu warten, und schlug die Tür hinter sich zu.

››Ich habe euren Besuch bereits erwartet‹‹, krächzte eine Stimme. ››Ich habe euch in meinen Visionen gesehen.‹‹

Madam Razz trat zögerlich aus dem hinteren Raum und erstarrte beim Anblick des Schattenfressers. ››Welche Grausamkeit hat euch das nur angetan?‹‹

Der Schattenfresser zog langsam die Kapuze vom Kopf und starrte die Seherin ausdruckslos an. Sein Blick war leer und ohne Leben. ››Wo ist er?‹‹

››Wen meint ihr? Außer mir werdet ihr hier niemanden finden‹‹, antwortete Madame Razz und wich ängstlich einen Schritt zurück.

››Der Unsterbliche! Er war hier. Ich kann seine Seele spüren. Wo ist er jetzt?‹‹

Madame Razz zuckte mit den Schultern. ››Woher soll ich das wissen? Ich kann doch nicht auf jeden achten, der meine Dienste in Anspruch nimmt. Außerdem kann ich mich nicht an einen Unsterblichen erinnern.‹‹

Blitzschnell schoss der Schattenfresser hervor, packte die alte Vettel am Hals und stemmte sie mit einer Hand scheinbar mühelos in die Höhe.

››Haltet mich nicht zum Narren! Ihr wisst, von wem ich rede. Wo versteckt er sich?‹‹

Madame Razz röchelte und versuchte sich aus dem eisernen Griff zu lösen. Vergeblich.

Der immensen Kraft des Schattenfressers war sie einfach nicht gewachsen.

»Sie ... sie suchen ... den Götzen ...«

»Er hat einen Begleiter?«

»Oger ... einen Oger ...«, keuchte Madame Razz verzweifelt. Ihr Gesicht hatte sich mittlerweile schon bläulich verfärbt.

»Ein Oger?«, fauchte der Schattenfresser.

Madame Razz sah die Kreatur flehend an und nickte. Sie wollte nicht auf diese Weise sterben.

Das vernarbte, aschgraue Gesicht der albtraumhaften Gestalt zeigte jedoch kaum eine Regung. Sein hasserfüllter Blick verriet aber, dass ihm die neu erworbene Information nicht sonderlich gefiel.

»Bitte ...«, keuchte Madame Razz.

»Ich werde dir nun zeigen, warum man mich den Schattenfresser nennt«, knurrte der fleischgewordene Albtraum und beugte sich bedrohlich über die Seherin. Ein lauter, von Entsetzen und Wahnsinn durchsetzter Schrei hallte durch den Raum. Danach glitt Madame Razz leblos zu Boden. Ihr Körper löste sich zusehends auf, bis nichts mehr von ihr übrig war.

Der Schattenfresser hatte sein grausiges Werk vollendet und die Seele der Hexe in sich aufgenommen. Diese würde ihm für einige Zeit Kraft spenden und ihn am Leben halten. Er fühlte sich gestärkt und von neuer, kraftvoller Energie durchflutet, obwohl die krächzende Frau nicht mehr viel an Leben zu bieten hatte. Ihre magischen Fähigkeiten waren dafür umso größer. Mit der aufgenommenen Kraft würde der Schattenfresser einige Zeit auskommen. Er wandelte seine Gestalt, löste sich zusehends auf und kroch unter dem Türspalt hindurch. Niemand schenkte der Nebelschwade besondere Aufmerksamkeit und keiner der Stadtbewohner ahnte, welch düstere Macht mitten unter ihnen wandelte. Lautlos schwebte er davon und nahm alle erdenklichen Eindrücke in sich auf. Die unzähligen Jahre in Gefangenschaft hatten ihn vieles vergessen lassen. Dadurch musste er sich erst wieder an die Welt gewöhnen. Vieles hatte sich in seiner Abwesenheit verändert, doch nun war er dank der Hilfe eines einfältigen Menschen zurückgekehrt. Er wandelte wieder in der Welt der Lebenden und war bereit, dem einstigen Schrecken einen neuen Namen zu verleihen. Seine einstige Kraft kehrte zunehmend zurück. Er würde die Welt schon bald erzittern lassen und der Angst eine völlig neue Bedeutung verleihen. Er würde die Welt in ihren Grundfesten erschüttern. Bald würde er die Seele des Unsterblichen verzehren und alles Leben müsste vor seiner Macht erzittern. Jede Kreatur würde sich dann vor seiner Macht verbeugen.

Gefangen

Als Grom wieder zu sich kam, dröhnte sein Schädel schlimmer als ein Wespennest. Er wusste weder an welchem Ort er sich befand, noch was geschehen war. Es sollte noch einen unangenehm langen Moment andauern, bis er wieder einigermaßen Herr seiner Sinne war. Sein Blick war getrübt und verschwommen. Erst langsam verebbte das Dröhnen in seinem Kopf und Grom konnte den verschwommenen Umriss einer Gestalt erkennen, die regungslos auf dem Boden eines Käfigs lagen. Entsetzt stellte Grom fest, dass man auch ihn in einem ähnlichen, übergroßen Gittergestell untergebracht hatte. Man hatte ihn gefangen genommen.

Hunderte, in Roben gekleideter Menschen hielten sich in dieser Befestigungsanlage auf. Manche von ihnen schrien wild durcheinander und erteilten lautstark Befehle. Andere fuchtelten wie von Sinnen mit den Armen in der Luft oder zerrten an einem Gefangenen. Grom wurde schmerzlich vor Augen geführt, dass man ihn und seine Begleiter gefangen genommen hatte. Doch zu welchem Zweck?

Einige Kreaturen hatte man an Holzpfähle gebunden, die senkrecht in die Höhe ragten. Die meisten Gestalten schienen kaum mehr am Leben. Wo auch immer Grom sich hier befand, er hegte keinerlei Interesse, noch länger an diesem Ort zu bleiben. Mit bloßen Händen machte er sich an den äußerst stabilen Gitterstäben zu schaffen, zerrte und riss am Metall, doch schon nach kurzer Zeit musste er sich eingestehen, dass selbst seine Kräfte nicht ausreichten, um dem Gefängnis zu entkommen. Niedergeschlagen gab er auf und ließ sich an den Metallstäben herabsinken. Gegen den äußerst stabilen Käfig konnten selbst die Kräfte eines Ogers nichts ausrichten. Anscheinend hatte man mit derartigen Bemühungen bereits im Vorfeld gerechnet und ausreichend vorgesorgt. Der Stahl war von bester Qualität.

Grom versuchte sich niedergeschlagen zurückzulehnen und stieß sich bei dem Versuch prompt den Schädel. Der Gitterquader bot kaum ausreichend Platz und war eines Ogers unwürdig. Wie ein wildes Tier hielt man ihn hier gefangen. Vielleicht musste er nur wieder zu Kräften kommen, bevor ein erneuter Fluchtversuch einen Sinn ergab. Grom fühlte sich benommen und geschwächt. Er seufzte leise und beobachtete missmutig das vor ihm liegende Geschehen. Einige Männer in Kutten, Priester und weitere Anhänger des Glaubens hielten sich hier auf. Grom sah, wie man einen Ork auspeitschte, um seine Geist zu läutern. Der Rücken des grünen Kriegers war längst von zahlreichen Wunden gezeichnet, welche ein blutiges Mal auf den Muskeln des Orks bildeten.

Nun wusste Grom ganz sicher, dass hier etwas Furchtbares im Gange war. Einige Goblins wurden an den Füßen zusammengebunden und kopfüber in einen Brunnenschacht hinab gelassen. Einige von ihnen kamen nach einer Weile wieder zum Vorschein, während andere ihr Leben in der kaltfeuchten Tiefe ausgehaucht hatten. Egal wohin Grom seinen Blick auch wandte, er sah überall das gleiche, erschreckende Bild. Er sah Folter, Leid und unvorstellbaren Schmerz. Dabei schien es fast so, als würden die selbst ernannten Glaubensanhänger die Marter ausgiebig genießen. Es war ganz offensichtlich, dass es ihnen weniger um die Läuterung ging, sondern vielmehr darum, jede andersartige Kreatur auf schreckliche Weise zu töten. Grom sah erneut in die Richtung seines Begleiters. Dessen Käfig war nur einen halben Steinwurf vom Oger entfernt.

»Axis! Axis, wach auf!«

Die heiseren Rufe des Ogers wurden kaum von jemandem wahrgenommen und drangen nicht einmal in die Nähe des Unsterblichen, da die Schmerzensschreie der Gefangenen alles übertönten. Nicht weit von Groms Käfig entfernt, widmeten sich fünf Männer einem gefesselten Kobold. Der Wicht blutete am Kopf und erweckte nicht den Anschein, als könne er den Schlägen noch viel entgegensetzen.

»Zu welchem Gott betest du?«, wollte einer der Männer wissen. Der Kerl war von breiter Statur und besaß dementsprechend starke Arme. Er war der hilflosen Kreatur weit überlegen.

»Ziff... Ziffelum«, antwortete der Kobold und spuckte blutigen Auswurf auf den Boden.

»Falsche Antwort, du unwürdige Kreatur!«, zischte einer der Männer und schlug dem Kobold hart ins Gesicht. »Es gibt keinen Ziffelum. Es gibt nur den wahren Gott, unseren Schöpfer, dessen Name kein Sterblicher aussprechen kann. Bekenne dich zum wahren Glauben oder stirb einen qualvollen Tod.«

Noch bevor der Kobold zu einer Antwort ansetzen konnte, prasselten weitere Schläge auf ihn ein und Blut ergoss sich am Boden. Erst als der Kobold die Augen verrollte und mit einem Zucken erschlaffte, ließen die Männer mit zufriedenen Gesichtern von ihm ab.

Grom war über die angewandte Brutalität entsetzt. Selbst in einem Krieg wurde nicht mit vergleichbarer Erbarmungslosigkeit gekämpft. Der Kobold lag im eigenen Blut und rührte sich nicht mehr. Er war zweifellos tot. Alle Lebensgeister hatten seinen Körper verlassen. Seine Peiniger widmeten sich derweil völlig ungerührt einem anderen Opfer, welches nicht minder schlimm wie der Kobold aussah. Grom erkannte den Goblin mit dem rotbraunen Haarschopf. Er hatte sich in Ornheim dem Priester und seinem Gefolge angeschlossen. Nun würde er seine Entscheidung bereuen. Sie würde ihn mit großer Wahrscheinlichkeit das Leben kosten. Auch er sollte die Nacht nicht mehr erleben.

Grom beobachtete, wie man den Toten die Gliedmaßen abtrennte, sie auf einen Haufen warf und verbrannte. Der Geruch von verbranntem Fleisch stieg ihm in die Nase. Wieder schwenkte Grom seinen Blick und sah zum Unsterblichen hinüber. Axis regte sich endlich.

»Axis! Axis!«

»Was in aller Welt ist passiert? Mir dröhnt der Schädel, als wäre ich die letzten Tage betrunken gewesen. Was mache ich hier?«

Desorientiert schaffte sich Axis auf die Knie, verlor das Gleichgewicht, fiel rückwärts um und prallte gegen die Gitterstäbe.

»Axis! Hier drüben!«

Der Unsterbliche schüttelte die Benommenheit ab und entdeckte den winkenden Oger. »Wir müssen von hier verschwinden. Die Glaubensanhänger verlieren immer mehr den Verstand und bringen jeden um, der sich nicht zu ihrem Glauben bekennt. Sie foltern, quälen, martern und morden. Sieh dich nur um! Sie haben schon zahlreiche Goblins, Orks, Kobolde und einige Trolle umgebracht. Wir sind wohl auch bald an der Reihe.«

»Das kann mich kaum beeindrucken«, brummte Axis ungerührt. Er hatte gut reden. Im Gegensatz zu ihm war der Oger nicht unsterblich und würde den Schlächtern zum Opfer fallen. Grom erschauderte. Ein vergleichbares Massaker hatte er bisher noch nicht miterlebt. Seine ansonsten so furchtlose Gestalt zitterte.

Axis konnte es seinem Begleiter kaum verübeln.

»Was geht hier vor und was machen die Priester da?«

Axis Frage sollte sich schnell von selbst beantworten. Er sah, wie einige Glaubensbrüder einen Ork zwischen zwei Pferde spannten und den Tieren zeitgleich einen Schlag aufs Hinterteil verabreichten. Der Gefangene wurde mit einem Ruck und einem hässlichen Krachen auseinandergerissen. Eine blutige Geschwulst aus Gedärmen verteilte sich platschend auf dem ohnehin schon verfärbten Boden. Axis musste seinen Blick umgehend abwenden. Einen solch grausamen und verabscheuenswürdigen Anblick musste er bisher noch nicht mit ansehen. Er konnte nicht beschreiben, was in diesem Moment in ihm vorging. Verschreckt drückte er sich gegen die hinter ihm liegenden Gitterstäbe, zog die Knie an und versteckte sich hinter verschränkten Armen. Die Anhänger des Glaubens waren zu mordenden Bestien verkommen, die vor keiner Schandtat mehr zurückschreckten. Sie predigten von Güte, dem Glauben und dem Paradies, doch in Wirklichkeit wollten sie jede andersartige Kreatur gnadenlos vernichten und ausrotten. Das ganze Land würde durch ihr grausames Wirken im Blut versinken.

»Ist denn jeder von denen verrückt geworden?«

Grom versuchte sich erneut an den Gitterstäben, doch auch diesmal sollte der Stahl nicht nachgeben, obwohl er mit allen vorhandenen Kräften daran zerrte und riss. Die Gitter rührten sich kein Stück. Nachdem Grom einsehen musste, dass all seine Bemühungen zu keinem Ergebnis führten, ließ er von seinem Vorhaben ab und fuhr sich verzweifelt mit beiden Händen an den Schädel.

Dem blutigen Treiben sollten noch mehrere Gestalten zum Opfer fallen. Manche von ihnen peitschte man bis zum Tode, anderen drückte man glühende Brandeisen in den Leib, doch keiner von ihnen bekannte sich zum wahren Glauben, obwohl dieses Zugeständnis möglicherweise ihr Leben retten konnte.

Groms Blick fiel auf eine, am Boden zusammengekauerte Gestalt, die im Schatten einiger Fässer verharrte.

»Gibbon? Gibbon!«, rief eine aufgebrachte Stimme. »Wo steckt dieser verdammte Goblinabschaum, wenn man ihn braucht? Gibbon? Gibbon!«

Eine zusammengekauerte Gestalt rührte sich hinter ein paar abgestellten Kisten und kam dem Rufenden auf allen Vieren entgegen gekrochen, ohne den Blick vom Boden abzuwenden.

»Da bist du ja endlich. Wo treibst du dich wieder herum? Habe ich dich nicht mit einigen Aufgaben betraut?«

Der hochgewachsene Mann trug schwarze, eng anliegende Kleidung und einen violetten Mantel, dessen Kragen mit Tierpelz geschmückt war. Ein silbern glänzender Helm verhüllte sein Angesicht. Grom war sich sicher, dass es sich bei ihm um einen Menschen von höherer Abstammung handelte. Die einfachen Menschen konnten sich derartige Kleidung nicht leisten. Der untergebener Goblin zitterte am ganzen Leib.

»Es tut mir leid, mein Gebieter. Ich werde sofort mit der Arbeit beginnen.«

»Du windest dich wie ein Wurm, Gibbon. Bist du etwa ein nichtiger Wurm? Wohl kaum, obwohl es durchaus einige Ähnlichkeiten gibt. Du bist noch weit weniger wert, als ein mickriger Wurm. Beweg dich endlich, bevor ich dich an einen Pfahl nageln lasse.«

Der hochgewachsene Mann versetzte dem Goblin daraufhin einen harten Tritt, der die winselnde Kreatur weit nach hinten warf.

Gibbon überschlug sich mehrmals am Boden und krachte schließlich gegen einen großen Kupferkessel, der seinen Flug glücklicherweise bremste.

»Mach dich an die Arbeit, Gibbon. Wir müssen noch einige dieser verlausten Kreaturen bekehren. Mit deiner Hilfe werden wir sie alle in eines der Lager locken. Du kannst wirklich stolz auf dich sein. Du hast deine eigene Rasse verraten.«

Für Grom stand längst fest, was *bekehren* im Wortschatz der Priester zu bedeuten hatte. Ihre Bekehrungen folgten nur dem Ziel, jedes andersartige Wesen auf grausige Weise umzubringen. Allmählich dämmerte es dem Oger, dass man längst damit angefangen hatte, die alten Rassen Stück für Stück vom Erdboden zu tilgen, ohne dabei einen Krieg vom Zaum zu brechen. Kein Clan und kein Volk würde Verdacht schöpfen. Schließlich hatten sich die meisten Kreaturen den Priestern freiwillig und vor den Augen ihrer Brüder und Schwestern angeschlossen. Damit hatte die Vernichtung der alten Rassen unwiderruflich begonnen und niemand würde einen Gegenangriff in Betracht ziehen.

Die Säuberung

Das Fest, zu dem Kardinal Benedikt geladen hatte, war ihm selbst schnell zuwider. Er bemerkte die missgünstigen Blicke nicht zum ersten Mal. Jeder der Anwesenden würde ihm das Amt des Kardinals gern streitig machen, doch die meisten waren zu feige, um ihm ernsthaft gefährlich zu werden. Sie würden sich auch weiterhin hinter den neidischen Blicken verstecken und ihm freundlich ins Gesicht winseln. Benedikt konnte dem scheinheiligen Abschaum kaum mehr in die Augen sehen.

Die Blicke der restlichen Kleriker reichten aus, um Benedikt frühzeitig zu warnen.

Mit dem Amt des Kardinals stand jedem Klerus gewaltige Macht zur Verfügung, die andere nur zu gern selbst besitzen wollten. Benedikt wusste, dass so manch einer bereits Pläne gegen ihn schmiedete. Er musste jeden von ihnen schleunigst loswerden, bevor ihm womöglich ein ähnliches Schicksal wie Bertrand bevorstand. Viele der anwesenden Kleriker würden wohl nicht davor zurückschrecken, den Kardinal auf ähnliche Weise zu töten, wie es Benedikt mit seinem Vorgänger getan hatte.

Unter einem Vorwand verabschiedete sich Benedikt deshalb von der geladenen Gesellschaft.

Mit hoch erhobenem Kopf und aller Würde, die ein Kardinal wahrer Größe benötigte, verschwand Benedikt durch eine der Türen und eilte zu seiner Kammer. Für den morgigen Tag hatte er eine Sitzung einberufen, in der er seine weiteren Pläne erläutern würde. Natürlich würden seine Worte nicht überall auf erfreute Gesichter stoßen. Einige Priester, Kleriker und Mönche würden sich gegen sein Vorhaben aussprechen, doch dafür war es längst schon zu spät. Benedikt hatte bereits alles für die Säuberung in die Wege geleitet. Die Männer, die er angeworben hatte, warteten nur noch auf seinen Befehl. Bald würde von dem Abschaum der Welt nicht mehr viel übrig sein. Benedikt würde sie alle ihrer gerechten Strafe zuführen.

Als er am nächsten Tag vor den Geistlichen sein Vorhaben erläuterte, sah er in einige verdutzte Gesichter. Nur eine Handvoll Kleriker des Klosterrats stimmten gegen den Vorschlag der Säuberung. Der Rest von ihnen war außer sich.

»Das kann nicht der richtige Weg des wahren Glaubens sein. Wir müssen die armen Kreaturen vom falschen Weg abbringen und ihnen den einzigen Glauben näher bringen. Sie zu töten würde unangenehme Folgen nach sich ziehen«, erklärte ein alter Glaubensbruder beschwichtigend.

»Kardinal Benedikt hat wohl den Verstand verloren!«, johlte ein Priester in den hinteren Reihen.

»Wir werden keinesfalls einen Krieg vom Zaum brechen. Das wäre vollkommen verrückt!«, schimpfte ein weiterer Kleriker, dessen grauer Bart schon Jahrzehnte miterleben musste.

Niemand von ihnen wusste, dass Benedikt längst alle Hebel in Bewegung gesetzt hatte. Die Säuberung hatte bereits in den frühen Morgenstunden begonnen.

Nach gut einer Stunde des Diskutierens und der Widerworte, verließ Benedikt unter einem Vorwand den Saal. Seine Feinde hatten ihm ihr wahres Gesicht offenbart und Benedikt musste nun umgehend handeln. Mit weit ausufernden Schritten eilte er zu seinem neuen Quartier, dem Zimmer des Kardinals. Der Raum war doppelt so groß wie die Kammer, in der Benedikt vorher hausen musste. Dunkle, wertvoll gearbeitete Holzmöbel, ein bronzener Rundtisch, mit Samt bezogene Stühle und ein großes Bett war dort zu finden. Ein hohes Bücherregal mit gesammelten Werken des Glaubens stand an der gegenüberliegenden Wand und lud zu ausgiebigen Studien ein. Auch die wertvollen Teppiche aus fernen Ländern waren nicht zu verachten, doch Benedikts Blick suchte etwas völlig anderes. Er hielt nach einem wertlosen Gegenstand Ausschau, wobei ihn der Inhalt durchaus mehr interessierte als die Kiste selbst. Bertrand würde seine wertvollen Schätze nie offensichtlich lagern. Er hatte wohl ein unscheinbares Versteck gewählt. Nach wenigen Augenblicken erspähte Benedikt endlich die scheinbar wertlose Truhe. Bertrand hatte einen abgewetzten Mantel darüber geworfen, sodass sie flüchtigen Blicken nicht sonderlich auffiel. Das graubraune Holz wirkte vergammelt und morsch, doch der Anschein wurde der Wirklichkeit nicht annähernd gerecht. Wie Benedikt feststellen musste, war die Truhe härter als Stein und schwerer als jeder andere Behälter. Mit sichtlicher Vorfreude öffnete Benedikt den Riegel und öffnete den karrenden Truhendeckel. Goldene Münzen, kostbare Steine, wertvolle Ringe und prächtige Halsketten lachten Benedikt entgegen. *Dieser alte Mistkerl hat einen Großteil der Spenden für sich behalten. Durch Bertrands Handeln haben wir Männer und Waffen verloren und doch ungemeine Reichtümer angehäuft. Ich bin reicher als jeder König und mächtiger als ein Kaiser. Ich bin Gottes Vertreter unter den Menschen.*

Es pochte an der Tür. Benedikt erwachte schlagartig aus seinen Tagträumen, schlug erschrocken den Deckel der Truhe zu und richtete sich unsicher auf. Als sich die Tür langsam öffnete, blickte er ins Angesicht eines alten, faltigen Klerikers.

»Die Säuberung ist in vollem Gange, eure Eminenz. Bald wird das ganze Land vom ungläubigen Schmutz befreit sein. Ganz so, wie ihr es befohlen habt. Der einzig wahre Gott wird sich für euren unerschütterlichen Mut erkenntlich zeigen.«

Benedikt nickte und überspielte seine Unsicherheit. Er war ein Meister der Täuschung. Über die Jahre hatte er jeden im Kloster erfolgreich hinters Licht geführt und nun stand er kurz vor dem Ziel seiner Träume. Er war reich, mächtig und konnte endlich Rache üben. Mehr hatte sich Benedikt nie erhofft. Er konnte nach so langer Zeit den Tod seines Vaters und den seiner Mutter rächen. Benedikt hatte bereits vor langer Zeit Pläne geschmiedet, um die Säuberung im Land zum Erfolg zu führen. Die verstaubten Aufzeichnungen des Teutos von Nemaricon erwiesen sich bei seinem Vorhaben als ungemein hilfreich. Obwohl der Verfasser ganz offensichtlich dem Wahnsinn verfallen war, so waren seine Worte doch eindeutig. Jedes fremdartige Wesen sollte laut seiner Meinung vom heiligen Boden getilgt werden. Kein Oger, Troll, Kobold, Ork, Wichtel oder Zwerg hatte etwas in der Welt der Menschen verloren. Sie brachten nichts als Unglück und Verderben.

Benedikt ließ in allen vier Himmelsrichtungen Inquisitorenlager errichten. Mit dieser Maßnahme lag das Kloster im Mittelpunkt des Geschehens und Benedikt wusste immer, was an welchem Ort geschah. Er hatte den Hammer Gottes erschaffen und würde jede dieser abstoßenden Kreaturen zermalmen. Kein Oger, Troll oder Zwerg würde seinem Zorn entkommen. Kein Elf, keine Echse und kein Wichtel konnte sich vor ihm verstecken. Er würde sie alle finden und vernichten. Schon bald wären ihre Geschichten nur noch ein unbedeutender Teil der Vergangenheit. Benedikt hatte ausreichend vorgesorgt.

Seit einiger Zeit ließ Benedikt die ersten Anwärter schon vor den Toren des Klosters abwerben und schickte sie in die Ferne, um auf den Kampf zwischen den Rassen zu warten. Nun, da die Zahl der furchtlosen Gotteskrieger auf ein annehmbares Maß angestiegen war, stand die entscheidende Schlacht kurz bevor. Schnell hätte man die fremdartigen Gestalten vom geweihten Boden entfernt, da keiner von ihnen mit einem Krieg rechnete und deshalb kein Heer formierte. Benedikt war durchaus im Vorteil. Er würde jedes dieser blasphemischen Wesen fangen, sie alle zusammentreiben, läutern und ausrotten. Benedikt hatte jeden Anwärter auf die Skrupellosigkeit im Namen des Glaubens getestet. Er war mit seiner Wahl überaus zufrieden. Seinen Worten folgten viele bewaffnete, mordlüsterne Soldaten, die vor keiner Schandtat zurückschreckten. Sie waren im Namen des Glaubens zu allem bereit.

Dennoch wollte Benedikt kein Risiko eingehen. Jeder Schritt konnte sich schnell zum Nachteil wandeln. Die Geschichte hat ihn gelehrt, dass selbst die unwürdigsten Rassen, im Kampf eine ernst zu nehmende Gefahr darstellten. Ihre Wildheit machte sie dabei beinahe unberechenbar. Aus diesem Grund musste die Säuberung möglichst unauffällig vonstattengehen, damit keine Spezies zum Krieg gegen den Glauben aufrufen konnte. Benedikt erinnerte sich an die alten Aufzeichnungen des Terwes von Riedessa. Darin stand der einstige Kampf mit den Zwergen beschrieben. Das kleine, bärtige Volk erwies sich damals als äußerst zäh und ungemein stark im Kampf. Das blutige Schlachten, hacken und stechen dauerte Tage an, bis kaum jemand mehr unversehrt auf den eigenen Beinen stand.

Benedikt wollte eine ähnliche, unappetitliche Situation gern vermeiden. Glücklicherweise hatten sich die meisten Zwerge schon lange in den Bergen verkrochen. Vor ihrer Stärke und ihrer Entschlossenheit musste man sich kaum mehr fürchten. Benedikt konnte auf gut dreihundert Männer zurückgreifen, was in einem Krieg jedoch nicht sonderlich ins Gewicht fallen würde. Jede halbwegs gut organisierte Armee konnte seine angeheuerten Halunken und Banditen, die unter dem heiligen Banner standen, schnell beseitigen und vom heiligen Boden tilgen. Daran konnte selbst die überlegene Bewaffnung der Glaubensbrüder nichts ändern. Während Oger und Orks gleichermaßen wild über den Gegner herfielen, verstanden sich Trolle und artverwandte Wesen stets auf den Distanzkampf. Pfeile aller Art und Bolzengeschosse mit schrecklicher Wirkung waren diesem Volk nicht unbekannt. Auch Katapulte, Rammböcke, Belagerungstürme und Skorpione waren unter den Trollen überaus beliebt.

Glücklicherweise war es noch nicht an der Zeit, um sich über die mögliche Gegenwehr und einen bevorstehenden Krieg den Kopf zu zerbrechen. Derzeit gab es andere Dinge, die Benedikt weitaus mehr Kopfschmerzen bereiteten. Seit seiner Ernennung zum Kardinal gab es zahlreiche Kleriker, die nach seinem Amt geradezu lechzten. Einige von ihnen schreckten sicherlich auch nicht vor Mord zurück. Benedikt war sich der Gefahren bewusst, welche dieses Amt begleiteten. Schließlich war er selbst auf die gleiche Weise ans Ziel seiner Träume gelangt. Er war zum höchsten Amt des wahren Glaubens aufgestiegen.

Von nun an musste er vorsichtig sein und durfte nur noch einen kleinen Kreis vertrauenerweckender Männer um sich versammeln. Bisher hatte Benedikt eine kleine Auswahl getroffen, doch selbst diesen Männern wollte er nicht vollends vertrauen. Der Geruch von Verrat klebte an ihren Händen. Es war jetzt wichtig, die richtigen Entscheidungen zu treffen.

Vor wenigen Tagen hatte Benedikt noch keinen Gedanken an derartige Dinge verschwendet. Wer konnte auch ahnen, dass das Amt des Kardinals derart begehrt und mit allgegenwärtigen Gefahren bestückt war?

Mittlerweile wusste Benedikt, dass ihm harte Zeiten bevorstanden. Er schlief unruhig, wachte mitten in der Nacht immer wieder schweißgebadet auf und fürchtete sich plötzlich vor harmlosen Schatten. Er musste schnellstens fähige Männer finden, denen er vertrauen konnte. Selbst seine Leibwache war nur bedingt vertrauenswürdig, da einige der Männer noch immer um den verstorbenen Kardinal trauerten. Sicherlich genossen sie unter Bertrand einige Privilegien, von denen Benedikt bisher nichts wusste. Vielleicht sollte er ein paar Männer zu einem Besuch im Freudenhaus animieren und ihnen eine willkommene Auszeit gönnen. Das würde sein Ansehen unter den Männern zumindest für eine gewisse Zeit steigern.

Benedikt zerbrach sich den Kopf über weitere Maßnahmen, bevor er erschöpft aufs Bett sank und an die Decke starrte. Nie zuvor wäre ihm in den Sinn gekommen, dass ihn das hohe Amt des Kardinals derart beanspruchen würde.

Nach einer Weile schlief Benedikt ein und er versank immer mehr in friedlichen Träumen.

Spät in der Nacht wehte ein kalter Windhauch durchs Zimmer und blähte dabei die schweren Brokatvorhänge auf. Verschlafen und fröstelnd warf Benedikt die Wolldecken zurück. Sein Gesicht fühlte sich eiskalt an. Verärgert warf er die Beine von der Bettkante und stemmte sich benommen in die Höhe. Er würde den Kammerdiener für seine Unfähigkeit, den Kamin nicht am Brennen zu halten, am nächsten Morgen auspeitschen lassen.

Mit unsicheren Schritten schlurfte Benedikt zum Fenster, da sah er, dass die Holzscheite im Kamin immer noch brannten.

Wo kommt nur diese verdammte Kälte her?, dachte Benedikt und musste verwundert feststellen, dass die Fensterläden noch immer verschlossen waren, sodass kein Windstoß ins Zimmer gelangen konnte. Trotzdem spürte er die Kälte, die um seine Füße schlich und ihn bibbern ließ. Als er sich umdrehte, war jegliche Müdigkeit auf einen Schlag verschwunden. Benedikt erstarrte vor Schrecken.

Der Schattenfresser stand nur zwei Schritte von ihm entfernt im Dunkel des Zimmers.

››Ich habe die Spur des Unsterblichen gefunden und bin ihm bis nach Germansstadt gefolgt‹‹, dröhnte seine finstere Stimme. Benedikt zuckte erschrocken zusammen. Er zitterte am ganzen Leib. Erst jetzt bemerkte er den kalten Nebel, der lautlos durch sein Zimmer waberte und dem Schattenfresser Gestalt verlieh. Benedikt verdrängte den unheimlichen Schrecken und versuchte die Fassung zu erlangen.

››Dann hat sich unser Problem also gelöst?‹‹

Seine Stimme klang fest und erstaunlich gefasst.

››Noch nicht‹‹, sagte der Schattenfresser, ››er hat Germansstadt bereits vor meiner Ankunft verlassen.‹‹

Benedikt schnaubte verärgert. Aus welchem Grund musste man ihn mitten in der Nacht belästigen, wenn man doch keine Erfolge aufweisen konnte? War er denn nur noch von dilettantischer Unfähigkeit umgeben?

››Dann frage ich mich, warum du mich um diese Zeit aufsuchst, wo dir der Unsterbliche doch entkommen ist.‹‹

Der Schattenfresser lachte kaltherzig. ››Ich will euch eine Geschichte erzählen, werter Kardinal. Vor langer Zeit, als die alten Götter noch regierten, da erschufen die Menschen zahlreiche Kreaturen, die ihnen an Kraft und Geist weit überlegen waren.‹‹

Der Schattenfresser sah Benedikt mitleidig an. Zumindest dachte Benedikt, er könne einen vergleichbaren Blick auf seiner Haut spüren.

››Der anhaltende Friede und das herrschende Glück waren den Menschen nicht genug. Sie sehnten sich nach einem unvergesslichen Spektakel. Gut gegen Böse. Ein auserkorener Gott gegen eine Kreatur der Verdammnis. Damit wollten sie die Macht der Götter prüfen. Mit ihren zahlreichen, düsteren Legenden erschufen sie auch mich und je mehr sie meine Gestalt und mein Erscheinen fürchteten, desto größer wurde meine Macht. Ich zehrte an ihrem Wesen und nahm vielen im Anschluss die Seele. Als die Götter meine Kraft erkannten, zogen sie sich in ihr Reich zurück. Jede Macht wich aus ihren Körpern und so verblassten sie in der Erinnerung der Menschen. Ihr Schlaf sollte bis in alle Ewigkeit andauern. Ich hingegen blieb bestehen und labte mich an den sterblichen Seelen. Bald schon fürchtete man mich mehr als den Zorn eines jeden Gottes. Die Götter verblassten und verloren an Bedeutung.‹‹

Der Schattenfresser tauchte unversehens vor Benedikts Gesicht auf und wich nur einen Augenblick später wieder in den Schatten zurück. Dem Kardinal klopfte das Herz bis zum Hals.

››Die Angst hat mich genährt, wie eine Mutter ihr neugeborenes Kind. Bald schon war ich mächtig genug, um endgültig unter den sterblich zu wandeln. Ich musste nie gegen das Vergessen ankämpfen. Der Rest sollte euch mittlerweile bekannt sein.‹‹

Benedikt atmete tief durch. Jede Angst war längst aus seinem Körper gewichen und Zorn stieg in ihm auf. Er fühlte sich auf dem geheiligten Boden sicher. An diesem Ort konnte ihm der Schattenfresser nichts antun. Benedikt räusperte sich.

››Aus diesem Grund weckst du mich mitten in der Nacht und erschreckst mich zu Tode? Um mir eine Geschichte zu erzählen? Gut. Wenn wir dann fertig sind, könntest du endlich aus meiner Kammer verschwinden.‹‹

››Der Unsterbliche hat einen Begleiter‹‹, fauchte der Schattenfresser. ››Beide sind auf der Suche nach einem Götzen.‹‹

Benedikt stemmte die Arme gegen die Hüfte.

››Wenn ich dich richtig verstehe, hat er also einen Begleiter und beide suchen nach einem Götzen. Im ganzen Land sollte es unzählige dieser Figuren geben. Jedes Volk betet zu einem anderen Gott. Damit besitzt jedes verfluchte Haus vom südlichen Eispass bis zum Kloster einen dieser schützenden Götzen. Es würde eine Ewigkeit dauern, um den Gesuchten unter den zahlreichen Abbildern zu finden. Wenn es sein muss, dann räum eben beide aus dem Weg. Es wird sich wohl kaum jemand daran stören, wenn auch der Begleiter des Unsterblichen das Zeitliche segnet.‹‹

Obwohl der unheimliche Nebel wieder um seine Füße schlich, fürchtete sich Benedikt nicht. Er war das Oberhaupt des Glaubens und keine Kreatur konnte ihn, den einzig legitimen Vertreter des wahren Gottes, in die Knie zwingen. Auch der Schattenfresser konnte ihm hier nichts anhaben. Nicht solange er sich auf geweihtem Boden befand.

››Zwei Opfer erfordern einen höheren Lohn‹‹, sagte der Schattenfresser.

››Daran soll es nicht scheitern. Ich bin von inkonsequenten Dummköpfen umgeben, die allesamt nach meinem Amt lechzen. Bei jedem Schritt, den ich durchs Kloster mache, kann ich ihre missgünstigen Blicke spüren. Ich werde den Preis für die Aufgabe nur zu gern bezahlen.‹‹

Der Schattenfresser lachte düster auf. ››Dann sind wir uns einig. In zwei Nächten kehre ich zu euch zurück. Dann erwarte ich von euch meinen Lohn.‹‹

Mit diesen Worten löste sich die schemenhafte Gestalt auf und verschwand. Auch vom Nebel war nichts mehr zu sehen.

Verärgert über die nächtliche Störung stapfte Benedikt zurück ins Bett. Bei der Auswahl von unnötigen, gefährlichen und boshaften Klerikern hatte er längst eine Entscheidung getroffen. Jeder, der sich gegen ihn wandte, sollte dem Schattenfresser zum Opfer fallen. Mit seiner Hilfe konnte er sich aller Kontrahenten entledigen, ohne dass ein Verdacht auf ihn selbst fiel. Mit einem matten Lächeln sank Benedikt in die Kissen. Schon bald musste er sich um ein paar Dinge weniger sorgen. Es gab schließlich wichtigere Dinge, um die es sich zu kümmern galt. Die Säuberung musste zum gewünschten Erfolg führen.

Einige Kleriker sprachen sich bereits zu Bertrands Zeiten gegen eine Säuberung des Landes aus und setzten auf die Kraft der Läuterung und manchmal auf die Kraft des Handels. Nur auf diesen Wegen konnte sich jedes Wesen zum wahren Schöpfer bekennen. Benedikt wusste es jedoch besser. Keine der wilden Kreaturen ließ sich mit dem Glauben bändigen oder zähmen.

Sein Vater hatte es vor langer Zeit versucht und war kläglich gescheitert. Er wurde von dem tollwütigen Troll einfach in Stücke zerrissen. Benedikt erinnerte sich noch gut an die hässliche Fratze und die beängstigenden Hauer des rasenden Ungetüms.

Auch seine Mutter fiel einem dieser Scheusale zum Opfer. Sie wurde am Brunnen von einem Oger übersehen und einfach am Gestein des Schachts zerquetscht. Benedikt würde das Geräusch ihrer brechenden Knochen nie vergessen. Er hasste die alten Völker. Somit gab es nur eine Möglichkeit - die alten Rassen mussten allesamt verschwinden. Er hatte sich dieser Sache schon weit vor seiner Ernennung zum Kardinal angenommen und im Stillen die Schwächen dieser Wilden erforscht. Mittlerweile hatte er sich mit der Offenbarung seiner Pläne mächtige Feinde geschaffen und Benedikt erschien nur noch in Begleitung von seinem Kammerdiener Lureg und einer Klosterwache in den öffentlichen Räumen. Benedikt war sich der Gefahr durchaus bewusst. In Begleitung zweier Männer war es zweifelsfrei schwer, ihn unbemerkt umzubringen. Da er aber nur Lureg wirklich vertrauen konnte, behielt Benedikt seinen zweiten Begleiter im Auge und ließ ihn jedes Essen, jeden Wein und jeden Krug Wasser verkosten. Mit einem Giftmord konnte man einen Benedikt Vordermann nicht aus dem Weg räumen. Umso besser war es, dass er nun wusste, wie er die lästigen Verschwörer loswerden konnte. Er hasste jeden von ihnen und verfluchte ihre verdammten Seelen. In all den Büchern des wahren Glaubens wurde nie von einer Duldung Andersgläubiger gesprochen. Vielmehr mussten sie laut den Übersetzungen vom heiligen Boden verschwinden. Benedikt würde sie alle finden. Er hasste die Ausgeburten, die dem Menschen so fremd waren. Er würde sie knechten, foltern und die Macht des Glaubens spüren lassen. Niemand konnte sich seinem glorreichen Vorhaben entziehen. Benedikt Vordermann stand kurz davor, ein heiliges Reich des Glaubens zu errichten. Er würde jedes Territorium mit gnadenloser Härte zurückerobern und alle Menschen unter dem Banner des Glaubens einen. Alle anderen Kreaturen, die sich dem Glauben freiwillig anschlossen, waren dem Menschen fortan untertan und sollten bis ans Ende ihrer Tage als

Sklaven dienen. Benedikt würde nach der Säuberung als Kardinal von wahrer Größe und Tapferkeit in die Geschichte eingehen und sich die Unsterblichkeit sichern. Er war von dem Gedanken besessen, die Welt für immer zu verändern. Niemand würde dann je mehr seinen Namen vergessen. Er würde ewig leben.

Flucht

Während Grom ratlos und verzweifelt in dem übergroßen Käfig kauerte, trieben die Glaubensbrüder weitere Kreaturen in die Befestigungsanlage. Mittlerweile konnte Grom weit über fünfzig Kreaturen ausmachen, die der Folter erlegen waren. Die leblosen Körper hatte man achtlos zu einem Haufen aufgetürmt, der knapp unter den Wehrgang der Bastionen reichte. Grom beobachtete das Geschehen, auch wenn er für Unwissende lethargisch und gebrochen in die Ferne starrte. Er beobachtete eine Gruppe von Männern, die einen mächtigen Ork zu einer der Folterstätten zerrten. Man hatte den grünhäutigen Riesen in schwere Ketten gelegt und ihn übel zugerichtet. Jede Faser vom muskulösen Orkleib war zum Zerreißen angespannt, obwohl er schwere Verletzungen an den Rippen, am rechten Bein und an der linken Schulter davongetragen hatte. Auch sein zornig dreinblickendes Gesicht blutete an mehreren Stellen. Der kampferprobte Ork überragte seine Peiniger um gut zweieinhalb Köpflängen und konnte es sicher mit der Bande aufnehmen. Er zeigte jedoch keine Gegenwehr und ließ die schmatzenden Peitschenhiebe widerstandslos über sich ergehen. Auch die Stockschläge, Tritte und Fausthiebe nahm er hin, ohne sich zu wehren.

Grom konnte in seinen Augen die lodernden Flammen der Vergeltung aufflackern sehen. Dem Oger dämmerte es. Er wusste, was der Ork vorhatte.

Insgeheim lauerte er auf eine passende Gelegenheit, um seinen Peinigern das Fürchten zu lehren. Er würde jedem von ihnen unglaubliche Schmerzen bereiten und sie allesamt in den Tod reißen.

Als man den Ork an Pfählen fixieren wollte, riss sich er sich los und schleuderte einen der Männer hart gegen die Stämme des Holzwalls. Noch ehe seine Kumpane etwas unternehmen konnten, schnappte sich der Ork einen Speer und spießte drei der schreienden Männer nacheinander auf. Der Orkkrieger ließ keinen Despoten am Leben. Mit einem Ruck zog er die Waffe aus den erschlafften Leibern, riss einem heranstürmenden Mann mit nur einer Pranke den ungeschützten Kopf von den Schultern und erstach mithilfe des Speers einen weiteren Kleriker. Triumphierend hielt er den Kopf in die Höhe, damit auch die anderen Glaubensbrüder ihn sehen konnten. Für einen Moment erstarrte das blutige Treiben und die Gottesanbeter waren sich nicht sicher, was nun zu tun war. Mit solch brachialer Gegenwehr hatte niemand gerechnet. Einen Augenblick später stürmten sie dem wütenden Ungetüm entgegen. Da es im Lager nicht an Waffen und Folterinstrumenten mangelte, fiel es dem tobenden Ork nicht schwer, die anstürmenden Kleriker der Reihe nach zu fällen.

Aus dem Augenwinkel sah Grom, wie einige Armbrustschützen ihre Waffen anlegten und das tosende Ungetüm anvisierten. Seine warnenden Schreie gingen im Tumult unter, doch zu Groms Erstaunen kämpfte der kräftige Ork selbst dann noch, als zahlreiche Geschosse seinen angespannten Körper durchbohrten. Ein weiterer Kleriker fiel der aufschäumenden Wut des Orks zum Opfer. Der Kopf des Mannes zerplatzte wie eine überreife Frucht unter der Wucht des umfunktionierten Streithammers, welcher den Gläubigen zuvor als Kreuz gedient hatte. Wie von Sinnen schlug der Ork nach allem, was ihm zu nahe kam.

»Er läuft auf die Fässer mit dem schwarzen Hexenpulver zu! Haltet ihn auf! Haltet ihn doch auf!«, rief ein kahl geschorener Klerus. Da der aufgeregte Klerus die Augen weit aufgerissen hatte und mit wedelnden Armen zunehmend in Panik verfiel, musste es sich bei dem Hexenpulver um eine ganz besondere und gefährliche Teufelei handeln. Grom wusste noch nicht, welchem Zweck sie diente, doch viele der Gläubigen wichen vor Ehrfurcht und Angst umgehend zurück.

Nur einen gefühlten Herzschlag später stand der Ork lachend auf den Fässern. Er hatte eine der brennenden Fackeln an sich genommen und sich mit einer einseitigen Axt bewaffnet.

Angriffslustig hielt er jedem der Männer die Axt entgegen und ließ die brennende Fackel unbemerkt sinken. Die Flammen des brennenden

Lichts näherten sich dem Holz der Fässer. Schreie wurden laut, doch keiner von ihnen war dem Angriff angedacht. Vielmehr waren es Rufe der Warnung und Verzweiflung.

Grom konnte nicht verstehen, was an dem Hexenpulver so gefährlich war, als sich plötzlich ein grelles Licht vor seinen Augen entfaltete und ohrenbetäubender Donnerhall die Umgebung erschütterte. Der Käfig, in dem der Oger saß, wurde von einer enormen Kraft zurückgeworfen, überschlug sich mehrmals und polterte über die Erde hinweg. Immer wieder schlug der Oger irgendwo an, bis der Käfig endlich Halt fand. Die Erschütterung ließ die mächtigen Gitterstäbe vibrieren.

Als Grom wieder zu sich kam, lagen weite Teile des Lagers in Trümmern. Es sah so aus, als hätte ein gewaltiger Drache der Vorzeit an diesem Ort gewütet. Es hatte viele Tote gegeben, die überall verstreut zwischen den Trümmern lagen. Ein Feuer brannte und der Schutzwall klaffte durch die Erschütterung weit auseinander. Die Detonation hatte die starken Baumstämme einfach fortgerissen. Die Pfeiler konnten der gewaltigen Explosion nichts entgegensetzen. Grom stemmte sich, so weit es der Käfig zuließ, in die Höhe und wischte sich mit einer Hand durchs Gesicht. Er fühlte sich noch immer benommen.

Erst nach einem weiteren Augenblick bemerkte Grom, dass sich die Tür seines Käfigs aus den Angeln gelöst hatte. Grom packte die Gelegenheit umgehend am Schopf, rammte mit aller Kraft gegen die Stäbe und fiel mit einer plumpen Bewegung der Freiheit entgegen. Mit einem dumpfen Platschen landete er bäuchlings am Boden.

Im herrschenden Durcheinander sollte die Flucht nicht vollkommen unmöglich sein. Überall lagen wimmernde Menschen mit versengter Haut und abgerissenen Gliedmaßen. Auch den hochgewachsenen Mann, der sein Gesicht hinter dem schimmernden Helm verbarg, lag tödlich verletzt am Boden. Die gewaltige Detonation hatte ihm die Hälfte des Oberkörpers in unansehnliche Fetzen gerissen. Auch den kleinen, unterwürfigen Gibbon konnte Grom ebenfalls ausmachen. Der Goblin lag nur wenige Schritte von seinem Meister entfernt.

Der Anblick reichte nicht im Entferntesten an die Bilder einer Schlacht heran. Überall lagen Sterbende, Tote und Verletzte. Für einige war der Tod die Erlösung, doch andere hatte es völlig unerwartet dahin gerafft. Die Explosion hatte weder Ork, Goblin oder Mensch verschont. Grom schluchzte beim Anblick der gewaltigen Zerstörung und der Vernichtung, doch für sentimentale Gedanken blieb keine Zeit. Er musste Axis finden und schleunigst aus dem Lager verschwinden, bevor die noch lebenden Kleriker das Chaos ordnen konnten.

Der Unsterbliche lag elf Schrittlängen von Grom entfernt im Dreck. Die Explosion hatte vier der Gitterstäbe aus dem Käfig gerissen und Axis aus seinem Gefängnis geschleudert. Mit großen, weit ausholenden Schritten kam ihm Grom entgegen geeilt. Noch im Laufen packte der Oger nach seinem Begleiter, warf ihn sich über die Schulter und sprang über einen brennenden Haufen Trümmerteile hinweg.

Die Steinaxt ragte mit dem Griffstück aus der aufgewühlten Erde und Grom war für einen Moment überglücklich, als er die Waffe wieder in seinem Besitz wusste. Mit einer raschen Handbewegung nahm er die gewaltige Waffe an sich, wischte einen überraschten Kleriker mit der Breitseite aus dem Weg und flüchtete im allgegenwärtigen Durcheinander. Keiner der Glaubensbrüder stellte sich ihm mehr in den Weg. Die Männer hatte kurz nach dem verheerenden Unglück jeglicher Mut verlassen. Niemand würde nach der Katastrophe noch die Verfolgung eines Ogers aufnehmen.

Unter Groms mächtigen Schritten knirschte und krachte es. Ob die Geräusche nun von Verletzten, Toten oder Trümmerteilen verursacht wurden, ließ sich in der Eile nicht genau bestimmen und Grom hatte kein Interesse, dem auf den Grund zu gehen. Er wollte nur mit heiler Haut aus diesem Blutbad entkommen und den Wahnsinn des Glaubens weit hinter sich lassen. Mit einem gewagten Sprung hetzte Grom durch die klaffende Öffnung im Schutzwall und rannte in die Freiheit. Er hörte noch das Wehklagen, das Jammern und die entsetzten Schreie, doch bald schon hatte sich Grom weit genug entfernt, dass jegliches Stimmengewirr in der Ferne verstummte. Dennoch stoppte er erst, als ihn jeglicher

Atem zu verlassen drohte. Hechelnd setzte er den Unsterblichen am hügeligen Grasboden ab und sank selbst auf die Knie. Axis hatte einige Blessuren davon getragen, doch schien er nicht ernsthaft verletzt. Er wirkte noch blass und leblos. Grom musste sich unweigerlich die Frage stellen, ob die Unsterblichkeit von Axis abgelassen hatte. Vorsichtshalber beugte er sich über seinen Begleiter und prüfte dessen Atem. Axis atmete. Er war am Leben.

Erleichterung zeichnete sich auf dem breiten Ogergesicht ab.

Als Grom sich umsah, konnte er nichts mehr von der zerstörten Anlage sehen. Die aufkommende Erleichterung schwand aber auch gleich wieder, als die Stimme in seinem Kopf ertönte. *Du musst in den Dunrag reisen. Dort wirst du den Götzen finden.*

»In den Dunrag?«, murmelte Grom verwirrt. Seine Begeisterung hielt sich deutlich in Grenzen. Der Dunrag war ein sumpfiger, verlassener Landstrich, dem selbst Grom nach bestem Gewissen fern blieb. Es kursierten unzählige Geschichten und Mythen über diesen Ort und keine davon animierte ein denkendes Wesen zu einem Besuch. Grom kannte niemanden, der von dem Landstrich persönlich berichten konnte. Viele Abenteuerlustige waren von dort nie mehr zurückgekehrt. Das machte die bevorstehende Aufgabe kaum angenehmer. Grom stöhnte laut auf und ließ sich niedergeschlagen aufs Hinterteil fallen. Schlimmer konnte es ihn einfach nicht mehr treffen. Wenn Grom auch nur geahnt hätte, was ihm und seinem Begleiter noch bevorstand, dann wäre er wohl auf der Stelle zum Berg zurückgekehrt und hätte die Höhle für gut eine ganze Mondperiode nicht mehr verlassen.

Er war inmitten eines halsbrecherischen Abenteuers gelandet, welches ihn schnell das Leben kosten konnte. Entmutigt lehnte sich Grom gegen den sanft ansteigenden Hügel und richtete seinen Blick verzweifelt in den hellblauen Himmel. Seine Lage war vollkommen aussichtslos. Ihn würde auf seiner Reise nichts als der sichere Tod erwarten. Wie konnte er nur in diesen aussichtslosen Schlamassel hinein geraten?

Fluch oder Segen?

Die Sonne war noch nicht am Himmel zu sehen, da saß Benedikt Vordermann bereits an einem Stapel Papiere. Es mussten Nachrichten versendet, Befehle erteilt und eine Inquisition durchgeführt werden. Jedes Schriftstück musste vom Kardinal persönlich abgesegnet werden. Nur durch seine Hand erlangte das Papier das Siegel der Rechtmäßigkeit.

Benedikt saß bereits seit Stunden am bronzenen Tisch seiner Kammer und prüfte jede einzelne Zeile. Immer wieder träufelte er geschmolzenes Wachs auf die verschiedensten Nachrichten und beglaubigte sie mit dem schweren Siegelring des Kardinals. Mehrfach hatte er sich an dem heißen Wachs schon die Finger verbrannt. Wo steckte der Kammerdiener, wenn man seine Dienste benötigte? ››Lureg! Lureg?‹‹

Der Diener trat lautlos aus dem Schatten der Kammer. Seine unscheinbare Gestalt war Benedikt zuvor gar nicht aufgefallen.

››Kann ich etwas für euch tun, eure Eminenz?‹‹, erkundigte sich Lureg gehorsam. Benedikt schüttelte den Kopf. ››Du kannst gehen. Deine Dienste werden nicht mehr benötigt.‹‹

››Ganz wie ihr wünscht, eure Heiligkeit.‹‹

Lureg verbeugte sich, wich ein paar Schritte zurück und verschwand wieder im Schatten des Raums. Lureg war ein loyaler und vor allem gehorsamer Diener und würde für Benedikt wahrscheinlich sogar in den Tod gehen. In diesem Punkt war sich Benedikt noch nicht ganz schlüssig. Dennoch hatte er längst festgestellt, dass es gut war, einen Menschen um sich zu haben, dem man halbwegs vertrauen konnte. Bei all den geheimen Verschwörungen im Kloster war es gut, sich wenigstens teilweise geschützt zu wissen.

Aus diesem Grund konnte Benedikt den Knaben einfach nicht mit damit betrauen, das Wachs an der Flamme der Öllampe zu schmelzen. Lureg war ihm treu ergeben und würde ihm widerstandslos überall hin folgen. Einen besseren Freund und Verbündeten konnte Benedikt im Moment nirgends im Kloster finden.

Benedikt hatte sich längst das Gewand des Kardinals angelegt und kämpfte sich wacker durch den nicht enden wollenden Papierberg, der sich auf dem Tisch seiner Kammer angehäuft hatte. Benedikts Plan war wohl durchdacht. Nun ging es lediglich noch darum, auf dem letzten Schritt keine Fehler zu begehen. Jeder Zug, jedes Vorgehen und jede weitere Handlung musste peinlichst genau durchdacht sein. Bei seinem großem Plan durfte nichts schief gehen. Ein kleiner Fehler konnte die gesamte Strategie auf einen Schlag zunichtemachen. Benedikt gab sich deshalb auch die größte Mühe, um seine Befehle genau zu erläutern und die eingegangenen Schreiben zu prüfen. Oft musste er zwischen den Zeilen lesen, damit er die Wahrheit in den Worten erkennen konnte. So wollte der Prinz von Breeg nicht nur die Handelswege sperren, sondern rüstete sich insgeheim gegen die Anhänger des Klosters. Benedikt musste ihn davon überzeugen, dass er die Inquisition nicht über die Landesgrenzen tragen würde. Natürlich waren seine Worte nicht im Geringsten wahr, doch würden sie Prinz Argor vom Geschlecht der welfischen Synor Dynastie für eine Weile zur Zurückhaltung zwingen.

Vorerst konnte sich Benedikt keine neuen Feinde leisten. Mit den bisherigen Gegnern hatte er schließlich schon genug zu tun. *Wenigstens muss ich mich nicht mit diesen lästigen Elfen herumschlagen. Trolle, Orks, Gnome und all das andere, widerwärtige Pack sind schon Ärgernis genug,* dachte Benedikt zynisch. Auch die missgünstigen Mönche, Priester und Glaubensanhänger im Kloster machten ihm zu schaffen. Benedikt musste sich gegen mögliche Attentate aus den eigenen Reihen absichern und den Gegnern immer einen Schritt voraus sein. Er musste sich die heuchlerische Meute vom Hals schaffen, bevor sie zu einer wahrhaftigen Gefahr werden konnten.

Durch Zufall fiel Benedikts Blick auf die Schriftrolle, die er bei der Ernennung zum Kardinal erhalten hatte. Seither hatte er sie nicht mehr angerührt. Seltsamerweise verspürte er ausgerechnet jetzt den Drang, den

Inhalt der Schriftrolle zu lesen. Es war so, als würden die Worte seine Sinne verführen und auf unerklärliche Weise seine Namen flüstern.

Benedikt erhob sich und stapfte zum Bücherregal. Er hatte das Schriftstück noch am Tag seiner Ernennung gedankenverloren in einem der mittleren Fächer verstaut. Obwohl es ihm in den Fingern kribbelte, zog er die Rolle ohne große Erwartungen hervor, brach das Wachsiegel in zwei Hälften und entrollte das vergilbte Papier. Zweifellos handelte es sich bei dem Schriftstück um ein sehr altes, erstaunlich gut erhaltenes Dokument. Jeder Buchstabe war noch deutlich zu erkennen.

Die Ordensgemeinschaft existierte nun schon weit über dreihundert Jahre und hielt seit dieser Zeit so manches Geheimnis unter strengem Verschluss. Mit dem Amt des Kardinals standen Benedikt nun ungeahnte Möglichkeiten zur Auswahl.

Die Worte der Schriftrolle waren in einem vergessenen Dialekt verfasst, den Benedikt schon vor langer Zeit in einer der zeitlosen Schriften studiert hatte. Benedikts Augen weiteten sich, als er die Zeilen überflog. Das konnte unmöglich wahr sein. Hatte man ihm tatsächlich ein längst vergessen geglaubtes Geheimnis hinterlassen? Benedikt musste die Zeilen mehrmals lesen, um die göttliche Macht zu erkennen, die auf dem Papier geschrieben stand.

Er war tatsächlich im Besitz einer unermesslichen, übermenschlichen Kraft, die jeden seiner Gegner mit außerordentlicher Wucht zermalmen würde. Benedikt konnte es selbst nicht glauben. Sein Puls beschleunigte sich mit rasender Geschwindigkeit, seine Hände wurden vor Aufregung feucht und seine Finger zitterten. Er hielt etwas von ungeheurer Macht in Händen. Benedikt wusste, dass ihn dieses Schriftstück zum mächtigsten Mann der Welt machen würde. Niemand konnte ihn nun mehr aufhalten. Er würde mit der ihm verliehenen Kraft über jedes Lebewesen und jede Kreatur herrschen und frei bestimmen. Er war nun der Herr über Leben und Tod, Sklaverei oder Freiheit. Alle Lebewesen würden vor ihm in Ehrfurcht erzittern.

Sofern die Zeilen der Wahrheit entsprachen, konnte ihm nichts mehr den Sieg verderben. Er war unbesiegbar.

»Heiliges Licht«, murmelte Benedikt. »Damit sollte mein Platz als Vertreter des einzig wahren Gottes unanfechtbar sein. Keine Kreatur kann sich mir noch in den Weg stellen. Mit der Kraft des Lichts bin ich unbesiegbar. Ich besitze die mächtigste Waffe des wahren Glaubens.«

Benedikt wurde sich der Möglichkeiten immer mehr bewusst und spürte die schier grenzenlose Macht, die er in Händen hielt. Er war nun weit mächtiger als jeder Orkkrieger, stärker als jeder Oger und von einer Kraft beseelt, die seinesgleichen suchte. Mit dieser überirdischen Waffe würde er auch den letzten Widerstand unter den gottlosen Kreaturen brechen und jegliches Aufbegehren im Keim ersticken. Jetzt musste er nur noch ein geeignetes Opfer finden, damit er die Schriftrolle auf ihre Echtheit prüfen konnte. Im Kloster wäre es leicht, einen potenziellen Kandidaten zu finden. Benedikts Augenmerk lag dabei auf einem Klerus, der ihm schon lange ein Dorn im Auge war. Umgehend sprang er vom Stuhl, riss die Tür auf und eilte aus dem Zimmer.

Benedikt könnte sich schon bald aller Probleme entledigen. Er würde jeden, der gegen ihn und sein Amt aufbegehrte, umgehend in den Tod schicken. Nicht einmal der Schattenfresser konnte ihm jetzt noch gefährlich werden. Er würde die finstere Gestalt ohne Mühe kontrollieren, sie im Zaum halten und von ihrer Kraft profitieren. Benedikt konnte nun frei über den Schattenfresser verfügen. Mit der heiligen Kraft war er nahezu unbesiegbar. Niemand konnte sich an seiner vom wahren Gott bestimmten Kraft messen. Benedikt Vordermann würde als mächtigster Kardinal in die Geschichte eingehen und die Welt für immer verändern. Die Zeit des Abschaums, der Wildgeburten und der Ungläubigen war endgültig vorbei und ihre Tage auf heiligem Boden ein für alle Mal gezählt. Er würde sie alle mit der Kraft des Lichts vernichten.

Die Reise in den Dunrag

Die Zeit verging und der anstrengende Tag wich der wiederkehrenden Nacht. Der Horizont verfärbte sich zunehmend dunkler und wurde einem dunkelblauen Teppich gleich, der sich sanft über das weite Land legte. Grom sah die leuchtenden Sterne und wusste, dass jedes Funkeln am Himmel einem würdigen Oger gewidmet war. So wurde es den Ogern schon seit Generationen überliefert. Grom erinnerte sich noch, als ihm sein Ururgroßvater im Schein des Höhlenfeuers davon erzählte.

Grom saß an der Seite des Unsterblichen und wartete ungeduldig darauf, dass Axis aus seiner Ohnmacht erwachte. Als der Unsterbliche nach einer Ewigkeit endlich die Augen aufschlug, glotze ihn Grom verwirrt, aber erleichtert und lächelnd an.

»Wo bin ich?«, fragte Axis und wollte sich mit einer kraftlosen Bewegung erheben, doch seine schlaffen Arme verweigerten ihm den Dienst. Der widerhallende Donner des Hexenpulvers hatte ihn weit mehr mitgenommen, als Grom bisher angenommen hatte.

Es würde wohl noch eine Weile dauern, bis Axis ausreichend Kraft gesammelt hätte, um die Reise fortzusetzen.

In der gegebenen Zeit konnte Grom nun alles über die letzten Vorkommnisse berichten. Er erzählte von grausamer Folter und abscheulichem Mord, von dem unbändigen Ork, dem dröhnenden Donnerhall, dem zerstörten Lager, der waghalsigen Flucht und der bevorstehenden Reise in den Dunrag. Als Grom am letzten Punkt der Geschichte angelangte, zeigte sich Axis nur wenig begeistert.

»Wir sollen in den Dunrag reisen? Das kann nicht dein Ernst sein. Unter normalen Umständen könnten mich nicht einmal zehn Pferde in den Hexensumpf zerren. Dort sollen uralte Gestalten hausen, denen ich nur ungern begegnen will. Kennst du die Geschichten über den Dunrag? Das soll ein ganz abstoßender, widerwärtiger Ort sein, an dem Gefahren lauern, von denen kaum eine Seele etwas ahnt.‹‹

Grom nickte. ››Man erzählt sich auch, dass der Dunrag einst die Heimat der Oger war, bevor sie sich in alle Winde verstreuten und in den Städten verschwanden. Das Land hatte sich auf unerklärliche Weise verändert. Man hat sie mit einem Zauber aus der Heimat verjagt.‹‹

Axis zog prüfend eine Augenbraue nach oben. ››Wenn man dich so ansieht, fällte es schwer zu glauben, dass sich deine Art von irgendwas vertreiben lässt.‹‹

Axis tastete vorsichtig die schmerzenden Stellen an seinem Körper ab. Seine Arme gehorchten ihm wieder. Die gewaltige Explosion hatte ihm deutlichen Schaden zugefügt, der nun immer mehr verschwand. Auch die gebrochenen Knochen verloren an Schmerzen und fügten sich allmählich wieder zu einem Gebilde zusammen.

Nach einer Weile hatte der Unsterbliche die Benommenheit abgeschüttelt und stierte nachdenklich ins Dunkel der Nacht.

››Mit ihren Methoden werden die Glaubensbrüder die alten Rassen Stück für Stück von der Erde tilgen, ohne dabei einen Krieg auszutragen‹‹, stellte Axis ausdruckslos fest. Seine Stimme war von einer traurigen und enttäuschten Melodie geprägt.

››Wie können diese Narren den Glauben an die Götter derart missbrauchen? Du hast ihre abscheulichen Gräueltaten selbst gesehen. Diese gewissenlosen Kerle schrecken vor nichts zurück.‹‹

Grom zuckte nichtssagend mit den Schultern. Ihn beschäftigte einzig die Frage, wie man am schnellsten in den Dunrag gelangen und all dem Unsinn ein schnelles Ende bereiten konnte. Obwohl sich die Stimme in seinem Kopf nun schon eine Weile nicht mehr zu Wort gemeldet hatte, hallte ihr donnernder Klang immer noch zwischen Groms empfindlichen Ohren. Plötzlich drängte sich dem Oger eine weitere Frage auf. Axis hatte es eben erst selbst erwähnt.

Welche Macht war stark genug und darüber hinaus in der Lage, die alten Oger aus dem Dunrag zu vertreiben? Leider gab es darüber nur mündliche Überlieferungen, die reichlich verwässert, übertrieben, stattlich ausgeschmückt oder frei erfunden waren. Jeder Erzähler hatte wohl im Laufe der Zeit einen ganz eigenen Teil der Geschichte hinzugedichtet.

Manch ein Zwerg berichtete von schrecklichen Ungeheuern, Sumpfbestien und ruhelosen Schattengeistern, während Orks oft von hart gepanzerten Echsen, Säure speienden Schlangen und düsteren Flügelmonstern erzählten, die nach dem Blut von Eindringlingen dürsteten. Auch unter den städtischen Ogern war der Dunrag nicht sehr beliebt. Man erzählte sich düstere Geschichten voll Schwarzer Magie und verheerender Zauberkunst. Kein halbwegs vernünftiger Oger würde deshalb freiwillig in den Dunrag reisen.

»Wenn du mich fragst, dann ist noch nicht einmal die Hälfte von all dem Gerede wahr. Die Schauermärchen sind an den Haaren herbeigezogen.«

Grom wusste, dass ihn sein argloses Gerede nur selbst beruhigen sollte. Leider würden ihn die unzähligen Geschichten nicht vollkommen loslassen.

Er spürte eine tiefe Unsicherheit, die sich mit Worten allein nicht ablegen ließ.

»Wie es aussieht, werden wir schon bald den Wahrheitsgehalt der Geschichten prüfen können. Um ehrlich zu sein, bin ich aber nicht besonders scharf darauf. Wenn es allerdings die einzige Möglichkeit ist, dem Irrsinn ein Ende zu setzen, dann werde ich dir natürlich folgen. Ich kann dich nach all dem Chaos wohl kaum allein lassen«, frotzelte Axis.

»Mir folgen?«, erkundigte sich Grom und zog eine seiner buschigen Augenbrauen nach oben. »Darf ich dich daran erinnern, dass ich nur wegen dir in diesen Schlamassel geraten bin? Ohne dich würde ich immer noch in meiner Höhle sitzen und mich an der Einsamkeit und der Stille erfreuen.«

»Na dann hast du jetzt wenigstens eine Aufgabe an der du dich erfreuen kannst«, scherzte Axis. Grom schnaufte laut. Allein die Idee, in den Dunrag zu reisen, war selbst für die plumpen Gedankengänge eines Ogers zu viel des Guten. Grom war von der bevorstehenden Reise ganz und gar nicht begeistert. Die Reise zum Dunrag war lang, beschwerlich und mit unzähligen Gefahren gespickt. Genau diese drei Tatsachen trugen ihren Teil dazu bei, dass sich Grom augenblicklich nach seiner abgeschiedenen Höhle sehnte. Dort gab es weit weniger Gefahren, die ihm das Leben nehmen konnten. Was war schon ein harmloser Sturz vom Krähennest in Tiefe gegen die grauenerregenden Geschichten der zahlreichen Erzähler?

»Wenn wir bald aufbrechen, können wir den steinernen Pass in zwei Tagen erreichen«, erklärte Axis ruhig und gefasst. Er hatte sich mit der Situation annähernd angefreundet, was man von Grom nicht sagen konnte. Der Oger hätte sich der unumgänglichen Reise gern verweigert, doch da meldete sich die Stimme in seinem Kopf wieder zu Wort.

Worauf wartest du noch? Der Götze ist der Schlüssel. Je eher du ihn findest, desto schneller wird sich alles zum Guten wenden. Danach kannst du in deine Höhle zurückkehren und weiter ein trübsinniges Dasein fristen. Nun schaff dich endlich auf die Beine und beweg deinen übergewichtigen Leib, du schwergichtiger Hauklotz!

Murrend stemmte sich Grom in die Höhe. »Dann lass uns aufbrechen. Je eher ich diese Stimme loswerde, desto besser.«

Axis sah den Oger verwundert an, schüttelte den Kopf und folgte seinem forteilenden Begleiter ins Dunkel der Nacht. »Bist du dir sicher, dass wir ausgerechnet jetzt aufbrechen sollten?«

Grom stoppte.

»Im Dunklen sehen wir beide nicht besonders viel. Alle möglichen Kreaturen könnten im Schutz der Nacht über uns her fallen. Vielleicht sollten wir uns erst etwas ausruhen und am danach die Reise fortsetzen.«

Ein kleiner Zeitaufschub konnte in der Tat nicht schaden, doch Grom war sich nicht sicher, ob die Stimme hinter seiner breiten Stirn dann nicht erneut über ihn herfallen würde. Bisher blieb sie still und Grom hörte nichts außer dem eigenen Atem. Die markerschütternde Stimme würde ihn zumindest für Moment nicht mehr belästigen. Vorläufig war ihr schmerzender Klang verschwunden und Grom ließ sich misstrauisch an Ort und Stelle nieder. Ein wenig Ruhe konnte ihm nach all den Strapazen wohl kaum schaden. Schließlich waren die Gefahren auf dem Weg in den Dunrag selbst für einen erfahrenen Oger nicht ganz ungefährlich.

Weder Grom noch Axis hatte eine Vorstellung davon, was sie in den sagenumwobenen Sümpfen erwartete. Sollte es dort wirklich Kreaturen aus längst vergangenen Tagen geben?

In solch einem Fall wäre ihr beider Leben höchstwahrscheinlich keinen Pfifferling mehr wert. Grom erinnerte sich an die Erzählungen aus seinen Kindertagen. Im Schein des Feuers hatten die Alten oft von der einstigen Heimat der Oger gesprochen.

Im Dunrag sollten grässliche Monster, schaurige Gestalten und unheimliche Kreaturen hausen, die jeden Eindringling unweigerlich in den Tod rissen.

Auf der anderen Seite sah sich Grom mit den fanatischen Anhängern des wahren Glaubens konfrontiert und so machte es kaum einen Unterschied, ob er an Ort und Stelle blieb oder in einen gefährlichen Landstrich wanderte. Das mordlüsterne Treiben der Glaubensanhänger würde nüchtern betrachtet, ebenfalls zu Groms Tod führen. Der Gedanke an ein schmerzhaftes und qualvolles Ableben flößte selbst dem gestandenen Oger etwas Angst ein. Grom war sich keineswegs sicher, ob er die Reise und die damit verbundenen Gefahren heil überstehen würde. Selten hatte sich ein Oger so weit in die Fremde gewagt. Sein Vorhaben war blanker Irrsinn. Weshalb hatte man ausgerechnet ihn für diese unheilvolle Aufgabe auserwählt? Er war kein besonders auffälliger Oger und konnte doch unmöglich von einer höheren Macht derart missbraucht werden. Es gab sicherlich zahlreiche Kreaturen und Gestalten, die an einer vergleichbaren Tätigkeit freudig interessiert wären. Grom zählte eindeutig nicht dazu. Er war mit seiner glücklosen Entscheidung, dem Unsterblichen zu folgen, dem Verlauf der bisherigen Reise und der abstoßenden Stimme in seinem Kopf äußerst unzufrieden.

Obwohl man den Oger selten fürchten musste, traute sich Axis nach einer Weile kaum mehr ihn anzusprechen. Groms Gesicht war plötzlich von grimmiger Entschlossenheit gezeichnet. Er würde dem ganzen Unsinn, dem sinnlosen Morden und der entsetzlichen Stimme in seinem

Kopf ein Ende bereiten, auch wenn ihn das bevorstehende Abenteuer möglicherweise das Leben kosten sollte. Grom würde diese Sache ein für alle Mal beenden.

Gerechter Lohn

Niemand bemerkte den schlängelnde Nebelschleier, der lautlos über die Mauer des Klosters kroch. Der Schattenfresser verschaffte sich ungesehen Zutritt. Türen und Mauern stellten für ihn kein Hindernis dar. Er war mächtiger als alle existierenden Wesen und war zudem mit Kräften gesegnet, an denen sich keine andere Kreatur messen konnte. Er war von einer sehr alten, unheimlichen Macht beseelt und seine Gier nach Leben war unersättlich.

In wenigen Augenblicken würde er seinen Lohn einfordern.

Er konnte den Geschmack der scheinheiligen Seelen schon fast auf der Zunge schmecken. Lautlos kroch er über die angelegten Gärten hinweg und hörte schon bald den Klang einiger streitender Stimmen. »Ich versteh nicht, was das soll, eure Eminenz. Das ist doch völliger Unsinn«, sagte eine Stimme, die ganz offensichtlich nicht davon angetan war, mitten in der Nacht in der Kälte zu verweilen.

Der Schattenfresser erkannte Benedikt Vordermann und drei weitere bibbernde Anhänger des Glaubens, die hitzig miteinander diskutierten. »Bei allem Respekt, es ist mitten in der Nacht und bitterkalt. Muss dass wirklich sein?«

»Es muss«, bestätigte Benedikt grimmig. Er hatte den Schattenfresser zwischen den Schatten bemerkt und lockte die ahnungslosen Kleriker geschickt in eine Falle, aus der es kein Entkommen mehr gab. Kalter Nebel kroch um die schlanken Körper der Glaubensanhänger. Unbemerkt schlich der Schattenfresser an den Füßen der Kleriker entlang, schlängelte sich an ihren Nachtgewändern empor und schlüpfte ungehindert durch Mund und Nase ins Innere seiner ahnungslosen Opfer.

Der Schattenfresser verzehrte die verkommenen Seelen und ließ nichts davon zurück. Jeder noch so kleine Funke wurde von ihm aufgenommen und verschwand in ewiger Finsternis. Die Seelen der Kleriker waren damit für immer verloren.

Zu spät erkannten die arglosen Männer, was geschehen war. Benedikt hatte sie in eine tödliche Falle gelockt. Einer der Kleriker keuchte entsetzt und packte sich mit blau angelaufenem Gesicht an die Kehle. Er wollte schreien, doch die Stimme versagte ihm und er brachte keinen einzigen Ton hervor. Die Adern an seinem Hals traten weit aus dem verfärbten Fleisch und der Klerus bäumte sich ein letztes Mal verkrampft auf. Flehendlich sah er Benedikt an, bevor er leblos zusammensackte und auf den Boden fiel. Er hatte den ungleichen Kampf gegen die düstere Kreatur verloren. Auch Klerus Ruven und sein Begleiter, ein bedeutungsloser Priester mit dem Namen Stolt, fielen dem unheimlichen Nebel zum Opfer. Stolt folgte Klerus Ruven nur einen Wimpernschlag später in den Tod und Benedikt lächelte hinterhältig. Er hatte sich auf einen Schlag drei lästige Widersacher vom Hals geschafft. Benedikt vermutete schon seit Langem, dass Ruven und sein seltsamer Begleiter ein gemeinsames Bettgeheimnis teilten. Mit anderen Worten war ihr vertrauter Umgang kaum zu erklären. Auch einige Brüder teilten diese Vermutung. Das Fehlverhalten von Klerus Ruven und Bruder Stolt konnte deshalb nur mit einem grausamen Tod geahndet werden.

Ihr plötzliches Verschwinden würde kaum jemand hinterfragen.

Bevor sich Benedikt den ernsthaften Gegenspielern widmen konnte, musste er auch sichergehen, dass es der Schattenfresser mit mehreren Opfern aufnehmen konnte, ohne das Leben des Kardinals zu gefährden. Benedikt wollte sich nur ungern in einer unappetitlichen Situation wiederfinden. Er musste einfach wissen, wie viele Verräter er sich auf einen Schlag vom Hals schaffen konnte.

Keiner der schwächlichen Kleriker konnte es mit dem geisterhaften Gegner aufnehmen. Der Schattenfresser war ihnen um Längen überlegen.

Klerus Ruven lag als leblose Hülle am Boden. Sein Körper löste sich vor Benedikts erstaunten Augen zunehmend in Rauch auf Augen und wurde eins mit dem unheimlichen Nebel.

Kaum hatte der Schattenfresser sein Werk beendet, verschwanden die ausgemergelten Überreste der Kleriker, als wäre keiner von ihnen je im Hain gewesen. Einzig ihre Gewänder blieben am Boden zurück und wurden lachend von Benedikt aufgesammelt.

Der Schattenfresser war in eine aschgraue Wolke aus Furcht und blanken Schrecken gehüllt. Langsam nahm er wieder Gestalt an.

Benedikt beobachtete das Schauspiel. Er war ohne jede Furcht, denn schließlich war er der rechtmäßige Kardinal und musste sich vor nichts und niemandem mehr fürchten.

»Ich hoffe in deinem eigenen Interesse, dass du mir gute Nachrichten überbringst«, sagte Benedikt selbstbewusst und verschränkte die Arme demonstrativ vor der Brust.

»Du armseliger Wicht wagst es, mir Befehle zu erteilen?«, knurrte der Schattenfresser. Mit zwei lautlosen Schritten näherte er sich dem unwürdigen Menschen, wahrte jedoch aus unerfindlichen Gründen die Distanz von zwei Armlängen.

Benedikt lächelte überlegen. »Ich erteile jedem Befehle, der dem Glauben dient. Du solltest dich meiner Sache anschließen. Jeder Widerstand und jedes Aufbegehren ist zwecklos und wird mit aller Gewalt bestraft.«

»Ich werde eurem lasterhaften Glauben ganz bestimmt nicht folgen. Was glaubt ihr, wen ihr vor euch habt? Ich bin älter als eure Zeitrechnung und bin sicher nicht ein winselnder Unergebener des Glaubens! Ich bin ein Engel der Finsternis! Niemand erteilt mir Befehle. Ich diene nur mir selbst.«

Benedikt lächelte immer noch. »Du dienst mir. Mir allein!«

Bevor sich der Schattenfresser dem Kardinal weiter annähern konnte, hob Benedikt beschwörend die Arme und rief: »*Sanctus lumen!*«

Der in Dunkelheit gehüllte Hain wurde umgehend von einem gleißend hellen Licht erfasst und strahlte dermaßen intensiv, dass selbst Benedikt die Augen schließen musste. Eine ungeheuer mächtige Kraft ging von dem gleißenden Strahlen aus.

Benedikt hatte die Macht des heiligen Lichts entfesselt.

»Ich kenne dein kleines Geheimnis. Kardinal Silbert Trostdorf hat dich mithilfe des heiligen Lichts gefangen und dich für seine Ränkespiele missbraucht. Du bist dem Kardinal in die Falle getappt und er hat dich bis zu seinem Tod benutzt, um unliebsame Gegenspieler aus dem Weg zu räumen. Ansonsten hätte er wohl kaum einhundertvier Jahre unter einer Meute hungriger Wölfe überleben können. Du hast ihm bis an sein Lebensende als Untergebener gedient.«

Das grelle Licht lähmte die finstere Kreatur und bereitete dem Schattenfresser unaussprechliche Schmerzen. Tausend Nadelstiche drangen in seinen Körper und lähmten jede seiner Bewegungen. Er war dem Kardinal hilflos ausgeliefert und erinnerte sich an den verwegenen Krieger, der ihn damals im Gewand des Kardinals gefangen nahm. Silbert Trostdorf hatte ihn auf heimtückische Weise überlistet.

Kardinal Trostdorf musste dennoch einen hohen Preis für sein langwieriges Leben zahlen, dachte der Schattenfresser verbittert. Er konnte sich dem schmerzenden Licht nicht entziehen.

»Jetzt dienst du mir und wirst meinen Wünschen nachkommen. Ich habe die Macht, dich zu lenken. Wer ist jetzt der armselige Wicht?«

Benedikts überhebliches Grinsen wurde zu einem ansteigenden Lachen.

»Ich bin dein Herr und Meister! Hoffentlich hast du deine Lektion gelernt. Ich erteile jeder Kreatur Befehle, denn ich bin der Stellvertreter des wahren Gottes. Niemand sollte an meiner Macht zweifeln. Ich bin Kardinal Benedikt Vordermann.«

Der Schattenfresser fauchte und versuchte gegen das Licht anzukämpfen, doch selbst seine unermesslichen Kräfte konnten dem heiligen Strahlen nichts anhaben. Gegen das göttliche Licht war er machtlos.

»Das Licht frisst sich tief in dein Innerstes und wird dich dort mit der göttlichen Kraft des Glaubens vernichten, wenn du dich meinem Willen nicht unterwirfst. Es liegt ganz bei dir.«

Das blitzende Licht schmerzte an jeder Stelle des Körpers. Der Schattenfresser wand sich und musste schließlich kraftlos und ausgezehrt anerkennen, dass man ihn auch diesmal überlistet hatte. Resigniert gab er jeden Widerstand auf.

»Ich habe die Spur des Unsterblichen weiter verfolgt. Er wurde mit seinem Begleiter in eines der errichteten Lager geschleppt. Die tiefen Wagenspuren haben mich direkt dorthin geführt. Ich habe mich dort umgesehen. Von der Befestigung ist nicht mehr viel übrig. Zahlreiche Männer sind ihren Verletzungen erlegen. Eine unglaubliche Macht muss dort gewütet haben. Kaum ein Pfahl des Schutzwalls blieb unbeschädigt.«

Benedikt runzelte nachdenklich die Stirn. »Ist der Unsterbliche und sein Ogerfreund dafür verantwortlich?«

Der Schattenfresser schnaubte. »Wohl kaum. Für derartige Zerstörungswut braucht es mehr, als der Kraft eines arglosen Unsterblichen und der seines Komplizen. Selbst die Stämme des Walls wurden umgerissen und zerbrachen. Die Zerstörungskraft war enorm und äußerst effektiv.«

»Dann finde die Beiden und schaff diese leidige Angelegenheit endlich aus der Welt! Der Unsterbliche ist wirklich das letzte Hindernis, über das ich stolpern will. Schaff sie mir beide vom Hals. Ich kümmere mich um den Wiederaufbau des Lagers.«

Das Licht verblasste und der Schattenfresser konnte sich endlich wieder rühren. Jede Bewegung brannte wie Feuer.

»Er hat die Macht, euch zu vernichten. Sobald die Welt von seiner Herkunft erfährt, verliert euer Glaube schnell an Bedeutung und ihr versinkt in den dunklen Epochen einer finstern Welt.«

»Deshalb solltest du dich auch besser beeilen! Ich bin nicht bereit, durch die Hand des Unsterblichen all das zu verlieren. Ich musste viel zu lange zu Kreuze kriechen, Demut heucheln und auf viele weltliche Dinge verzichten. Also schaff mir schleunigst eines meiner Probleme vom Hals!«

Der Schattenfresser nickt unterwürfig, auch wenn er nur zu gerne über den Kardinal hergefallen wäre. Er hätte ihm das Fleisch vom Leib reißen und seine verdorbene Seele langsam aus dem Körper entfernen können, doch im Moment verstand er es, seine Wut zu zügeln. Gegen die derzeitige Macht des Kardinals konnte selbst der Schattenfresser nichts ausrichten. Das heilige Licht hatte ihm bereits genug Schmerzen zugefügt. Er würde zu einem späteren Zeitpunkt Rache nehmen. Zeit spielte für ihn ohnehin keine wesentliche Rolle. Er konnte lange auf den passenden Augenblick warten. Sehr lange.

Wenn es sein musste, sogar eine Ewigkeit. Benedikt würde diese zweifelsfrei nicht mehr erleben. Die Tage des Kardinals waren jetzt schon gezählt.

Beschwerliche Wege

Nachdem Axis und Grom aufgebrochen waren, führte sie ihr Weg durch tiefe Wälder, über grüne, hügelige Wiesen, vorbei an rauschenden Bachläufen und schilfbewachsenen Gewässern. So oder zumindest so ähnlich hatte sich Grom in seinen Träumen immer die einstige Heimat der Oger vorgestellt. Ein friedfertiger Ort, an dem alle Oger in einer Gemeinschaft lebten und sich am einfachen Dasein erfreuen konnten. Die Landschaft war friedlich und von anmutiger Schönheit. Obwohl sie noch weit entfernt vom Dunrag wanderten, spürte Grom die enge Verbindung, die jeden Oger mit der einstigen Heimat verband.

Axis empfand beim Anblick der unheimlichen Umgebung eher das Gegenteil. Die kahlen Bäume warfen gierig zuckende Schatten auf den Boden, die den Anschein erweckten, als wollten sie nach jeglichem Leben packen und es in die Finsternis zerren. Hier und da ertönte ein kurzes Rascheln, welches nur einen Augenblick später wieder verstummte.

Die Landschaft wirkte wirklich nicht besonders einladend.

Der angenehme Anblick der sanften Schatten ließ Grom die enormen Anstrengungen vergessen, die ihm und seinem Begleiter noch bevorstanden.

Bis zum steinernen Pass und dem Dunrag würden noch unzählige Schritte vergehen.

Grom wäre beiden Landstrichen gerne fern geblieben, doch gab es keine andere Möglichkeit, um dem ganzen Unsinn ein Ende zu bereiten. Einzig im Hexensumpf konnte er die Lösung für alle gegenwärtigen Probleme finden. Hoffentlich würden dann auch die Fanatiker des Glaubens und die grässliche Stimme in seinem Kopf verschwinden. Ohne den Götzen würde ihn eines der beiden unangenehmen Erscheinungen schließlich das Leben kosten oder schlichtweg in den Wahnsinn treiben. Beides war unter den gegebenen Umständen nicht ausgeschlossen. Die wenig erfreuliche Aussicht auf eine Begegnung mit den bestialischen Gestalten aus den Schauermärchen war allerdings auch nicht viel besser. Grom wollte keiner dieser schrecklichen Kreaturen begegnen. Schließlich konnte niemand mit Sicherheit sagen, welche Gestalten wirklich im Dunrag lebten.

Als die Sonne ihren Platz am Himmel eingenommen hatte, sank Axis erschöpft und keuchend in die Knie.

»Wir ... sollten ... eine Pause ... einlegen.«

Grom stoppte seinen Marsch. Ihm war gar nicht aufgefallen, dass er schon seit Stunden unaufhörlich durch die Fremde stapfte. Seine Gedanken hatten ihn bisher von den Anstrengungen abgelenkt, doch nun spürte auch er die Müdigkeit, die schon seit Stunden an seinen Knochen nagte. Er musste inzwischen schon Tausende Schritte vom Krähennest entfernt sein. Grom seufzte.

Nie wäre ihm zuvor in den Sinn gekommen, dass er die Abgeschiedenheit des Berges und seine Höhle derart vermissen würde.

»Vielleicht hast du recht ...«, schnaubte Grom schwermütig und ließ sich auf den grasbewachsenen Boden sinken.

»Es wird wohl keinem nutzen, wenn wir den Dunrag ausgemergelt und kraftlos erreichen«, stellte Axis fest. Der Unsterbliche hatte es sich an einem der angrenzenden Bäume bequem gemacht und suchte nach einer geeigneten Position, um etwas Schlaf zu finden.

Auch Grom würde versuchen, ein wenig Schlaf zu finden. Schließlich konnte der Dunrag weder vor ihm noch dem Unsterblichen davonlaufen.

Eine sanfte Müdigkeit übermannte den Oger und entführte ihn in eine bildlose, vollkommen stille Welt. Grom versank immer mehr in dem traumlosen Schlaf.

Erst als ein keifendes, mordlüsternes Knurren ertönte, sollte Grom wieder die Augen öffnen. Verschlafen sah er die verschwommenen Umrisse einer Felsenhyäne. Erschrocken sprang er auf auf. Jegliche Müdigkeit war schlagartig aus seinem Körper gewichen.

Wie konnte er nur die Gefahren vergessen, die hier in der Wildnis auf ihn und seinen Begleiter lauerten?

Mit einer schnellen Bewegung packte Grom nach der Axt und stieß sich unbeholfen nach hinten ab. ››Axis! Wach auf!‹‹

Der Unsterbliche drehte sich verschlafen zur Seite und blinzelte Grom ahnungslos an. ››Müssen wir schon los?‹‹

››Es wäre besser, wenn du dich jetzt kein Stück mehr bewegst‹‹, erklärte der Oger angespannt. ››Felsenhyänen können dir leicht einen Arm oder ein Bein abbeißen.‹‹

Axis erblickte nun das knurrende Raubtier und wünschte sich schleunigst in den Schlaf zurück. ››Aus welchem Grund musstest du mich dann wecken?‹‹

Grom sah seinen Begleiter für einen kurzen Moment mitleidig an.

››Wer will schon im Schlaf gefressen werden?‹‹

Es blieb kein Atemzug mehr übrig, um die Unterhaltung weiterzuführen, da die kräftige Hyäne bereits zum Sprung angesetzt hatte dem Oger mit weit aufgerissenem Mal entgegen gesegelt kam. Die furchterregenden Zähne des Ungetüms blitzten wie scharfe Messer auf und warfen das Licht der Sonne in grellen Strahlen zurück. Grom musste die Augen zusammenkneifen, um nicht geblendet zu werden. Mit eingeschränkter Sicht wäre er für das Raubtier eine nur allzu leichte Beute.

Als sich das geifernde Tier bis auf eine Axtlänge herangewagt hatte, schleuderte ihm Grom die Waffe entgegen. Der bearbeitete Klingenstein sauste knapp an der Hyäne vorbei, doch der Axtgriff blieb auf gleicher Höhe mit dem Angreifer. Ruckartig riss Grom die Waffe zurück, erwischte die Hinterläufe des Untiers mit der stumpfen Unterseite der Axt und schleuderte die kreischende Hyäne mit einer halben Drehung davon.

Die Bestie heulte schrill auf und stürzte unkontrolliert dem Boden entgegen. Sie versuchte mit den Vorderläufen den Sturz abzufangen und überschlug sich beim glücklosen Versuch der Landung. Das Raubtier jaulte laut auf, schüttelte sich und stieß ein hässliches Knurren aus.

Wutentbrannt und mit weit geöffnetem Maul stemmte sich das Untier wieder in die Höhe. Geifer tropfte der überaus hässlichen Kreatur vom struppigen Kiefer. Beim ersten Versuch versagten die Hinterläufe und die angriffslustige Hyäne sackte für die Dauer eines flüchtigen Augenblicks in sich zusammen. Nur einen Atemzug später war die Kreatur wieder auf den Beinen und schlich dem Oger lauernd entgegen.

Axis stand im Rücken der getüpfelten Bestie und packte die Gelegenheit beim Schopf. Er hielt einen faustgroßen Stein in den Händen und warf diesen dem Ungeheuer von hinten an den Kopf. Ein gedämpfter Laut ertönte und die Bestie drehte sich knurrend in seine Richtung. Die Hyäne hatte jegliches Interesse am Oger verloren.

»Was im Namen der giftigen Sumpfnatter sollte denn das?«, schnauzte Grom aufgebracht. Durch das sinnlose Eingreifen seines Begleiters war ihm die Situation völlig aus den Händen geglitten. Was dachte sich Axis nur dabei?

»Ich hätte die Hyäne jeden Moment verscheucht.«

»Du musst dich nicht bedanken. Ich wollte nur helfen«, blaffte Axis ein wenig übermütig zurück.

»Diesmal hätte ich gut auf deine Hilfe verzichten können«, entgegnete Grom verärgert. Mit vier Schritten eilte er an die Hyäne heran und schlug das ahnungslose Biest mit der Breitseite seiner Waffe einfach aus dem Weg. Der Schlag kam so plötzlich, dass weder Axis noch die Hyäne selbst die Bewegung kommen sah. Oger waren für ihr plumpes Aussehen erstaunlich flink, wenn es darum ging, einen Feind oder Angreifer aus dem Weg zu räumen.

Die überraschte Hyäne segelte durch die schwungvolle Attacke weit durch die Luft, jaulte herzzerreißend und landete in zwanzig Schritt Entfernung hart am Boden. Diesmal kam das Untier nur noch schwer auf die Beine und versank krachend in einer Staubwolke. Es sollte eine ganze Weile vergehen, ehe das Untier wieder auf die Beine kam.

Als sich die Hyäne wieder halbwegs auf den eigenen, klauenbesetzten Tatzen befand, stieß sie ein arg gebeuteltes Knurren aus und stahl sich mit unsicheren Schritten davon. Eine schwer zu erlegende Beute war die Mühe eindeutig nicht wert.

Grom und Axis atmeten erleichtert auf. Die Gefahr war gebannt.

Der Oger ließ die Waffe sinken und alle Anspannung wich aus seinem Körper. Trotz der Erleichterung verspürte Grom jedoch eine gewisse Wut auf seinen Begleiter. Mit seinem unbedachten Steinwurf hatte Axis beinahe einen sicher geglaubten Sieg in eine bittere Niederlage verwandelt.

»Was hast du dir dabei gedacht? Felsenhyänen sind gefährlich und können dich leicht in Stücke reißen. Ihre mächtigen Kiefer können selbst Ogerknochen mühelos brechen. Außerdem hat dein sinnloser Steinwurf kaum Schaden angerichtet. Das war doch lächerlich und nicht sehr hilfreich.«

Axis setzte ein bedrücktes Gesicht auf. Er wusste, dass der Oger mit allem Recht hatte.

Im Kampf gegen die grässliche Hyäne war er wirklich keine nennenswerte Hilfe. Ohne Groms Handeln, hätte ihn das Ungetüm in Windeseile und mühelos erlegt, zerrissen und anschließend gefressen. Bei dem Gedanken, an den weiteren beschwerlichen Weg und die dort lauernden Gefahren, wurde selbst Axis augenblicklich schwindelig. Niedergeschlagen sackte er in die Knie und atmete tief durch. Man hatte nicht nur Grom ein schweres Schicksal auferlegt, auch dem Unsterblichen wurde allmählich bewusst, wie kurzlebig ein Leben in dieser Welt sein konnte. Er war an den Oger gebunden und würde ohne dessen Hilfe, den sagenumwobenen Dunrag nie lebendig erreichen. Wie konnte er sich nur anmaßen, dass er es dank der Unsterblichkeit mit einem mordlüsternen Raubtier aufnehmen konnte und dazu noch mit einem lächerlich kleinen Stein? Was hatte er sich dabei nur gedacht? Wollte er der Bestie mit bloßen Händen entgegen treten? Der Gedanke war wirklich lächerlich. Die Hyäne hätte ihn zerfetzt und in Stücke gerissen. Ob er das nun wirklich überleben konnte, wollte Axis erst gar nicht herausfinden. Gegen solch eine Urgewalt konnte selbst die Unsterblichkeit nichts ausrichten.

»Willst du hier Wurzeln schlagen? Wir haben noch einen weiten Weg vor uns«, brummte Grom.

Axis sah verwundert auf. Wie er feststellen musste, waren Oger zumindest nicht nachtragend. Grom stapfte breit grinsend davon.

Nur einen Augenblick später schnellte Axis wie ein niedergetretener Halm in die Höhe und folgte dem Oger mit weit ausholenden Schritten. Als er ihn endlich einholen konnte, war Grom in tief Gedanken versunken. Diesmal war jeder Zorn und jede Wut aus seinem breiten Gesicht gewichen. Anscheinend dachte er an etwas sehr Angenehmes.

»Die Sache mit dem Stein tut mir leid«, gab Axis kleinlaut zu. Insgeheim erwartete er einen gewaltigen Wutausbruch und hoffte auf Verständnis, doch Grom sah nur auf ihn herab und grinste. Axis wusste nicht genau, ob er sich nun vor den riesigen Zähnen des Ogers fürchten sollte oder nicht. Auf gewisse Weise fürchtete er sich vor den gewaltigen Hauern.

»Gibt es einen besonderen Grund, weshalb du so grinst?«, erkundigte sich Axis unsicher. Vielleicht war an den Menschenfressergeschichten doch weit mehr dran, als der massige Oger zugeben wollte. Wenn man ihn aus diesem Blickwinkel sah, konnte man den Geschichten durchaus etwas abgewinnen.

»Wir haben die Hyäne verjagt. Die kommt so schnell nicht wieder«, sagte Grom und lachte laut auf. Im Nachhinein fand er die überstandene Situation durchaus amüsant.

»Und du hast dir vor Angst fast in die Hose gemacht.«

»Das entspricht nicht ganz der Wahrheit.«

»Und ob.«

Grom klopfte sich johlend auf die Schenkel. »Du warst kreidebleich, nachdem du den Stein geworfen und gemerkt hast, dass die Hyäne dich jeden Moment fressen wird.«

»Das war nicht besonders witzig«, beschwerte sich Axis.

»Und auch nicht besonders klug. Mit einem kleinen Stein eine Felsenhyäne töten. Ich habe noch nie etwas Witzigeres gesehen oder gehört.

Wer sollte auch auf solch eine unsinnige Idee kommen? Dann könnte man Matschwichtel auch gegen Steinriesen antreten lassen.‹‹

Lachend wischte sich Grom die Tränen aus den Augen.

››Du bist wirklich ein seltsamer, wenngleich auch unterhaltsamer was-auch-immer-du-bist.‹‹

››Soll ich das als Kompliment auffassen? Dann sollten wir die Sache nämlich ganz schnell vergessen und uns nie wieder darüber unterhalten.‹‹

››Erinnere mich daran, dass wir in der nächsten Nacht ein Feuer entzünden. Das hält die wilden Tiere von uns fern und ich werde nicht durch das hungrige Knurren einer Raubkatze oder Ähnlichem geweckt‹‹, sagte Grom lächelnd und mit einem verschwörerischen Augenzwinkern.

››Ich will kein Wort mehr davon hören. Beim nächsten Mal überlasse ich dir das Kämpfen und halte mich hoffentlich irgendwo in der Ferne auf. Ich wäre dir sowieso keine große Hilfe und bleibe ab sofort im sicheren Hintergrund.‹‹

››Damit kann ich mich vielleicht zufriedengeben‹‹, brummte Grom und stapfte weiter ins Ungewisse. Die weiten Felder des Landes erstreckten sich bis zu einer Anhöhe, die den Horizont verschluckte und erst nach einem Anstieg wieder preisgab. Einige Bäume mit knorrigen Ästen wiesen den Weg dorthin. Beinahe schien es dem Oger so, als habe man die blattlosen Gewächse angelegt, um Reisenden den Weg zu weisen. Zwar hatte der Oger nie von derartigen Geschichten gehört, doch dadurch erschien ihm die gleichmäßige Anordnung der merkwürdigen Bäume wenigstens ein klein wenig plausibel. Mithilfe der Bäume konnte man den höchst gelegenen Punkt des Anstiegs und das dahinter liegende Tal gar nicht verfehlen. Wie hoch mochte der Hügel sein? Acht, zehn oder vielleicht fünfzehn Ogerlängen? Aus der Entfernung ließ sich das nur schwer abschätzen.

Je näher Grom dem Hügel kam, desto größer schien dieser plötzlich anzuwachsen. Wie war so etwas nur möglich?

»Ist dir aufgefallen, dass wir uns die ganze Zeit schon kontinuierlich in eine Senke hinein bewegen und der sanft ansteigenden Hügel bereits zu einem ansehnlichen Berg angewachsen ist?«, fragte Axis und sah herausfordernd zum Oger hinauf. Erst jetzt begriff Grom die Wahrheit. Ohne es zu bemerken, wanderte er nun schon eine ganze Weile einem riesigen, grünen Tal entgegen, welches sich zu beiden Seiten wohl einige Meilen in die Länge streckte. Einerseits war Grom von der friedfertigen Landschaft angetan, doch anderseits verfluchte er auch schon den bevorstehenden Anstieg. Als er zurücksah, musste er erkennen, dass auch der hinter ihm liegende Marsch einen ansteigenden Berg erschaffen hatte.

Der einstige Hügel wuchs mit jedem Schritt zu einem enormen Grasberg an, der mit weitem Schatten über dem Tal thronte. Bedrohlich baute sich der Berg immer weiter vor ihnen auf, was den Oger innerlich aufstöhnen ließ.

Die Reise in den Dunrag war weitaus beschwerlicher, als es sich Grom in seinen Gedanken vorgestellt hatte. Wie konnte er auch ahnen, dass ihm derartige Hindernisse auf dem Weg in den Dunrag begegnen würden?

Je näher Grom und sein Begleiter dem tiefsten Punkt des Tals kamen, desto mehr wuchs der Berg in die Höhe. Als Grom in der tief liegenden, grünen Ebene angelangt war, fand er sich in einem Meer aus Farngewächsen, Gräsern und Moosflechten wieder. Der Untergrund war erstaunlich weich und nachgiebig, was seine Stimmung wieder verbesserte. Er federte, trotz seines nicht unerheblichen Gewichts, leicht von einem Bein zum anderen und hüpfte spielerisch durch die breite Schlucht. Jeder Schritt und jeder Sprung fiel ihm unbeschreiblich leicht. Axis hingegen bewegte sich unsicher und mit wankenden Schritten auf dem ungewohnt weichen Boden. Dieses unheimliche Gefühl kam ihm seltsam vertraut vor. Wenn er sich doch nur an die Einzelheiten erinnern könnte …

Leider war er schon seit einer Ewigkeit nicht mehr Herr seiner Erinnerung. In gewisser Hinsicht war er sich selbst, zumindest teilweise, immer noch fremd.

Grom sprang derweil verspielt und sorglos über den unbekannten Untergrund. Nur noch wenige Schritte und er hätte den gegenüberliegenden Anstieg des Berges erreicht. Da kehrte die Bilder der Vergangenheit zurück und Axis erinnerte sich.

Vor langer Zeit fand er sich in einer ähnlichen Falle wieder. Die dragonische Erdpflanze breitete sich meist in tiefen Tälern aus und lockte arglose Opfer in eine tödliche Falle. Im gesamten Bereich der grünen Ebene konnte jeden Moment der Erdoden nachgeben und die Pflanze würde beide Reisende verschlingen. Geistesgegenwärtig wich Axis zwei Schritte zurück und rief ››Spring! Du musst springen!‹‹

Grom reagierte glücklicherweise noch rechtzeitig und stieß sich kraftvoll vom federnden Untergrund ab. In diesem Augenblick sackte der Erdboden in die Tiefe und ein grauenerregender, feuerroter Schlund mit grün geäderten Strängen kam zum Vorschein. Die heimtückische Pflanze zeigte ihr wahres Gesicht.

Da sich Grom mit einem heldenhaften Sprung in den gegenüberliegenden Anstieg gerettet hatte und Axis auf der anderen Seite des Abgrunds kauerte, war die Gefahr noch einmal glimpflich ausgegangen. Keiner von beiden wurde ernsthaft verletzt.

››Was war denn das?!‹‹, rief Grom und beugte sich vorsichtig über den übel riechenden Abgrund.

››Auf diese Weise fängt sich die dragonische Erdpflanze ihre Opfer. Sie hätte uns einfach verschluckt und danach bis auf den letzten Tropfen ausgesaugt.‹‹

Grom wich augenblicklich eine Handbreit vom Abgrund zurück. Auch wenn ihn die Neugier vor dem Unbekannten zum Gegenteil ermutigte, so drängte ihn die Unsicherheit doch gegen den ansteigenden Hügel. Von einer derartigen Pflanze hatte er bisher noch nichts gehört.

››Wie weit reicht dieses Ding?‹‹

Die gesamte Ebene, die noch Augenblicke zuvor in einem Meer aus Grünpflanzen versank, war in einem bedrohlichen, weit geöffneten Schlund verschwunden. Der gesamte Pflanzenteppich war der gierigen Öffnung zum Opfer gefallen.

››Ich befürchte, dass sich das Gewächs im gesamten Erdboden des Tals ausgebreitet hat‹‹, erklärte Axis niedergeschlagen. Er ahnte bereits, was ihm nun bevorstand. Ihn trennten knapp fünfzehn Schritte von der anderen Seite und es gab nur eine Möglichkeit, den Oger wieder zu erreichen. Ihm würde nichts anderes übrig bleiben, als die schluchtartige Rinne großzügig zu umgehen. Wenn er Grom auf der anderen Seite erreichen wollte, so musste er einen kräftezehrenden Marsch auf sich nehmen.

Entmutigt ließ Axis die Schultern hängen und sah den Oger entschuldigend an.

››Das hättest du auch etwas früher erwähnen können‹‹, brummte Grom und verschränkte demonstrativ die Arme vor der breiten Brust. Er würde sich kein Stück vom Fleck bewegen und an Ort und Stelle auf seinen Begleiter warten. Schließlich war Axis nicht ganz unschuldig an der Misere.

Als Grom seinem niedergeschlagenen Begleiter hinterher sah, tat ihm der Unsterbliche plötzlich leid. Seufzend wich Grom einige Schritte vor dem Schlund zurück.

››Warte! Ich kann dich doch unmöglich allein lassen.‹‹

Axis drehte sich mit dankbarem Gesicht um. Er war sichtlich erleichtert.

››Du bist wirklich ein guter ... Oger … und … Freund?‹‹

Grom grinste breit.

››Oger lassen sich gegenseitig nicht im Stich.‹‹

Da ihn Grom ganz offensichtlich als Oger bezeichnete, mussten seine Worte wohl eine Art Kompliment sein, auch wenn Axis dem auf den ersten Blick nicht viel abgewinnen konnte. Er fühlte sich nicht unbedingt als Oger, doch nach einer Weile konnte er sich durchaus mit der merkwürdigen Höflichkeit anfreunden. Er konnte etwas Aufmunterung gut gebrauchen, da er es erst nach Stunden schaffte, den bedrohlichen Schlund zu umgehen. Grom erwartete ihn bereits auf der anderen Seite.

››Wenn ich daran denke, dass wir den Berg auch noch erklimmen müssen, wird mir ganz übel‹‹, stöhnte Axis und stützte sich mit beiden Händen auf die Oberschenkel.

Grom drehte sich achselzuckend zur Seite und sah zur gewaltigen Anhöhe hinauf.

»Das wird wohl eine Weile dauern.«

Axis war völlig entmutigt. Viel mehr Gefahren und Abenteuer würde er kaum durchstehen. Auch wenn er ganz offensichtlich unsterblich war, so würde ihn das Abenteuer schlussendlich doch noch das Leben kosten. Ob er den Angriff der Hyäne und der Erdpflanze wirklich überlebt hätte, war ungewiss. Auch wenn ihm so manch irdische Kraft nichts anhaben konnte, so war er sich nicht sicher, ob er als Beute eines Tiers oder Opfer einer Pflanze wirklich überleben konnte. Schießwütige Kleriker, Feuer und geschärfte Klingen aller Art konnten ihm nichts anhaben, doch bei natürlichen Fressfeinden war sich Axis nicht sicher. Niemand konnte überleben, wenn er von einem Raubtier gefressen oder von einer heimtückischen Pflanze ausgesaugt wurde. Selbst der Unsterbliche würde in diesem Fall keine Ausnahme bilden.

Der steinerne Pass

Erst nach Stunden konnten Grom und Axis den gewaltigen Hügel hinter sich lassen. Der Auf- und Abstieg hatte ihnen viel abverlangt und stark an ihren Kräften gezehrt. Immer wieder rutschte Grom an den steilen Hängen herab, musste sich an einem wild wuchernden Büschel Grünzeug festkrallen und zudem auch noch Axis vor einem Absturz bewahren. Immer wieder zog er ihn ein Stück weiter hinauf. Der Unsterbliche keuchte, stöhnte und kletterte nur noch halbherzig den angewachsenen Berg hinauf, wobei er mehrfach eine Pause benötigte. Der steile Anstieg raubte ihm auch das letzte Überbleibsel an Kraft.

Als man das Hochland nach einer Ewigkeit endlich hinter sich gelassen und auch den Abstieg auf der anderen Seite unbeschadet überstanden hatte, ließen sich Grom und Axis erleichtert und entkräftet auf den harten Untergrund fallen. Erst jetzt nahm Grom allmählich die vor ihnen liegende Umgebung wahr. Der Pass zum Hexensumpf war, wie in all den Geschichten, von Gesteinsmassen eingezäunt, die selbst ein wagemutiger Oger nicht erklimmen wollte. Die grauen Felsen bildete eine Schneise durch eine bedrohlich wirkende Gesteinswüste, deren Boden uneben und von Geröll gesäumt war. Jeder unbedachte Schritt konnte schnell zu einer Katastrophe führen. Der steinerne Pass trug seinen Namen nicht umsonst. Gewaltige Gesteinsbrocken lagen teils lose, teils ineinander verkeilt und bildeten über weite Strecken einen tückischen Hindernisparcours, den es zu überwinden galt. Grom kannte diesen abgelegenen Teil des Landes nur aus Erzählungen und doch spürte er wieder diese gewisse Vertrautheit. Fast schien es so, als würde der Dunrag nach ihm rufen. Es war eine Aufforderung, die keinen weiteren Aufschub duldete. Grom fühlte sich vom Dunrag auf magische Weise angezogen.

Ohne weiter darüber nachzudenken, stemmte sich der Oger in die Höhe und erkundete neugierig die unmittelbare Umgebung. Vorsichtige setzte er einen Fuß vor den anderen, was an einigen Stellen ein hässliches Knirschen verursachte. Axis war sich nicht sicher, ob er seinem Begleiter auch weiterhin folgen sollte. Die vor ihm liegende Landschaft wirkte gespenstisch und unheimlich.

Um die tückische Schlucht zu betreten, musste der Unsterbliche all seinen Mut zusammennehmen. Axis folgte dem Oger, obwohl ihn eine innere Stimme vor diesem Irrsinn warnte.

Grom zog sich mit ungeheuren Kräften auf einen der hohen Felsen, starrte ungläubig in die Ferne und stöhnte beim Anblick der unendlichen Steinlandschaft laut auf. Der unebene Pfad wurde zu beiden Seiten von unzähligen Felsen und Steinen eingegrenzt, sodass der vor ihm liegende Weg kaum Möglichkeiten bot, um einem Angriff oder einem Unglück auszuweichen. Solange man auf dem steinernen Pass wanderte, war Sicherheit nur ein belangloses Wort, dem man kaum Bedeutung beimessen durfte. Jederzeit mochte sich ein schwerer Gesteinsbrocken aus den unsicher aufgeschichteten Wänden lösen und die Reisenden unter sich begraben. Axis betrachtete misstrauisch die schiefen Hänge und setzte vorsichtig einen Fuß vor den anderen. Er hatte keinerlei Vertrauen in die seltsamen Gesteinsformationen. Auch Grom wurde sich mit jedem Schritt der drohenden Gefahr bewusster. Im Gegensatz zu Axis war der Oger durchaus sterblich. Er konnte sich wahrhaft schönere Dinge vorstellen, als unter einem Felsen zerquetscht zu werden und den letzten Atem auszuhauen.

»Wie weit wird es sein?«, erkundigte er sich mit verdrießlichem Gesicht. Insgeheim kannte Grom die Antwort bereits. Der steinerne Pass würde bis in die Endlosigkeit reichen und den Dunrag damit in weite Ferne rücken lassen. Bei all den Hindernissen würde es wohl Tage dauern bis man den Dunrag erreichen würde.

Axis sah zum Oger hinauf und zuckte ahnungslos mit den Schultern. Seine Stimmung schien nicht weniger getrübt, als die seines Begleiters.

Die weite Felsenlandschaft war unübersichtlich, schwer einsehbar und an jeder begehbaren Stelle unwegsam. Überall versperrten klobige Felsbrocken den Durchlass, sodass man diese umgehen und einen anderen Umweg einschlagen musste. Auch die teils wackeligen Steinplatten am Boden waren nicht sehr vertrauenerweckend. Sie bildeten über weite Flächen den Untergrund des Passes und jeder unbedachte Schritt konnte schnell in einem Unglück enden. Unter Groms Füßen knirschte und krachte es verdächtig, was Axis mehrmals verschreckt zusammenzucken ließ. Auch er war sich der drohenden Gefahr durchaus bewusst. Ein falscher Schritt mochte am steinernen Pass ausreichen, um die Reisenden unter gewaltigen Gesteinsmassen zu begraben. Sicherlich konnte auch Axis einem derartigen Unglück nichts entgegensetzen. Beim Anblick der gewaltigen Felsen und der massigen Gesteinsbrocken wurde jede Hoffnung auf der Stelle zerschlagen. Grom und sein Begleiter waren unweigerlich dem Tod geweiht. Trotzdem kämpfte man sich weiter und folgte dem lebensbedrohlichen Pass. Grom war zu allem entschlossen und schien mit seinen Gedanken an einem völlig anderen Ort. Er folgte der leisen und lockenden Melodie des Dunrag. Sie würde ihn unbeschadet durch die Felslandschaft führen. Zumindest hörte sich diese Variation der Wirklichkeit ungemein besser an und ließ die bedrohlichen Felsen ein klein wenig ungefährlicher erscheinen.

Als Grom nach ein paar weit ausholenden Schritten auf einen skelettierten Arm stieß, der zwischen einer verkeilten Formation aus Felsen hervor ragte, schienen sich all seine Befürchtungen zu erfüllen. *Wir werden wohl ähnlich enden,* dachte Grom und stieß einen tiefen Seufzer aus. Das Gestein um ihn herum vibrierte.

Für einen Augenblick dachte Axis, dass er seinen Freund unter einer mächtigen Gesteinslawine verlieren würde, doch nichts dergleichen geschah. Die Felsen blieben knirschend aufeinander liegen.

Dem Oger wurde umgehend die Gefahr ins Gedächtnis gerufen, welcher er seit Beginn der Reise bis zum steinernen Pass ausgesetzt war. In ferner Zukunft würde man ihn wahrscheinlich in ähnlicher Position finden, wie den arglosen Wanderer, von dem nicht viel mehr als ein skelettierter Arm übrig geblieben war.

Nicht nur der Pass selbst war gefährlich, auch wilde Bergpumas sollten laut der vielen Geschichten an Orten wie diesem hausen und auf ahnungslose, unvorsichtige Wanderer lauern. Diese unzähmbaren Raubtiere konnten es dank ihrer Größe, der enormen Kraft und ihrer unglaublichen Wendigkeit selbst mit einem ausgewachsenen Oger, Ork oder Troll aufnehmen. Mit ihren scharfen Klauen und den spitzen Zähnen waren diese Bestien gefährliche Gegner, denen man besser nicht den Rücken zuwandte. Grom wusste das aus eigener Erfahrung nur zu gut. Vor einer halben Ewigkeit musste er es mit einer derartigen Kreatur aufnehmen und trug seither eine hässliche Narbe an der Schulter, die ihn stets an seine Unaufmerksamkeit erinnerte. Auf eine erneute Begegnung mit einer dieser Bestien konnte er nur zu gut verzichten. Vorsichtshalber behielt Grom die Umgebung im Auge und langte nach seiner Axt. Mit einer Waffe in Händen fühlte er sich bedeutend sicherer. Da Axis, außer seinem Beutel, nichts bei sich trug, würde jede Verteidigung dem Oger zufallen. Grom fühlte sich in dieser Position nur bedingt sicher und zufrieden. Zumindest war er aber Oger genug, um einen Kampf für sich zu entscheiden. Dennoch wollte er keinem hungrigen Bergpuma oder einer ähnlichen Kreatur begegnen. Derartige Kämpfe konnten schnell zu einem schwer einschätzbaren, blutigen Spektakel werden, dem auch ein ausgewachsener Oger leicht zum Opfer fallen konnte.

Axis folgte seinem Begleiter. Auch ihm war die Gegend nicht ganz geheuer. Hinter jeder Biegung konnte das unweigerliche Ende auf ihn und seinen Begleiter lauern. Ein falscher Schritt konnte hier schnell den Tod bedeuten.

Grom schlich mit schwerfälligen Bewegungen über ein paar schwere Gesteinsplatten, hangelte sich an verschiedenen Felsen hinauf und sprang scheinbar mühelos über verschiedene Hindernisse hinweg. Auch das unheilvolle Knirschen unter seinen Stiefeln konnte ihn dabei nicht beeindrucken.

Für Axis hingegen war der Steinpass eine Tortour. Jeder unbedachte Schritt konnte schnell zu einem hässlichen Ende führen. Unsicher und mit einem flauen Gefühl im Magen schlich er über das Gestein. Misstrauisch betrachtete er zudem die verkanteten Geröllwänden, die zu beiden Seiten unsymmetrisch in die Höhe ragten. Eine kleine Erschütterung mochte ausreichen und die Wände würden selbst den massigen Oger unter sich begraben.

Vor ihnen lag ein schmaler Pfad, der sich längst zu einer bedrohlichen Schlucht gewandelt hatte, da die Felswände immer weiter in die Höhe stiegen und kein Entkommen ermöglichten. Grom konnte das Ende des Weges nicht abwägen. Die endlose Landschaft aus Steinen, Felsen und Geröll reichte scheinbar unendlich weit in die Ferne. Grom wollte den Pass auf dem schnellsten Wege hinter sich lassen, da ertönte plötzlich ein grimmiges Knurren.

»Ich hoffe, dass das dein Magen war«, scherzte Axis. Der Unsterbliche stand nur wenige Schritte vom Oger entfernt und schlich leise und bedächtig über das knirschende Gestein.

»Du hast es also auch gehört«, erwiderte Grom.

Axis zuckte mit den Schultern. »Das waren bestimmt nur die Felsen und Steinplatten am Boden.«

Als das hungrige Knurren ein zweites Mal ertönte, erstarrte der Unsterbliche noch in der Bewegung. Mit zitternder Hand deutete der auf den Bergpuma, der sich lauernd aus dem Schatten der Felsen schlich. Mit grellgrünen Augen funkelte er die beiden Reisenden an.

Grom wusste, dass er und sein Begleiter in größter Gefahr schwebten. Mit drei gewagten Sätzen eilte er seinen Begleiter entgegen und stellte sich schützend vor den Unsterblichen.

»Bleib hinter mir!«

»Ich hatte auch nichts anderes vor«, erwiderte Axis und riskierte einen flüchtigen Blick. Die Raubkatze war kräftig genug, um auch einen Oger zu fällen. Die übergroßen Pranken des Untiers schlichen geschickt über die ineinander verkeilten Gesteinsbrocken und Platten. Jede Bewegung des Pumas war, trotz seiner Größe, grazil und bestens an den Untergrund angepasst. Die Raubkatze kannte sich auf dem unsicheren Terrain bestens aus. Für Grom würde es zweifellos schwierig werden, das Untier auf Distanz zu halten.

Der Pass reichte höchstens zweieinhalb Axtlängen in die Breite, bevor man gegen die Wände stieß und ein Unglück auslöste. Die Vorteile lagen damit ganz eindeutig auf der Seite des flinken Pumas. Grom packte die Axt fester und stierte angespannt in Richtung des knurrenden Ungeheuers. Es schien, als würde die Kreatur auf den passenden Moment lauern, um dann gnadenlos zuzuschlagen. Grom war sich dessen bewusst. Er würde diese Kreatur kein zweites Mal unterschätzen.

»Ich bin nicht so weit gekommen, damit mich jetzt ein ausgehungerter Puma frisst«, knurrte Grom und stierte die Raubkatze gebannt an.

Nur einen Atemzug später stieß sich das Untier pfeilschnell vom Boden ab und kam dem Oger mit weit aufgerissenem Maul entgegen gesegelt. Die Raubkatze ging zum Angriff über. Mit ausgestreckten Krallen und aufblitzenden Zähnen würde der Puma sein Opfer zerfetzen. Das Ganze ging dermaßen schnell, dass Grom sich erst im letzten Moment zur Seite drehen konnte. Trotzdem hatte ihn der Puma mit den scharfen Klauen am Oberarm erwischt. Eine blutige Wunde zierte das graue Fleisch des Ogers. Grom stieß ein verärgertes Knurren zwischen den Zähnen hervor.

Axis hatte sich mittlerweile hinter einer nahegelegenen Felsformation abgeduckt und lugte ängstlich über den Rand des Verstecks. Er hoffte darauf, dass die beiden Kämpfenden kein Unglück auslösten. Bereits die kleinste Erschütterung konnte in dieser Felsschlucht schreckliche Folgen nach sich ziehen und ihr aller Leben auf einen Schlag beenden.

Von allen unbemerkt, schlängelte sich eine wabernde Nebelschwade durch den Steinpass.

Der Schattenfresser hatte sein Ziel endlich gefunden. Die Seele des Unsterblichen würde ihn für sehr lange Zeit nähren und ihm unglaubliche Kraft spenden. Dadurch wäre er in der Lage, am Kardinal Rache zu nehmen und die verdorbene Seele des Glaubensbruders aus dessen Leib zu reißen. *Zwei Fliegen mit einer Klappe,* dachte der Schattenfresser erfreut und kroch in Form einer schleierhaften Wolke über das Gestein hinweg.

Währenddessen entbrannte ein unerbittlicher Kampf. Grom hatte den Puma längst mit der Axt gestreift, doch das Tier war einfach zu wendig und flink, um einer der brachialen Attacken zum Opfer zu fallen. Immer wieder wich der Puma mit wendigen Bewegungen den kraftvollen Schlägen aus. Obwohl sich Grom nach Kräften anstrengte, entkam der Puma seinen Attacken, was den Oger zusehends an seine Grenzen brachte. Grom schnaufte und keuchte bereits. Für einen Kampf dieser Art waren Oger einfach nicht geschaffen.

Der Puma lauerte auf den perfekten Moment, um seine erschöpfte Beute zu erlegen, doch Grom kannte diese Tiere nur zu gut. Die Raubkatze würde erst dann zuschlagen, wenn sie sich sicher wäre, dass ihr Opfer vollkommen kraft- und wehrlos war. Grom ließ erschöpft die Schultern hängen und taumelte von einem Bein zum anderen.

Der Puma schien auf das schlechte Possenspiel hereinzufallen. Kaum zwei Wimpernschläge später setzte der Puma zum Sprung an und Grom richtete sich zu wahrer Größe auf.

»Lauf und bring dich in Sicherheit!«

Axis benötigte keine weitere Aufforderung und spurtete noch im gleichen Moment wagemutig über das Gestein, obwohl die unmittelbare Umgebung von Gefahren gespickt war. Dies war die einzige Möglichkeit, um dem hungrigen Untier zu entkommen. Schwer atmend rannte Axis los, stieß sich von einem klobigen Felsen ab und federte mit einem gewagten Sprung in Sicherheit. Nur einen Augenblick später war nichts mehr von ihm zu sehen.

Grom wollte nach dem angreifenden Puma schnappen, doch zu seiner Verwunderung, entkam die Raubkatze seinem Griff. Beide Ogerarme griffen ins Leere. Der Puma stieß sich an einer der Felswände ab und sprang fauchend in Groms Rücken. Augenscheinlich widmete sich das Untier einer anderen Beute. Nach dem Knurren zu urteilen, hatte das Ungetüm einen leichter zu erlegenden Appetithappen entdeckt.

Der Oger nutzte die Gelegenheit und rannte so schnell ihn seine Beine trugen. Jegliche Angst vor rutschenden Steinplatten und unsicher verkeilten Felsbrocken war vergessen. Auch das bedrohliche Knirschen unter seinen stapfenden Schritten war kaum der Rede wert. Grom wollte nur noch der gefährlichen Raubkatze entkommen. Was dann geschah, blieb seinen Augen verborgen. Der fauchende Puma stürzte sich mitten in den wabernden Nebel, schlug rasend auf die graue Wolke ein und zerteilte die unheimliche Erscheinung in zwei Hälften. Trotzdem konnte der Puma keinen nennenswerten Vorteil erringen, da sich der unheimliche Nebel rasch wieder zusammenfand und formierte. Der Schattenfresser nahm Gestalt an.

››Glaubst du ernsthaft, dass mich eine niedere Kreatur, wie du es bist, töten kann? Nur zu. Versuch dein Glück. Ich werde dein jämmerliches Leben beenden und dich in die ewige Finsternis schicken.‹‹

Blind vor Wut sprang ihm die Raubkatze entgegen und erkannte erst zu spät das Ausmaß der nahenden Tragödie. Für eine Flucht war es längst zu spät.

Mit knöchernen, eiskalten Fingern packte der Schattenfresser den Puma am Hals und riss ihn blitzschnell aus der Bewegung. Krachend brach er dem sich wehrenden Tier das Genick.

Ein überaus hässlicher Laut hallte durch den Pass. Trotz seiner eindeutigen Überlegenheit fühlte sich der Schattenfresser jedoch nicht als Sieger. Durch den unvorhersehbaren Kampf war ihm der Unsterbliche ein weiteres Mal entwischt. Wütend warf er das leblose Tier auf die Steine und schrie hasserfüllt auf. Wie oft konnte der Unsterbliche ihm denn noch entkommen?

Die Jahre der Gefangenschaft hatten ihn deutlich aus der Übung gebracht. Er hatte vieles von seinen einstigen Fähigkeiten eingebüßt. Dafür würden die Schuldigen teuer bezahlen und Benedikt wäre der Erste, der seinen unbändigen Zorn spüren würde. Der Kardinal hatte sich zu einer überaus lästigen Plage entwickelt, die wirklich daran glaubte, dass man den Schattenfresser mit menschlichen Kräften kontrollieren konnte.

Ein jämmerlicher Irrtum …

Bald schon würde Benedikt Vordermann einsehen, dass er einem bedauerlichen Irrtum erlegen war. Der Schattenfresser würde den überheblichen Kardinal für seinen Hochmut fürchterlich strafen und ihm die verdorbene Seele aus dem Leib reißen. Keine Kreatur sollte sich fortan mehr an seinen Kräften und seiner Macht messen. Er war die Ausgeburt der Finsternis. Er war ... der Schattenfresser.

Krieg und Gefangene

Im Kloster von Avigne herrschte derweil helle Aufregung. Der Kardinal hatte einige Kleriker ihres Amtes enthoben und sie im eigens dafür angelegten Exil untergebracht. Benedikt beschuldigte sie alle des Verrats am wahren Glauben, was unter den restlichen Klerikern, Mönchen, Priestern und Glaubensbrüdern für reichlich Unmut sorgte. Außerdem trieb Benedikt die Inquisition weiter voran, auch wenn er damit Kriege mit benachbarten Ländern provozierte. Jede Kreatur, die sich gegen den wahren Glauben auflehnte, wurde gnadenlos verfolgt, gefoltert und ermordet. Natürlich hatte sich Benedikt mit seinem unpopulären Handeln auch neue Feinde geschaffen und diese galt es auszuschalten, bevor sie ihm gefährlich werden konnten. Das Misstrauen unter den Gottesanhängern steigerte sich ins Unermessliche. Jeder von ihnen konnte schnell der Nächste sein.

Einzig Benedikts Kammerdiener durfte noch die Räume des Kardinals betreten. Niemand war vor Benedikts falschen Verdächtigungen sicher. Überall witterte er Verrat und Heimtücke. Er würde jedoch nicht auf die gleiche Weise umkommen, wie sein Vorgänger. Benedikt hatte seit seiner Ernennung zum Kardinal eine Paranoia entwickelt, die ihn kaum noch schlafen ließ. Bald würde er endgültig an seine Grenzen stoßen. Auch der Schattenfresser und der Unsterbliche beschäftigten ihn. Obwohl er sich dank des heiligen Lichts vor nichts und niemanden fürchten musste, wog die Last der Ungewissheit doch schwer auf seinen Schultern. Die Glaubensbrüder erschwerten zudem seine Tage, an denen er benommen durchs Kloster irrte. *Dieses feige Gesindel! Wie soll ich ein Weltreich errichten, wenn sich niemand traut, das Recht des Glaubens durchzusetzen? Ich sollte sie mir alle vom Hals schaffen.*

Eine Handvoll vertrauenswürdiger Kleriker war Benedikt noch geblieben, doch selbst ihnen wollte er nicht vollends vertrauen. *Jeder von ihnen würde mich für zehn Kupferstücke verraten. Auch die, die im Exil sitzen haben immer noch genügend Macht, um meiner Position gefährlich zu werden. Hinter jeder Ecke rieche ich den widerwärtigen Gestank von Verrat.*

Als es an der Tür pochte, zuckte Benedikt unvermittelt zusammen. Sein Kammerdiener Lureg betrat mit gesenktem Kopf den Raum. Er war durch ein stiller und genügsamer Zeitgenosse mit hellem, honigfarbenem Haar, der sich zu keinem Zeitpunkt über die aufgetragenen Aufgaben beschwerte. Hinter vorgehaltener Hand munkelte man, dass Lureg bereits mit Kardinal Bertrand das Bett teilte. Für Benedikt kam Derartiges jedoch nicht infrage. Er war dem weiblichen Geschlecht angetan, und obwohl er seinen niederen Gelüsten bereits vor Jahren abgeschworen hatte, ließ er sich des Nachts manchmal eine Hure aus dem Freudenhaus aufs Zimmer bringen. Die rassige Schönheit kam aus dem südlich gelegenen Tabora und war der hiesigen Sprache nicht mächtig, was Benedikt sehr entgegen kam. Wer der hiesige Sprache nicht mächtig war, konnte schließlich auch keine Geheimnisse ausplaudern. Benedikt konnte keinen weiteren Verräter in seinen Reihen gebrauchen.

Lureg legte Benedikts Nachtgewand zurecht und leerte wortlos den Nachttopf des Kardinals. Bisher erwies er sich als äußerst effizienter und loyaler Diener.

Ich sollte jeden der Verräter mit einem Schweigegelübde strafen. Dann könnte niemand mehr hinter meinem Rücken tuscheln und Verschwörungspläne schmieden. Wer hätte gedacht, dass mich das Amt des Kardinals dermaßen beansprucht? Ich fühle mich jeden Tag schwächer. Sobald die Inquisition beendet ist, werden hoffentlich auch die letzten Zweifler verstummen. Ich bin schließlich das Oberhaupt des Glaubens und diese verdammten Aasfresser sollen meinen Worten folgen und sich nicht gegen mich auflehnen. Diese verfluchte Unsicherheit ist fast nicht mehr zu ertragen. Wozu habe ich den Schattenfresser befreit? Damit er am Unsterblichen scheitert? Ganz gewiss nicht! Notfalls werde ich mich selbst um ihn kümmern und danach den nutzlosen Schattenfresser aus dem Weg räumen. Mit der Hilfe des Lichts bin ich der mächtigste Mann des Glaubens. Ich werde jeden meiner Gegner erbarmungslos vernichten und sie alle zerquetschen.

Die bisher errichteten Lager leisteten ausgezeichnete Arbeit. Von überall verschleppte man die alten Rassen, teils mit vielversprechenden Worten, aber auch mit grausamer Gewalt. Wenn man den Berichten glauben durfte, dann wurden bisweilen zweihundert fremdartige Kreaturen geläutert.

Wenigstens darüber musste sich Benedikt keine Gedanken machen. Seine angeheuerten und abgeworbenen Männer waren voller Tatendrang und Eifer. Sie waren geradezu davon besessen, jedem erdenklichen Wesen den Glauben auf unaussprechliche Weise näher zu bringen. Jeder von ihnen diente dem Kardinal und niemand unter ihnen würde dessen Befehle infrage stellen.

In dem vorgegebenen Tempo wäre das gesamte Land schon bald von allem Unrat gereinigt und Benedikt würde als Befreier in die Geschichte eingehen. Er würde das Land wieder unter die Herrschaft der Menschen stellen und alle andersartigen Kreaturen auf ewig in die Verdammnis schicken. Die Zeit des Umbruchs war gekommen.

Heimatliche Gefilde

Nach der übereilten Flucht verließen Grom nun allmählich die Kräfte. Er war vollkommen am Ende angelangt. Schnaufend sank er in die Knie und ließ selbst die Angst fallen, die ihm im Nacken saß. Gerne wäre er auf der Stelle eingeschlafen, doch war man noch nicht am Ziel der Reise angelangt. Er und sein Begleiter mussten im Dunrag nach Antworten suchen.

Es konnte nicht mehr weit sein.

Angestrengt und entkräftet riskierte Grom einen Schulterblick und stemmte sich in die Höhe. »Der Puma hat sich wohl an jemand anderem festgebissen«, juchzte Grom erleichtert.

Über den Puma solltest du dir keine Gedanken machen, du fettleibiger Klops! Bis vor einem Moment dachte ich noch, dass du auf der Stelle zusammenbrichst. Setz dich endlich in Bewegung oder glaubst du etwa, dass ich mich in deinem Kopf wohlfühle? Ganz bestimmt nicht. Je schneller wir diese Sache zu Ende bringen, desto eher bist du mich wieder los. Worauf wartest du noch? Setz dich endlich in Bewegung!

Grom packte sich mit verzerrtem Gesicht an den Schädel, da jedes Wort wie Donnerhall in seinem Hirn dröhnte. Mit etwas Kraftaufwand könnte er sich vielleicht den Kopf von den Schultern reißen und diesem Elend endlich ein Ende bereiten. Die Stimme trieb ihn noch in den Wahnsinn und erschreckte ihn immer wieder aufs Neue.

Knurrend setzte sich Grom in Bewegung.

Nach einer Weile konnte man nur einen Speerwurf entfernt die Anfänge des Dunrag erkennen. Der steinerne Pass brach zu beiden Seiten auf und verlor sich vor der sumpfigen Landschaft. Merkwürdig geformte Bäume wuchsen in die Höhe, deren knorriges Astwerk wie drohende Klauen wirkten. Ogergroße Pilze säumten das Bild, was in Axis ein beklemmendes Gefühl hervorrief. Im Angesicht der riesigen, fremdartigen Pflanzenwelt fühlte er sich plötzlich winzig und unbedeutend.

Obwohl die Landschaft fremdartig und unheimlich auf Fremde wirkte, überkam Grom ein vertrautes Gefühl der Geborgenheit. Er konnte es sich nicht erklären, doch er spürte, dass zwischen ihm und dem Dunrag eine unsichtbare Verbindung bestand. Beinahe fühlte er sich an diesem Ort ein klein wenig Zuhause. Wahrscheinlich lag es daran, dass der Dunrag den Ogern vor Urzeiten als Heimat diente und ihre einstige Existenz noch immer tief in der Geschichte des Hexensumpfs verwurzelt war. Hier war der Ursprung des Ogervolks. Grom konnte nicht verstehen, weshalb seine Vorfahren diesen Ort verlassen hatten. Er fühlte sich auf unbeschreibliche Weise mit dem Dunrag verbunden. Auch seinem Begleiter blieb das nicht verborgen. »Du scheinst dich an diesem Ort durchaus wohlzufühlen oder täusche ich mich in dieser Annahme?«

Grom grinste breit und entblößte dabei seine mächtigen Eckzähne. »Ich kann es nicht erklären, doch alles am Dunrag erinnert mich an eine Heimat, die ich nie hatte. Sieh dich nur um. Ist es nicht wunderschön?«

Axis schüttelt den Kopf. Er konnte nichts Schönes an diesem Ort entdecken.

»Für mich sieht diese Gegend nicht sehr einladend aus. Der Dunrag erinnert mich an einen stinkenden Sumpf, in dem Gefahren lauern, von denen wir noch gar nichts ahnen. Was soll ich daran schön finden? Wie kann sich ein Lebewesen an diesem Ort wohlfühlen? Es stinkt, blubbert und sieht nicht unbedingt einladend aus. Ich kann mir wahrlich schönere Orte vorstellen, an denen ich jetzt gern meine Zeit verbringen würde.«

Grom lachte. »Den Dunrag kann wohl nur ein Oger als schön bezeichnen. Ich spüre die Vergangenheit meiner Artgenossen. Jedes Blatt und jede Pflanze wird durch sie erfüllt. Ich habe in meinem ganzen Leben noch nichts etwas Vergleichbares erlebt.«

Axis zuckte gleichgültig mit den Schultern. Für ihn war der Dunrag lediglich ein Sumpf, in dem man leicht sein Leben verlieren konnte.

Das ungleiche Paar folgte einem Trampelpfad, der augenscheinlich schon lange nicht mehr benutzt wurde. Dornensträucher, Rankengewächse und hüfthohe Gräser erschwerten das Vorankommen. Obwohl Grom mehrfach versicherte, dass man sich hier vor nichts fürchten musste, wich Axis nicht mehr von der Seite seines Begleiters. Er fühlte sich an diesem befremdlichen Ort alles andere als wohl.

Der Pfad führte sie vorbei an brackigen Tümpeln, sumpfigen Gewässern und einer Vielzahl von Pflanzen, die Axis noch nie zuvor gesehen hatte. Schließlich erreichten sie einen Steg, der sie über einen der breiten, sumpfigen Bachläufe führen sollte. Das hölzerne Konstrukt war mit abgewetzten Stricken zusammengebunden und erweckte nicht den Eindruck, als würde es dem immensen Gewicht von Grom standhalten. Die einfache Brücke stammte eindeutig noch aus der Zeit, als die Oger den Dunrag bewohnten und über ihn herrschten. Axis leise Zweifel an der Brücke schienen durchaus berechtigt. Für Grom hingegen sah die Welt natürlich anders aus. Er vertraute, im Gegensatz zum Unsterblichen, auf das knirschende Holz und die Arbeit seiner Vorfahren. Auch wenn die Brücke nicht sonderlich schön anzuschauen war, so baute man sie doch für die Ewigkeit. Das alte Holz trug Groms Gewicht, ohne dabei auseinanderzubrechen. Nachdem er den Steg überquert hatte, sollte ihm auch Axis mit unsicheren Schritten folgen. Unter keinen Umständen wollte er in die unappetitliche Brühe fallen und dort womöglich versinken. Bedächtig und mit einem flauen Gefühl in der Magengegend setzte er einen Fuß vor den anderen und dankte den Göttern, als er den Steg unbeschadet hinter sich gelassen hatte. Kaum stand er wieder auf festem Boden, da ertönte auch schon ein lautes Schmatzen. Axis zuckte unweigerlich zusammen.

»Was in aller Welt war das?«

Grom sah sich kurz um und entdeckte in unmittelbarer Nähe die Ursache für das Geräusch. »Das ist nur ein harmloser Sumpfschreiter.«

Jetzt erkannte auch Axis die riesige Kreatur, deren vier baumstammlangen Beine langsam durch das sumpfige Gebiet stapften. Der blaugelbe Körper des Sumpfschreiters war im Verhältnis zu den riesigen Beinen eher unscheinbar und erinnerte an ein pilzartiges Gewächs.

››Für gewöhnlich sind sie harmlos‹‹, erklärte Grom ungerührt.

››Für gewöhnlich?‹‹, erkundigte sich Axis verunsichert. Eine derartige Kreatur war ihm bisher noch nicht untergekommen.

Es bestand jedoch keine Gefahr, da der Sumpfschreiter unbeirrt seinen Weg fortsetzte und den beiden Gestalten am Boden keine Aufmerksamkeit schenkte. Nach kurzer Zeit war er zwischen den fremdartigen Gewächsen verschwunden.

Axis rieb sich ungläubig die Augen.

››Ich weiß nicht, was ich davon halten soll. Der Dunrag ist wirklich ein außergewöhnlicher Ort.‹‹

››Was hast du erwartet? Der Dunrag war schließlich die Heimat der Oger. Etwas Vergleichbares wird man nirgends sonst vorfinden.‹‹

››Gibt es noch andere Kreaturen und Geschöpfe, von denen ich wissen sollte?‹‹

››Keine vor denen man sich unbedingt fürchten muss.‹‹

››Dann bin ich ja beruhigt.‹‹

Axis behielt dennoch die Umgebung genau im Blick. Der Dunrag war ihm unheimlich.

Immer weiter drangen sie in den Sumpf vor, wobei sich Grom, im Gegensatz zu seinem Begleiter, durchaus wohlzufühlen schien. Obwohl der Oger das Gebiet nur aus Erzählungen kannte, fühlte er eine tiefe Verbundenheit zu der Heimat seiner Ahnen. Das Gefühl war unbeschreiblich und Grom grinste erfreut über beide Backen.

Immer weiter drangen sie in den Dunrag vor. Blubbernde Tümpel, brackige Gewässer und weite Sumpffelder zierten das Bild. Axis konnte diesem Ort immer weniger abgewinnen.

Auch die unheimlichen Geräusche, die zudem noch an sein Gehör drangen, waren beängstigend genug, um dem abstoßenden Sumpf schnellstens den Rücken zu kehren.

Als sie eine weitere Brücke aus alten Tagen überqueren wollten, raschelte es plötzlich im mannshohen Gebüsch. Axis drehte sich erschrocken um und sah, wie eine ganze Meute bewaffneter Kreaturen aus dem Unterholz hervorstürmte. In Windeseile hatte man ihn und seinen Begleiter umzingelt und hielt ihnen zahlreiche Speerspitzen entgegen. Jedes dieser merkwürdigen Wesen trug eine hölzerne Maske und Kleidung aus Moosflechten, Farn und Leder. Aufgrund ihrer Größe und Masse konnte es jeder von ihnen leicht mit Grom aufnehmen. Drohend zuckten die gezackten Speere hervor, blieben jedoch weit genug auf Distanz, um keinen der Reisenden ernsthaft zu verletzen. Die freien Körperstellen der fremdartigen Gestalten waren mit blutroten Farbstreifen und merkwürdigen Runen bemalt, was sie alle noch weitaus bedrohlicher erscheinen ließ. Axis war längst aufgefallen, dass es jedes dieser seltsamen Wesen eine gewisse Ähnlichkeit zu dem Oger aufweisen konnte. Von der Statur und ihren Bewegungen waren sie seinem Begleiter ungemein ähnlich. Als Grom nach der Axt auf seinem Rücken tastete, zog eines der Wesen die grob geschnitzte Holzmaske vom Gesicht. Was nun darunter zum Vorschein kam, verschlug nicht nur dem Unsterblichen die Sprache. Vor ihnen stand ein leibhaftiger, wild lebender Oger.

Eine überraschende Wende

Nachdem der erste Schrecken überwunden war und man ein paar durchaus freundliche Worte gewechselt hatte, führte man die beiden Reisenden quer durch den Dunrag, bis man schließlich ein gut verstecktes Dorf inmitten der Sumpflandschaft erreichte. Die runden Buschhütten hatte man in ogerhafter Bauweise errichtet. Aus diesem Grund boten sie den großen Kreaturen ausreichend Raum und Platz. Grom konnte seine Verwunderung kaum in verständliche Worte fassen. Nie hätte er gedacht, dass er hier noch auf Artgenossen treffen würde. Offenkundig waren diese Oger etwas wilder, grobschlächtiger und von ungesitteter Natur, was Grom jedoch nicht im Geringsten störte. Neugierige Blicke musterten ihn und seinen ungewöhnlichen Begleiter. Grom nickte unsicher.

Man führte sie zu einer Hütte, die ganz offensichtlich unter den Ogern einen ganz besonderen Status innehaben musste. Das Gebäude war mit allerhand Federn, Knochen und seltsamen Pflanzenteilen geschmückt. Als eine gebeugte Gestalt aus der Tür trat, verstummten die umherstehenden Oger. Der Dorfälteste lächelte müde und begrüßte die Fremden mit einem ogertypischen Gruß.

»Was hat euch beide denn in den Dunrag verschlagen?«

Grom und Axis sahen den grauhaarigen Oger mit ungläubigen Blicken an. Beide wollten ihren Augen nicht trauen. Keiner von beiden hätte gedacht, dass es an diesem Ort noch Oger geben würde. Der Dorfälteste lächelte die Fremden müde an und betrachtete sie aus zusammengekniffenen Sehschlitzen. Sein runzeliges Gesicht zuckte mehrmals und ließ Axis einen Schritt nach hinten weichen.

»Ich bin Trombak, der gute Geist und Hüter vom Ogerhort«, erklärte der alte Oger in einem nur schwer verständlichen Dialekt. »An diesem

Ort droht euch keine Gefahr. Ihr seid in unserem Dorf gern gesehene Gäste.«

In Groms schützendem Schatten erzählte Axis den Grund für ihre Reise und berichtete über die Umstände, die im Land jenseits vom steinernen Pass ihren Lauf nahmen. Trombak legte nachdenklich die Stirn in Falten.

»Das ist sehr bedenklich. Wenn dem wirklich so ist, dann schwebt selbst der Hort bald in Gefahr. Diese leichtsinnigen Menschen könnten das gesamte Gleichgewicht für immer zerstören.«

Unter den umherstehenden Ogern brach aufgeregtes Gemurmel aus. Nur mit Mühe gelang es Trombak die Meute wieder zu beruhigen. »Du hast einen Götzen erwähnt. Vielleicht habe ich etwas, dass eure Suche beenden wird.«

Mit bedächtigen Schritten schlurfte der Hüter wieder in seine Unterkunft. Es sollte eine Weile dauern, bevor er mit einer staubigen Kiste wieder zurückkehrte.

»Diese Kiste wird schon seit einer Ewigkeit von Generation zu Generation weitergereicht. Bisher wurde sie noch nie geöffnet. Mein Vorgänger erzählte mir einst, dass sich darin ein seltener Götze befindet. Vielleicht handelt es sich dabei um das gesuchte Relikt, nach dem ihr sucht.«

Axis sah seinen Begleiter fragend an und nahm die Kiste zögerlich entgegen. Er mochte nicht glauben, dass ausgerechnet ein kleines Volk Oger über den wertvollen Götzen wachte.

»Lass uns nachsehen, ob uns die Kiste wirklich von nutzen ist. Schaden kann es ja nicht, oder?«

Grom nickte zustimmend.

Als Axis langsam den Holzdeckel öffnete, weiteten sich seine Augen. »Aber …, das ist doch … unmöglich …«

Nach der Reaktion des Unsterblichen riskierte auch Grom einen Blick auf den Inhalt der Kiste. Was er da sah, war äußerst ungewöhnlich und kaum zu beschreiben.

»Die Figur sieht dir zum Verwechseln ähnlich«, stellte Grom nach einer Weile erstaunt fest.

Neben der gut erhaltenen Steinfigur war in der Kiste auch eine vergilbte Schriftrolle zu finden. Axis nahm sie vorsichtig an sich, entrollte das Papier und versuchte die Zeilen zu entziffern. Leider waren diese in einer fremden Sprache verfasst, was Axis aufstöhnen ließ. »So kommen wir nicht weiter.«

»Das ist Grok-Karun, die alte Ursprache der Oger«, erklärte Grom, nahm seinem Begleiter die Rolle aus den Händen und entzifferte die niedergeschriebenen Zeilen.

»Da steht, dass der Götze einen Gott darstellt. Das würde zumindest erklären, weshalb du nicht sterben kannst.«

Axis konnte die Worte kaum glauben.

»Ich? Ein Gott? Das kann unmöglich wahr sein. Ich bin doch kein Gott. Sieh mich nur an. Sieht so ein Gott aus? Das ist unmöglich.«

»Die Beschreibung deiner Gestalt passt und auch der Götze sieht dir zum Verwechseln ähnlich.«

Axis wurde umgehend schwindelig. Sollten die Worte tatsächlich der Wahrheit entsprechen? Die Ähnlichkeit zwischen ihm und dem Götzen war nicht zu leugnen. Axis stockte der Atem, was Trombak zu einem breiten Grinsen veranlasste.

»Das Schicksal hat euch zu uns geführt. Jetzt liegt es an euch, den Unsinn zu beenden. Für den wahren Glauben bist du eine Gefahr. Wenn die Kreaturen des Landes von deiner Herkunft erfahren, dann werden alle Priester ihren Status verlieren und ihr Glaube versinkt im Vergessen. Nur du kannst die Welt noch mit deiner göttlichen Kraft retten.«

»Sofern ich euch nicht schon vorher vernichte«, donnerte eine grausame Stimme. Die völlig in schwarz gekleidete Gestalt trat langsam aus dem Schatten der Bäume.

Der Schattenfresser würde nun seinen Auftrag beenden. Zielstrebig trat er dem Unsterblichen entgegen, ohne dass ihn jemand davon abhielt. Bevor der Schattenfresser Axis jedoch erreichen konnte, stellte sich Grom der Kreatur in den Weg. »Und wer bist du jetzt?«, brummte der Oger. »Wenn du ein Anhänger des wahren Glaubens bist, dann solltest du schleunigst das Weite suchen. Ihr habt weder in Germansstadt noch im Dunrag etwas verloren.«

Der Schattenfresser lachte unheimlich auf.

»Du nichtsnutziger Oger! Geh mir aus dem Weg oder ich werde dir Qualen bereiten, von denen du nicht zu träumen wagst.«

Blitzschnell zuckte eine eiskalte Hand hervor. Die scharfen Krallen fügten Grom eine schmerzhafte Wunde auf der Brust zu. Als das Blut hervor trat und die Hand des Schattenfressers berührte, schrie die Albtraumgestalt laut auf. Das Blut des Ogers brannte so stark, dass der Schattenfresser sich gekrümmt die Hand hielt und unweigerlich ein paar Schritte zurückweichen musste.

»Was zum ...?«

Auch Grom konnte sich nicht erklären, was die Schmerzen bei der unwirklichen Gestalt ausgelöst hatte. Schließlich hatte er ja noch nicht einmal die Möglichkeit, der schwarzen Gestalt auch nur ein Haar zu krümmen. Trombak lächelte schief.

»Keine Kreatur der Finsternis kann dem Beschützer eines Gottes etwas anhaben. Er ist von der uralten Macht gesegnet. Deine finsteren Absichten enden hier. Ich verbanne dich an jenen Ort, aus dem du hervor gekrochen bist, du düstere Kreatur der Schatten!«

Trombak nahm einen seltsam verzierten Runenstab und hielt diesen drohend über die Köpfe der Anwesenden. Ein greller Blitzstrahl zuckte vom Himmel herab und nahm den Anwesenden jede Sicht. Auch Grom musste zwangsläufig die Augen zusammenkneifen. Ohrenbetäubender Donner ertönte und nur einen Augenblick später war der Schattenfresser spurlos verschwunden. Als Grom wieder klar sehen konnte, meldete sich prompt die Stimme in seinem Kopf wieder zu Wort. *Ihr müsst zum Kloster von Avigne. Dort ist der Ursprung allen Übels. Du musst dem wahnsinnigen Kardinal aufhalten, bevor er die ganze Welt für immer verändern wird.*

Grom packte sich mit verzerrtem Gesicht an den Schädel, da die Stimme wie hundert Posaunen in seinem Kopf dröhnte. Hilflos und benommen sank er mit einer abrupten Bewegung auf die Knie, musste sich an seiner Axt abstützen und fiel schließlich bäuchlings zu Boden. Sofort eilte ihm Axis zur Hilfe.

»Ist alles in Ordnung?«

»Wir müssen zum Kloster von Avigne«, stöhnte Grom. »Dort ist die Wurzel allen Übels. Wir müssen sie aus dem Boden reißen und dem Irrsinn ein Ende bereiten.«

Da auch Axis ungefähr wusste, wie weit es bis zum Kloster war, verrollte er die Augen und sank neben seinem Begleiter nieder.

»Das wird ein langer, kräftezehrender Marsch.«

»Nicht wenn ich euch helfen kann«, mischte sich Trombak ein. »Es gibt einen Zauber, der euch auf direktem Weg dorthin führen kann.«

Axis war sich nicht sicher, ob er auf die Magie eins Ogers vertrauen sollte. Diese Wesen sahen nicht danach aus, als könnten sie sonderlich gut mit einem Zauber umgehen. Axis und sein Begleiter sahen den alten Oger mit großen Augen an.

»Ein Zauber?«, erklang es wie aus einem Mund.

»Es bedarf einiges an Kraft, doch ich bin gerne bereit, euch zu helfen, bevor das Land vollkommen in die Hände dieser Wahnsinnigen fällt.«

»Dann sollten wir keine Zeit mehr verschwenden. Wenn die Glaubensbrüder ihre Ziele mit gleichbleibender Kraft weiter verfolgen, dann ist bald niemand mehr übrig, der es mit ihnen aufnehmen kann«, stellte Grom fest und schaffte sich ächzend auf die Beine. Nach all den überstandenen Erlebnissen war ihm ganz und gar nicht wohl zumute. Auch der Unsterbliche sah nicht besonders glücklich aus. Axis wirkte ungemein niedergeschlagen.

»Stimmt irgendetwas nicht?«, wollte Grom wissen.

»Ich bin kein Freund von Zaubersprüchen und Magie. Bei solchen Dingen sollte man vorsichtig sein. Außerdem bedarf es einer Menge an Erfahrung, um einen erfolgreichen Zauber zu sprechen. Selbst die Hexer von Girot-Tah'r benötigen Jahrzehnte, um die Kunst der Magie zu erlernen und selbst denen würde ich mich nur ungern anvertrauen. Wie soll ich dann auf die Zauberkräfte eines Ogers vertrauen?«

Grom zuckte mit den Schultern und stapfte Trombak entgegen.

»Bevor du uns zum Kloster zauberst, würde ich gern noch eine Sache wissen. Wehalb weiß niemand von eurer Existenz zu berichten? Bisher hatte ich immer angenommen, dass die letzten Oger dem Dunrag vor langer Zeit den Rücken gekehrt hätten.«

Trombak lächelte schief. »Als damals einige unserer Brüder und Schwestern den Sumpf verließen, um in den Städten Handel zu treiben, mussten sie versprechen, niemandem auch nur ein Wort über unsere Heimat zu erzählen. Damit wollten die einstigen Sumpfwächter sichergehen, dass niemand in den Dunrag einfällt. Gierige Zwerge, die nach Schätzen im Erdreich graben, Kriegstreibende Orks und streitlustige Trolle waren nun wirklich das Letzte, was wir in unserer Heimat gebrauchen konnten. Mit frei erfundenen Geschichten haben wir bis zum heutigen Tage jede Kreatur vom Dunrag fernhalten können und damit den Frieden gewahrt. Wir sind kein streitsüchtiges Volk, wie du sicher selbst schon weißt. Wir sehnen uns nach Ruhe und Frieden.«

Grom nickte. Mit all den Schauergeschichten hatte man über lange Zeit jeden Eindringling ferngehalten. Selbst die Menschen hatten sich bisher nicht an den sagenumwobenen Dunrag herangewagt.

»Du kannst uns also zum Kloster bringen? Worauf warten wir dann noch. Lass uns diese Sache endlich zu Ende bringen.«

Der Hüter nickte freundlich und hob erneut seinen Stab. Noch bevor Axis reagieren und sich gegen die anstehende Zauberformel wehren konnte, umfasste ihn eine angenehme, wohltuende Wärme, die schleichend durch seinen Körper kroch. Ein merkwürdiges Gefühl von Sicherheit und größtem Wohlbefinden hatte ihn vollkommen übermannt. Axis konnte es mit Worten einfach nicht beschreiben, doch die Magie des Ogerhüters schien keineswegs gefährlich. Er empfand sie vielmehr als angenehm und beruhigend.

Auch Grom war für die Dauer eines Augenblicks so glücklich, wie selten zuvor in seinem bisherigen Leben. In diesem Moment wusste er, dass er zum Dunrag zurückkehren musste, sobald seine Aufgabe erledigt war. Hier fühlte er sich heimisch und müsste nie mehr in Einsamkeit leben. Nirgendwo sonst würde den lang ersehnten Frieden finden. Hier musste er nichts und niemanden fürchten und könnte ein Leben unter Artgenossen führen, dass einem Oger gerecht wurde. Sofern er den bevorstehenden Kampf überlebte, würde er in die Heimat der Oger zurückkehren und sich im Dunrag für den Rest seines Lebens niederlassen. Mit diesem angenehmen Gedanken konnte sich Grom durchaus anfreunden.

Der Zorn des Kardinals

In der Kammer des Kardinals donnerte Benedikts aufgebrachte Stimme durch den Raum. Er war außer sich vor Wut. Sein Zorn und seine Enttäuschung ließen sich kaum noch in Worte fassen.

»Was?! Bin ich denn nur von dilettantischen Dummköpfen umgeben? Wie konnte das nur geschehen? Du hattest ihn doch bereits vor dir und hast ihn dennoch entkommen lassen? Das kann doch unmöglich dein Ernst sein. Soll ich etwa darüber lachen?! Mir ist ganz und gar nicht zum Lachen!«

Benedikt Vordermann war außer sich. So nah vor dem lang ersehnten Ziel, sah er seinen wohldurchdachten Plan plötzlich in größter Gefahr.

Der Schattenfresser kauerte hilflos am Boden des Gemachs und wirkte längst nicht mehr so bedrohlich wie noch zu Anfang. Entkräftet kniete er am Steinboden und starrte ins Leere. Seine aschfahlen Hände zitterten. Die Magie des Ogers hatte ihm viel von seiner einstigen Kraft genommen und ihn geradewegs in die Kammer des Kardinals transportiert.

»Wer konnte ahnen, dass mir das Blut eines Ogers gefährlich werden kann? Außerdem konnte ich nicht mit einem derart mächtigen Bannzauber rechnen.«

»Wer konnte schon damit rechnen, dass du unvermittelt in meiner Kammer auftauchst? Ich habe dich nicht wegen deiner Ausreden aus dem Kerker befreit, du nutzlose Kreatur«, fauchte Benedikt aufgebracht. »Vielleicht sollte ich dich mithilfe des heiligen Lichts endlich vom heiligen Boden des Glaubens tilgen. Dein stümperhaftes Auftreten bringt meinen ganzen Plan in Gefahr. Bist du dir dessen eigentlich bewusst?«

Da sich auch einige der Glaubensbrüder gegen den Kardinal stellten, geriet Benedikts Plan immer mehr aus den Fugen. Auch die Inquisition stockte, da sich immer mehr Kreaturen erfolgreich zur Wehr setzten. Erst vor ein paar Stunden hatte eine Horde wild gewordener Trolle eines der südlichen Lager verwüstet und zahlreiche Kleriker ins Reich des Schöpfers geschickt. Benedikt ärgerte sich über die eigene Nachlässigkeit. Er hätte längst ein Exempel an diesen jämmerlich krummbeinigen Monstern statuieren müssen. Vielleicht sollte er die nördlichen Siedlungen niederbrennen, damit diese niederen Gestalten endlich erkannten, welchen Platz sie in der Welt einzunehmen hatten.

Benedikt hatte sich nicht all die Jahre in Demut, Zurückhaltung und Verzicht geübt, um nun kurz vor dem Ziel zu scheitern.

»Wie kann ein bisschen Ogerblut den gefürchteten Schattenfresser von seiner Aufgabe abhalten? Ich habe dich mit Seelen genährt und was bekomme ich zum Dank? Der Unsterbliche und sein nichtsnutziger Begleiter sind immer noch am Leben, dabei sollten beide doch verschwinden. Zudem hat der Baron von Lauderness von der Inquisition erfahren und rüstet sich zum Kampf gegen den Glauben. Sein Land betet zu verschiedenen Götzen, unzähligen Halbgöttern und zu einigen, die die Unsterblichkeit erlangt haben. Sie halten diesen verdammten Plagegeist also für einen ihrer Götter. Weißt du, was das heißt? Ich muss den Baron besänftigen, ihm in den Hintern kriechen und vor ihm winseln, da ich mir keinen Kampf gegen seine Armee leisten kann. Er verfügt über zehntausend Soldaten, die nur auf seinen Befehl zum Angriff warten. Wir können unmöglich an allen Fronten gleichzeitig kämpfen. Auch der Süden stellt sich zunehmend gegen uns. Schaff mir endlich den Unsterblichen und seinen lästigen Begleiter vom Hals. Das ist doch nicht zu viel verlangt, oder? Muss ich mich denn wirklich um alles kümmern? Wozu habe ich dir die Freiheit geschenkt und deinen Hunger gestillt? Du bist ein kleiner, unfähiger Dämon! Vielleicht sollte ich mich selbst um diese Angelegenheit kümmern.«

Der Schattenfresser kam langsam wieder zu Kräften und schaffte sich wankend auf die Beine. »Möglicherweise habt ihr eure Macht überschätzt. Ihr seid überheblich genug, um anzunehmen, dass euch jedes Wesen freiwillig zu Diensten ist und sich eurem Willen unterwirft. Leider müsst ihr nun feststellen, dass ihr euch geirrt habt.«

Benedikt schnaubte. »Du strapazierst allmählich meine Geduld. Ich hätte dich auch im Kerker verrotten lassen können! Nur mir allein hast du deine neu gewonnene Freiheit zu verdanken. Du bist mir noch einiges schuldig. Vergiss das nicht«, mahnte Benedikt und lief aufgeregt im Raum auf und ab. »Ich benötige Lösungsvorschläge und keine nutzlosen Feststellungen oder überflüssigen Ratschläge. Deine Macht war bisher nicht besonders hilfreich.«

»Ich brauchen mehr Zeit«, erklärte der Schattenfresser mit dunkler, kratziger Stimme.

»Wir haben aber keine Zeit!«, brüllte Benedikt mit rot angelaufenem Gesicht. »Ich habe knapp sechzig Kleriker, achtundvierzig Priester, zwölf Mönche und gut fünfzig Novizen verloren. Jeder von ihnen fehlt mir, um die Bande von angeheuerten Inquisitoren und Halsabschneidern in Schach zu halten. Diese blutrünstigen Kerle benötigen eine Führung oder dachtest du, dass diese nutzlose Bande auch nur zu einem Erfolg ohne meine Hand verbuchen könnte? Wohl kaum. Ich könnte schon weit größere Erfolge verbuchen, doch überall muss ich Verrat und Versagen beobachten. Einige Klosterbrüder lauern nur darauf, um mir im richtigen Moment in den Rücken zu fallen. Wenn wir nicht schnell etwas unternehmen, ist meine gesamte Arbeit zum Scheitern verdammt. Ich habe lange auf den Tag meines Triumphs gewartet. Viele Jahre musste ich umherkriechen, meine Tage im Gebet verbringen, Intrigen spinnen und mich heimlich auf die Ernennung zum Kardinal vorbereiten. Ich musste zu lange auf die unterschiedlichsten Dinge verzichten, um an dieser Stelle zu scheitern. Schaff mir den Unsterblichen vom Hals und tu, was immer nötig ist. Hast du mich verstanden?«

»Der Oger ist das Problem. Ihn muss ich zuerst aus dem Weg räumen. Sobald er mir nicht mehr gefährlich werden kann, wird auch der Unsterbliche fallen.«

Benedikt stoppte seinen aufgeregten Marsch und schnaufte laut.

»Also gut. Ich gebe dir eine letzte Möglichkeit, um dich zu bewähren. Töte den Oger und seinen unsterblichen Freund. Du solltest mich kein weiteres Mal enttäuschen. Auch meine Toleranz hat Grenzen. Ich werde kein weiteres Versagen dulden. Hast du das verstanden?«

Der Schattenfresser nickte stumm, obwohl er einen abnormen Hass gegenüber dem Kardinal empfand. Selten war er von einer erbärmlichen, sterblichen Kreatur derart erniedrigt worden. Er war nicht der Leibeigene eines gewöhnlichen Menschen, doch war es noch nicht an der Zeit, um sich gegen Benedikt aufzulehnen. Solange er die Macht des heiligen Lichts in Händen hielt, war der Kardinal selbst für den mächtigen Schattenfresser eine ernst zu nehmende Gefahr. Gegen die göttliche Kraft war er machtlos. Mithilfe dieser überirdischen Macht hatte man ihn schon einmal bezwungen, überwältigt und anschließend in Ketten gelegt. Noch würde der Schattenfresser Benedikts Spiel mitspielen, doch schon bald wäre der Zeitpunkt seiner Rache kommen. Er brannte darauf, sich für die Schmach und die Unterwerfung zu rächen. Er würde Benedikt für jedes Wort und jeden Schmerz endlos leiden lassen. Niemand konnte sich anmaßen, den Schattenfresser zu versklaven und ihm Befehle zu erteilen. Was dachte sich dieser dumme Mensch nur dabei? Nichts und niemand konnte sich über den Schattenfresser erheben. Er war die Ausgeburt des Bösen und seine Existenz reichte bis weit in das dunkle Zeitalter zurück.

Bisher standen ihm der Unsterbliche und sein lästiger Begleiter noch im Weg. Wären beide erst aus der Welt geschafft, würde Benedikt kaum mehr eine Gefahr sehen und der Schattenfresser könnte endlich Rache an dem hochmütigen Kardinal üben. Viel zu lange hielten ihn die Anhänger des Glaubens in der Dunkelheit gefangen. Man missbrauchte seine dunklen Kräfte und manipulierte seinen Willen. Der Schattenfresser würde Benedikt für all die Jahre der Gefangenschaft leiden lassen, ihm unvorstellbare Schmerzen bereiten und ihn anschließend ganz langsam verschlingen.

Auf diesen Augenblick hatte der Schattenfresser schon viel zu lange gewartet. Bald schon wäre die Stunde seiner Rache gekommen. Benedikt würde jeden Augenblick seines Lebens bereuen und erfahren, was es heißt, endlose Schmerzen zu erleiden.

Der Schattenfresser würde ihn für immer in die Welt der Qualen und der Finsternis entführen. Dort wäre die Seele des Kardinals für immer gefangen.

Das letzte Gefecht

Als Grom wieder zu sich kam, standen er und sein Begleiter nur einen Steinwurf vom Kloster entfernt. Jedes zuvor verspürte, wohlige Gefühl war verschwunden, doch anscheinend hatten er und sein Begleiter den Zauber des Hüters ohne größere Schäden überstanden. Zumindest das konnte man als positives Zeichen werten.

»Wie kommen wir dort hinein?«, wollte Axis wissen.

»Wir klopfen an«, antwortete Grom mit einem unheilvollen Grinsen und stapfte entschlossen dem Eingangstor entgegen. Axis folgte dem aufgebrachten Oger, obwohl er nicht wusste, was Grom unter *Anklopfen* verstand. In seinem Magen breitete sich unweigerlich ein mulmiges Gefühl aus.

Groms Plan hatte ganz offensichtlich einige Lücken. Sicherlich würde man ihnen nicht freiwillig das Tor öffnen. Sobald man sie erspäht hatte, würde es ganz bestimmt zum Kampf kommen. In Unterzahl standen ihre Chancen unter keinem guten Stern, doch davon wollte Grom bestimmt nichts wissen.

Nur wenige Augenblicke später verstand auch Axis den Grund dafür. In ogerhafter Manier stürmte Grom voran und brach mit einem krachenden Schulterstoß durch das splitternde Holz des Eingangs. Die dahinter stehenden Kleriker waren derart überrascht, dass sie jede Gegenwehr schlichtweg vergaßen. Nach einem kurzen Moment der Stille brachen die Männer jedoch in Panik aus und rannten wild durcheinander. Jeder von ihnen lief um sein Leben und floh vor der grimmig dreinblickenden Gestalt, die sich drohend im Innenhof des Klosters aufgebaut hatte. Ein paar unglückliche Glaubensbrüder wurden von Grom einfach beiseite gewischt und segelten wie Papier durch die Luft. Der Oger war außer sich vor Wut. Jeder, der sich ihm unglücklicherweise in den Weg stellte, wurde mit einem Schlag zu Boden befördert. Grom wütete unter den Glaubensbrüdern wie ein Berserker und ließ kaum einen Gegenangriff zu. Ein paar glücklose Gottesanbeter stellten sich dem Oger mit der vermeintlichen Kraft des wahren Glaubens in den Weg und wurden nur Sekunden später für das törichte Handeln bestraft. Grom packte einen schreienden Kuttenträger am Bein und schleuderte ihn in hohem Boden durch die Luft. Unsanft prallte der Mann auf den Boden und blieb reglos liegen. Einige Kleriker, die das Geschehen mit Schrecken verfolgten, sahen sich verzweifelt nach einer Fluchtmöglichkeit um und schrien wild durcheinander. Fassungslos mussten sie mit ansehen, wie immer mehr Brüder der wütenden Gestalt zu Opfer fielen. Gegen diesen fleischgewordenen, unheiligen Koloss waren sie machtlos.

Plötzlich ertönte ein Signalhorn, dessen Klang in den Ohren schmerzte.

»Alarm!«, rief ein aufgeregter Klerus, während der Klang eines Horns ein weiteres Mal ertönte. Nur wenige Augenblicke später stürmten einige bewaffnete Männer den Hof. Grom wusste über deren Können im Kampf und zückte die Steinaxt. Die anstürmenden Kleriker waren mit Schwertern, Schilden und Speeren bewaffnet. Zudem hatte man sie gut ausgebildet und jeder von ihnen beherrschte seine Waffe, wie kaum ein anderer Mensch. Aus diesem Grund wollte Grom keinen von ihnen nah genug herankommen lassen und rannte der sich formierenden Gruppe brüllend entgegen.

Zwei überraschte Kleriker wirbelten wie Papierkarten durch die Luft, doch der Rest an Männern hielt dem heranstürmenden Angreifer stand. Ihre Schilde nahmen der Attacke die Wucht und bildeten eine abwehrende Wand. Groms wuchtige Schläge glitten immer wieder wirkungslos daran ab. Die eisernen und nach außen gewölbten Rundschilde erfüllten hervorragend ihre Aufgabe. Kurzerhand warf sich Grom mit all seinem Gewicht gegen die abwehrende Wand und drängte die Männer zurück. Mitten im Angriff langte er durch eine Öffnung der sich nun bildenden Lücke, packte er einen Kleriker am Gewand und riss ihn aus der Menge hervor. Mit einer kraftvollen Bewegung schleuderte er den zappelnden Mann inmitten seiner Brüder. Der Aufprall bewirkte, dass auch die verblieben Kämpfer das Gleichgewicht verloren und stürzten. Grom sah sich hastig um. Da er keine Ahnung vom Aufbau eines Klosters hatte, musste er sich schnell für eine Richtung entscheiden, bevor sich ihm noch weitere Streiter in den Weg stellen konnten. Drei verschiedene Wege standen zur Auswahl. Glücklicherweise ertönte genau in diesem Moment die Stimme hinter Groms Stirn. *Nach rechts. Beweg dich nach rechts, du stumpfsinniger Klops!*

Grom drehte sich murrend zur Seite und erspähte einen breiten Torflügel, der groß genug war, damit selbst ein Oger das Gebäude ungehindert betreten konnte, ohne dabei ein Loch in die Wand zu reißen. »Wir müssen in den nordöstlichen Teil des Klosters!«, rief Grom und stürmte mit großen Schritten davon. Axis stand derweil etwas abseits, obwohl ihm durch die Unsterblichkeit kaum ein nennenswerter Schaden drohte. Dennoch war er sich seiner Sache ganz und gar nicht sicher. Dank Trombak's Erzählung wusste er nun von seiner wahren Bestimmung und Herkunft, was nicht kaum positive Gefühle in ihm weckte. Axis konnte es noch immer nicht fassen. Er irrte schon so lange ahnungslos umher, um ausgerechnet jetzt zu erfahren, dass er leibhaftiger Gott war. Selbst für ihn war das verwirrend und befremdlich. In all der Zeit hatte er sich mit der Unsterblichkeit angefreundet und arrangiert, auch wenn er nicht wusste, wem er diese zu verdanken hatte.

Axis fühlte sich mit der Gewissheit seiner Herkunft etwas unbehaglich. War er wirklich zum Gott geboren? Mit einigen Schritten erreichte er den Oger und stellte sich an Groms Seite. »Wir sollten vielleicht zuerst herausfinden, wer für all das verantwortlich ist.«

»Das kann ich euch sagen«, ertönte eine verärgerte Stimme. Benedikt trat aus dem gegenüberliegenden Torflügel und verschränkte trotzig die Arme vor der Brust. An seiner Seite stand die dunkel gekleidete Gestalt aus dem Dunrag.

»Darf ich euch den Schattenfresser vorstellen? Ihr seid ihm bereits begegnet. Er ist die einzige Kreatur, die es mit einem Gott aufnehmen und ihn töten kann.«

Auf Benedikts strengen Gesichtszügen zeichnete sich ein gehässiges Lächeln ab.

»Jetzt können wir dieses leidige Thema ein für alle Mal aus der Welt schaffen. Töte den Unsterblichen und seinen ungehobelten Begleiter! Töte sie beide!«

»Bevor irgendjemand getötet wird, müsst ihr beiden Gestalten erst an mir vorbei«, stellte Grom mit unerschütterlichem Mut fest und baute sich schützend vor Axis auf.

»Um dich werde ich mich persönlich kümmern. Kannst du es mit der Kraft des heiligen Lichts aufnehmen?«

Kaum hatte Benedikt seine Drohung ausgesprochen, formierte sich ein gleißendes Licht zwischen seinen Händen, wuchs zu einer strahlenden Kugel an und schoss mit unglaublicher Geschwindigkeit in Richtung des Ogers. Grom blieb nicht lange genug Zeit, um dem Geschoss auszuweichen. Bevor er sich über Sinn und Unsinn einer Lichtkugel Gedanken machen konnte, traf ihn die Wucht des Lichts hart auf der Brust und explodierte vor seinen Augen. Der Schmerz ließ sich mit nichts auf der Welt vergleichen und nahm Grom jeglichen Atem. Jegliche Luft wurde schlagartig aus seinen Lungen gepresst. Durch die enorme Kraft des Aufpralls wurde Grom von den Beinen gerissen und gegen die hinter ihm liegende Klostermauer geschleudert. Krachend schlug er im Mauerwerk ein. Wer hätte gedacht, dass einfaches, harmlos scheinendes Licht derart schmerzhaft sein konnte?

Axis musste das Geschehen hilflos mit ansehen. Er musste handeln. Schließlich war er von göttlicher Herkunft. Mit allem verbliebenen Mut stellte er sich dem Schattenfresser in den Weg. Was konnte schon passieren? Axis war ein leibhaftiger Gott und von überirdischer Macht gesegnet.

In Groms benommenem Schädel meldete sich die Stimme wieder zu Wort. *Du musst Axis um jeden Preis beschützen. Der Schattenfresser darf ihm nicht zu nah kommen. Wenn er ihn tötet, sind wir alle verloren. Die Dunkelheit wird sich erheben und alles Licht auf ewig verdrängen.*

Grom stöhnte schmerzerfüllt auf. Seine Brust brannte wie Feuer und sein Kopf dröhnte schlimmer als ein aufgebrachtes Wespennest. Die lästige Stimme ließ jedoch nicht locker und mahnte zur Eile. *Beeil dich, bevor es zu spät ist.*

»Ich mache ja schon, was ich kann«, maulte Grom und stemmte sich grummelnd auf die Beine. »Langsam entwickelt diese ganze Geschichte einen faden Beigeschmack. Ich hätte am Berg bleiben sollen, doch was mache ich? Ich laufe einem Gott hinterher und stolpere von einem Unglück ins nächste.«

Obwohl sein Blickfeld durch die Explosion des Lichts immer noch stark eingeschränkt war, steuerte Grom wankend den schwarz gekleideten Albtraum an. Er musste Axis um jeden Preis schützen. Der Unsterbliche war der Schlüssel, wenngleich Grom auch nicht wusste, welchem Zweck er diente.

Der Schattenfresser näherte sich dem Unsterblichen und zog die Kapuze vom Kopf. Ein kreidebleicher, haarloser Kopf mit stechend gelben Augen und vernarbter Haut kam zum Vorschein. »Nun wirst du sterben, mein Freund.«

Axis wich erschrocken zurück. Er kannte das entstellte Gesicht und wusste, wer sich einst dahinter verbarg.

»Bruder?«

Der Schattenfresser lachte laut auf. »Ha! Du erinnerst dich wieder? Dann erinnerst du dich sicher auch daran, dass unser Kampf schon ewig währt. Ich werde dem jetzt endgültig ein Ende setzen.«

»Davon bin ich allerdings nicht überzeugt.«

Axis hatte den ersten Schrecken überwunden und wurde sich immer mehr bewusst, dass der finale Kampf zwischen ihm und dem Schattenfresser stattfinden würde.

Er war ein leibhaftiger Gott und wusste sich bestimmt seiner Haut zu erwehren. Trotzdem blieb ein kleiner Zweifel. Konnte er seine göttlichen Kräfte schon vollständig abrufen? Ohne diese Waffen wäre der Kampf schon beinahe entschieden. Dennoch durfte er dem Schattenfresser kein leichtes Opfer bieten. Axis war gewarnt.

Zu einem Kampf sollte es vorerst jedoch nicht kommen, da sich Grom mit einem lauten Schrei auf den Gegner stürzte und die albtraumhafte

Gestalt mit einem wuchtigen Schulterstoß aus dem Weg rammte. Beide wurden durch den Zusammenstoß umgerissen und stürzten unkontrolliert zu Boden. Grom wedelte benommen mit den Armen, während der Schattenfresser einige Schritte zurückstolperte und fiel.

»Hab ich ihn erwischt?«, wollte Grom benommen wissen. Sein Blick war noch immer verschwommen und undeutlich.

»Was sollte denn das?«, ächzte Axis, den der wuchtige Stoß ebenfalls zu Boden gerissen hatte. Auch wenn dadurch Groms Plan in Schieflage geraten war, so befand sich Axis zumindest nicht mehr in der unmittelbaren Gefahrenzone.

Den Schattenfresser hatte es dagegen ein ganzes Stück weit zurückgeworfen, doch trug er keinen sichtbaren Schaden davon. Ächzend schaffte er sich wieder auf die Beine und löste sich vor aller Augen in einer wabernden Nebelwolke auf. Grom und Axis konnten es kaum glauben. Innerhalb eines Herzschlags schoss Grom der Nebel entgegen und schlug mit einer unglaublich harten Attacke zu. Groms Kinn drohte zu zersplittern, doch hielt es dem Angriff unglaublicherweise stand. Trotzdem schmerzte der Angriff. Selten hatte es jemanden gegeben, der Grom vergleichbare Schmerzen zufügen konnte.

Mit knirschenden Zähnen bäumte er sich auf, kniff er die Augen zusammen und verdrängte jeden Gedanken an Schmerz und Qual.

Du musst bluten. Er kann deinem Blut nichts entgegensetzen. Nutze seine Schwäche zu deinem Vorteil.

Grom reagierte sofort. Bevor alle Kraft aus seinem Körper weichen konnte, packte er nach einem Steinsplitter und schnitt sich quer über die Brust. Grom ließ den Stein kraftlos fallen und wischte sich mit einer Hand über die blutende Wunde. Ogerblut tropfte ihm von den Fingern.

Als der Schattenfresser nah genug an den Oger herangetreten war, um ihn endgültig zu vernichten, drückte ihm Grom die blutverschmierte Hand ins Gesicht. Die finstere Erscheinung schrie laut auf und krümmte sich vor Schmerzen. Verzweifelt versuchte der Schattenfresser der eisernen Umklammerung zu entkommen, doch Grom ließ nicht los. Er packte mit aller Kraft zu und selbst das leise Zischen unter seinen Handflächen konnte seinen Griff nicht lösen. Das Blut schien der blassen Gestalt gar nicht zu bekommen und brannte sich tief ins kalte, leblose Fleisch. Gepeinigt wand sich der Schattenfresser von einer Seite zu anderen und stieß wüste Flüche aus. All das sollte ihm jedoch wenig nutzen. Dem Blut und der Kraft des Ogers konnte er nichts mehr entgegensetzen. Mit einem letzten aufbäumen versuchte er den Pranken des Ogers zu entkommen. Schließlich brach er in sich zusammen und rührte sich nicht mehr.

Auch Grom war entkräftet und sank schnaufend in die Knie. Der Kampf mit dem Schattenfresser hatte ihm alles abverlangt. Er war am Ende seiner Kräfte angelangt und doch musste er um jeden Preis durchhalten. Noch war die Gefahr nicht vollends gebannt. Die Wunde auf seiner Brust, das schmerzende Kinn, sein ganzer Körper, einfach alles bestand aus unbeschreiblichem Schmerz.

Für Benedikt war das Ergebnis eher ernüchternd.

»Muss ich denn wirklich alles selbst machen? Bin ich denn nur von unfähigen, nutzlosen Dilettanten umgeben? Wenn etwas gelingen soll, dann macht man es besser selbst. Und jetzt spürt die Macht des heiligen Lichts, ihr unwürdigen Maden! Sanctus lumen!«

Benedikt formierte eine weitere Lichtkugel zwischen seinen Händen, die stetig an Masse zunahm und bedrohlich hell aufleuchtete. Diesmal würde er den Oger vernichten und den Unsterblichen persönlich töten.

Die Beschwörung des Lichts fiel Benedikt erstaunlich leicht. Er spürte die unbändige Kraft, die unverständlicherweise nie ein Kardinal vor ihm eingesetzt hatte. *Diese dummen Narren*, dachte Benedikt. *Mit dieser göttlichen Kraft wäre selbst Bertrand unbesiegbar geworden.*

Benedikt fühlte sich mächtiger denn je. Niemand konnte ihn jetzt noch aufhalten.

Hoch konzentriert ließ er die Kugel weiter anwachsen und schleuderte Grom die erschaffene Energie entgegen. Bevor das Licht den Oger jedoch treffen konnte, warf sich Axis in die Flugbahn des Geschosses. Die Lichtkugel umfasste seinen Körper und hüllte ihn in einen strahlenden Schein, der sich mit Worten nicht beschreiben ließ. Das Licht drang in jede Pore seines Körpers und die Erinnerung kehrte langsam zurück. Axis wurde sich immer mehr bewusst, dass er wirklich von göttlicher Herkunft war. Allmählich erinnerte er sich wieder an die eigene Vergangenheit. Das Licht bündelte sich und Axis schleuderte die Kugel mit aller Kraft zurück. Der Kardinal konnte dem Angriff nicht mehr ausweichen. Er war von sich selbst derart eingenommen, dass er nie mit einer vergleichbaren Wendung gerechnet hätte. Als das gleißende Licht ihn traf, wurde er mit einem lauten Knall zu Boden geworfen. Benedikts Robe hing zerfetzt an seinem zerschundenen Leib und unmenschliche Schmerzen breiteten sich in seinem Körper aus. Wimmernd und wehrlos lag er zwischen den Trümmern des Klosterhofs.

Der Schattenfresser lauerte in Gestalt einer hauchdünnen Nebelschwade im Schatten. Der Angriff des Ogers hätte ihn um ein Haar vernichtet. Heimlich beobachtete er das Geschehen. Jeder Schmerz war durch diesen Anblick beinahe vergessen. Da Benedikt mit starken Verbrennungen am Boden des Klosters kauerte, konnte er dem Schattenfresser kaum mehr gefährlich werden. Jetzt konnte er Rache für die Demütigung nehmen und Benedikts Seele als rechtmäßigen Lohn aus dessen Leib reißen. An Grom und Axis hatte die finstere Kreatur jedes Interesse verloren, was beiden Seiten überaus gelegen kam. Das Gefecht hatte nicht nur Grom das Unmögliche abverlangt, auch der Schattenfresser musste ungewohnt viel einstecken. Gegen das Geschöpf vom Blut der Oger konnte er einfach nicht gewinnen. Niemals zuvor hatte ihm ein Gegner dermaßen hart zugesetzt.

Benedikt lag keuchend am Boden und verlor immer mehr das Bewusstsein. Er kämpfte verzweifelt gegen die Ohnmacht an und fragte sich, was soeben geschehen war. Wie konnte sich das heilige Licht gegen ihn wenden? Er war der Kardinal.

Niemand wendet sich gegen den Kardinal. Ich bin der mächtigste Mann auf Erden.

Axis half Grom wieder auf die Beine und musste den Koloss schließlich stützen, damit er nicht umfiel. »Du musst dich nicht bedanken. Das habe ich doch gern getan‹‹, lallte Grom und grinste mit angeschwollenen Gesicht. Axis musste unweigerlich lachen.

››Du bist eine wirklich sonderbare Kreatur, Grom.‹‹

››War das ein Kompliment?‹‹ erkundigte sich Grom.

Axis grinste. ››Nenn es, wie du willst.‹‹

››Noch nicht!‹‹, ertönte eine Stimme, deren Klang Grom nur zu gut kannte. Diesmal kam sie jedoch nicht aus seinem Kopf, sondern von einer kleinen Gestalt, die aus einer Gittertür in den verwüsteten Hof des Klosters trat.

››Memomon?‹‹, murmelte Axis überrascht. Er wusste selbst nicht genau, woher er den Namen des kleinen Mannes kannte und doch war ihm die kleine Erscheinung mit dem kahlen Haupt, den buschigen Augenbrauen und dem ernsten Gesicht seltsam vertraut.

››Ich hoffe ihr habt euren Ausflug genossen, Herr.‹‹

››Ausflug?‹‹, stammelte Grom verwirrt.

Memomon grinste breit und sah den Oger mit glitzernden Augen an. ››Es gibt einen Grund, warum dein Freund nicht sterben kann. Er ist ein Gott.‹‹

Grom wollte den Worten nicht glauben. ››Du bist ein leibhaftiger Gott?‹‹

Axis nickte zaghaft. ››Ich bin mir dessen auch noch nicht lange sicher.‹‹

››Einen wahrhaftigen Gott habe ich mir bisher … irgendwie anders vorgestellt‹‹, stichelte Grom. ››Du machst aber trotzdem keine schlechte Figur, mein Freund.‹‹

Memomon räusperte sich. ››Ich störe eure Unterhaltung nur ungern, doch es ist an der Zeit, dass wir ins Götterreich zurückkehren. In eurer Abwesenheit ist einiges geschehen, was der Klärung bedarf. Einige Götter sind unzufrieden und manche planen einen Aufstand. Bevor es zu einer Rebellion kommt, solltet ihr euch darum kümmern. Es gilt die Wogen zu glätten und einen Krieg zu verhindern. Um diese Welt könnt ihr euch später noch kümmern. Sie ist bisweilen in ausgezeichneten Händen‹‹, erklärte Memomon und deutete auf die Gestalt des Ogers. ››Ihr solltet euch voneinander verabschieden.‹‹

Axis seufzte schwermütig. Auf seltsame Weise vermisste er die Anwesenheit des Ogers schon jetzt.

››Dann ist es wohl an der Zeit, Lebewohl zu sagen.‹‹

››Eines würde ich gern noch wissen‹‹, sagte Grom und sah den kleinen Mann stechend scharf an. Memomon wich augenblicklich drei ehrfürchtige Schritte zurück.

››Wenn du die ganze Zeit von Axis Herkunft wusstest, warum hast du ausgerechnet mich und nicht ihn heimgesucht? Das hätte mir einige Schmerzen und eurem Herrn einiges an Zeit erspart.‹‹

Memomon räusperte sich theatralisch.

››Das ist schnell erklärt. Wenn ein Gott unter den Sterblichen wandelt, verliert er seine gesamte Erinnerung. Kein Berater darf sich in solch einem Fall einmischen - auch ich nicht. Als Axis auf dieser Welt erwachte, wurde seine einstige Erinnerung ausgelöscht. Man sollte dabei anmerken, dass er das freiwillig tat, da ihm die sterblichen Kreaturen am Herzen liegen. Natürlich hat er sich unbemerkt davon geschlichen. Ich musste lange nach einem Geschöpf Ausschau halten, das dem irrsinnigen Glauben nicht vollkommen verfallen würde. Nur auf diese Weise ist es mir erlaubt, die Schritte des Gottes indirekt zu lenken. Ohne dich hätte Axis das Abenteuer wohl kaum überlebt. Ich wusste, dass nur das Blut einer ungläubigen Kreatur, die sich selbst vor übernatürlichen Kräften nicht fürchtet, dem Schattenfresser etwas entgegen setzten kann. Keiner anderen Kreatur wäre das gelungen. Deshalb warst du für den Ausgang der Geschichte ungemein wichtig.‹‹

Grom war sprachlos. Er hatte eine ganz und gar unglaubliche Geschichte erlebt, von der selten ein Oger vor ihm berichten konnte. Auch wenn er so manche Situation gerne vermieden hätte, so war er doch gegen das Böse angetreten und begegnete einem leibhaftigen Gott. Genau in diesem Moment meldete sich Groms Magen. Ein tiefes Knurren und Blubbern ertönte.

Axis grinste breit. ››Gib ihm einen der Beutel, Memomon.‹‹

››Ganz wie ihr wünscht, Herr.‹‹

Der kleine Mann zog einen Stoffbeutel unter seiner Kutte hervor und reichte diesen an Grom weiter. ››Der Beutel wird sich immer mit essbaren Dingen füllen und hat stets das zu bieten, wonach es dich gerade gelüstet. Du solltest die Macht des Beutels jedoch nicht zu oft anwenden. Je nach Gebrauch verliert er irgendwann an Kraft.‹‹

Aus unerfindlichem Grund wünschte sich Grom in diesem Moment nichts sehnlicher als eine gepökelte Kalbshaxe. Als er in den Stoffsack hinein sah, war tatsächlich eine derartige Leckerei darin zu finden.

Axis trat dem Oger entgegen.

››Vielleicht sehen wir uns irgendwann wieder.‹‹

››Nimm es mir nicht übel, aber ich kann ganz gut eine Weile auf deine Gesellschaft verzichten. Seitdem wir uns kennen, habe ich mir nur wunde Füße und jede Menge Ärger eingehandelt. Lass dir bis zu deinem nächsten Besuch nur ausreichend Zeit‹‹, scherzte Grom und klopfte dem Unsterblichen freundschaftlich auf die Schulter.

››Wir müssen uns ein klein wenig beeilen‹‹, drängte Memomon. Axis nickte.

Nur einen kurzen Moment später brach ein Lichtstrahl vom Himmel herab. Axis und Memomon wurden vollkommen von dem hellen Schein eingehüllt.

Einen Augenblick später waren sie verschwunden.

Grom sah in den wolkenlosen Himmel und atmete erleichtert auf. Das Abenteuer war überstanden, das Land vor dem wahnsinnigen Kardinal gerettet und das Chaos beseitigt. Nun würde endlich wieder Ruhe einkehren. Grom würde sich erst einmal von seinen Blessuren erholen und dann vielleicht in die Abgeschiedenheit der Höhle zurückkehren. Vielleicht würde er aber auch dem Dunrag einen Besuch abstatten.

Vorerst ließ sich der Oger aber zu Boden sinken, langte in den Beutel und zog eine Fleischkeule hervor. Obwohl sein Gesicht und insbesondere sein Kiefer schon beim bloßen Anblick der Leckerei schmerzten, lief Grom das Wasser im Mund zusammen. Jeder Bissen sollte ihn für die Schmerzen entschädigen. Die Fleischkeule war mit Abstand das Beste, was ihm seit Tagen widerfahren war. Wenn Grom an all die überstandenen Gefahren dachte, lief ihm noch immer ein kalter Schauer über den Rücken. Um ein Haar wären alle Anhänger der alten Rassen ums Leben gekommen und ein wahnsinniger Kardinal hätte einen gewaltigen Glaubenskrieg angezettelt.

Diese Geschichte würde ihm doch nie jemand glauben. Grom atmete erleichtert auf.

Da nun alle Gefahren überstanden waren, könnte er auch in eine der Städte zurückkehren. Die zahlreichen Bequemlichkeiten, denen man dort begegnete, würden man im Dunrag ganz sicher nicht antreffen. Grom war hin und hergerissen, dann starrte er verträumt in Richtung des Dunrags. Grom wusste längst, wo seine Wurzeln lagen. Eines Tage würde er dorthin zurückkehren, doch diesmal würde er die nächste Stadt aufsuchen. Vielleicht ließ sich dort nach dem überstandenen Chaos ein geeignetes Heim finden. Germansstadt schien auf den ersten Blick gar nicht so schlecht, wenn man gewissen Gasthäusern und einer bestimmten Elfe aus dem Weg ging. Vielleicht sollte er aber auch weiter westlich wandern. Laut den Geschichten sollte es dort prächtige Städte geben, deren Häuser bis in den Himmel ragten. Gemächlich und ohne ein bestimmtes Ziel vor Augen stapfte Grom los. Irgendwohin würden ihn seine Füße schon tragen.

Das mächtigste Instrument des Glaubens war gefallen. Kardinal Benedikts Atem wurde zunehmend flacher. Er war kaum noch imstande zwischen Leben und Tod zu unterscheiden. Feine Nebelschlieren zogen sich über seinen Körper und krochen unbemerkt durch die Nasenflügel des zitternden Kardinals. Seine Seele wurde vom Seelenfresser gequält, gemartert und langsam aus den sterblichen Überresten entfernt. Die grausige Albtraumgestalt würde den Kardinal langsam zerbrechen und sich anschließend genüsslich an den Splittern seiner Seele laben. Benedikts Atem verstummte.

Nachdem Grom die Keule hintergeschlungen hatte, wollte er schleunigst von diesem Ort verschwinden. Keine zehn Pferde konnten ihn noch an diesem schändlichen Ort halten.

Das halb zerstörte Kloster wirkte bei näherer Betrachtung verstörend und beängstigend. Man sah deutliche Kampfspuren, doch von den Gegnern fehlte jede Spur. Die Männer des Glaubens waren Hals über Kopf geflohen.

An diesem Ort hatte man schreckliche Entscheidungen getroffen, die so schnell wohl nicht in Vergessenheit geraten würden. Die verbliebenen Glaubensanhänger hatten ohne das Zentrum ihrer Macht, und ohne ein Oberhaupt jegliche Bedeutung verloren und jeder von ihnen war damit unweigerlich dem Tod geweiht. Nachdem sich die Sache herumgesprochen hätte, würde man die Kleriker gnadenlos jagen, sie durchs Land hetzen und anschließend im Blutrausch töten. Grom konnte es niemandem verdenken. Vielleicht war das die gerechte Strafe für all die grauenvollen und abscheulichen Taten.

Grom konnte für keinen von ihnen Mitleid verspüren. Die Inquisition hatte tiefe Narben an den verschiedensten Völkern hinterlassen hatte.

Grom konnte nur drauf hoffen, dass er einen derartigen Wahnsinn kein zweites Mal mehr erleben musste. Das ganze Abenteuer hatte ihm genug abverlangt, sodass er weitere auch in Zukunft gern vermeiden würde. Fürs Erste musste er sich von den Anstrengungen erholen und alles Erlebte verdauen. Wie viele Oger konnten schon von sich behaupten, dass sie die Welt vor dem Untergang gerettet hatten? Grom konnte es.

Mit breiten Schultern und einem Grinsen stolzierte er, für seine Erscheinung äußerst geschickt, durch das Kloster, riss einen der Türflügel aus den Angeln und ließ den Ort des Schreckens hinter sich. Er würde diesen Landstrich sicher kein zweites Mal aufsuchen.

Als Benedikt wieder aus seinem seltsamen Traum erwachte, fand er sich in einer farblosen, beängstigenden Welt wieder. Alles schien trist und leblos. Der Schattenfresser hatte ihn in die Welt der Finsternis gerissen.

»Was ist passiert?«, wollte Benedikt verwirrt wissen. »Wo bin ich? Wie bin ich hier hergekommen? «

Ich habe dich eine Welt aus Schmerz und Qualen entführt. An diesem Ort wirst für deinen Großmut büßen, du einfältiger Narr. Von nun an gehört deine Seele mir, dröhnte die Stimme des Schattenfressers in seinem Kopf.

»Das ... das kann ... nicht sein ...«, stöhnte Benedikt. Er spürte die Kraft, die von ihm Besitz ergriffen hatte. Wie konnte so etwas nur geschehen? »Ich bin der ... der Kard ...«

Dies ist der Preis, den ich wirklich für meine Dienste verlange und du hast dich auf das Geschäft eingelassen, du armseliger Harlekin des wahren Glaubens. Von nun an gehört deine verdorbene Seele mir. MIR ALLEIN! Niemand kann sich über den Schattenfresser erheben und mir Befehle erteilen, auch wenn zu Lebzeiten viele Größen der Geschichte vom Gegenteil überzeugt waren. Jeder von ihnen ist schlussendlich dem Schmerz und der Qual erlegen.

Benedikt stemmte sich verzweifelt in die Höhe. Er fand sich in einer ausweglosen Situation wieder. Gefangen an einem unbekannten, dunklen Ort, durchzuckte plötzlich ein stechender Schmerz seine Brust. Benedikt wollte sich aufbäumen, doch sein Körper versagte ihm jede Bewegung. Aus dieser Welt gab es kein Entkommen. Benedikt war dem Schattenfresser in einer Welt aus Schmerz und Dunkelheit hilflos ausgeliefert.

Benedikt musste für seine Taten als Kardinal einen hohen Preis zahlen. Mit der Inquisition hatte er seinem Namen dennoch Unsterblichkeit verliehen. Keine Kreatur würde ihn je mehr vergessen. Benedikt hatte sein Ziel erreicht. Nun musste er bis ans Ende aller Zeiten ein Dasein in völliger Finsternis ohne Körper und Geist ertragen. War das wirklich das Ziel seiner Träume?

Grauenhafte Schreie von qualvollen Schmerzen und unendlicher Pein umfassten seinen Körper, wanden sich gespenstisch um seine Erscheinung und schnürten ihm die Luft ab. Benedikt konnte längst mehr sterben. Zumindest nicht auf diese Weise. Einzig der Schattenfresser könnte ihn von seinem ewigen Leid erlösen.

Benedikt war in einem schwarzen Käfig aus Schmerz, Folter und Wahnsinn gefangen. Er würde unzählige Qualen erleiden und konnte trotzdem nicht sterben. Benedikt lachte ironisch auf. Bei all den bevorstehen Leiden, die an diesem unheimlichen Ort auf ihn lauerten, war er sich in einem aber ganz sicher - man würde ihn dank seiner Regentschaft, der eingeleiteten Inquisition, der schrecklichen Folter und den unsäglichen Morden nie mehr vergessen. Er hatte durch seine unermessliche Gier nach Macht und den unsagbar schrecklichen Tötungen eine ganz besondere Form der Unsterblichkeit erlangt und würde diese bis ans Ende aller Tage sein Eigen nennen. Welcher Kardinal konnte das in der Geschichte schon von sich behaupten?

Benedikt Vordermann lächelte, obwohl er vor Schmerzen fast umkam. Sein Wesen brannte und wurde auf schreckliche, unaussprechliche Weise gemartert.

Dennoch lachte Benedikt laut auf.

Er hatte es trotz aller Qualen zu wahrhaftiger Unsterblichkeit gebracht und sein Name würde beinahe jeder Kreatur im Land einen unangenehmen Schauer über den Rücken jagen. Niemand würde seinen Namen nun mehr vergessen. Er war unsterblich.

Alle im AAVAA Verlag erschienenen Bücher sind
in den Formaten Taschenbuch und
Taschenbuch mit extra großer Schrift
sowie als eBook erhältlich.

Bestellen Sie bequem und deutschlandweit
versandkostenfrei über unsere Website:

www.aavaa.de

Wir freuen uns auf Ihren Besuch und informieren Sie gern
über unser ständig wachsendes Sortiment.

Einige unserer Bücher wurden vertont.
Die Hörbücher finden Sie unter
www.talkingbooks.de

René Grigo
Dämonenbrut
Fantasy
AAVAA
VERLAG